国家古籍整理出版
专项资助项目

中国古典文学
读本丛书典藏

王维诗选

陈铁民 选注

人民文学出版社

图书在版编目（CIP）数据

王维诗选/陈铁民选注. —北京：人民文学出版社，2016（2021.11重印）
（中国古典文学读本丛书典藏）
ISBN 978-7-02-011716-1

Ⅰ.①王… Ⅱ.①陈… Ⅲ.①唐诗—诗集 Ⅳ.①I222.742

中国版本图书馆 CIP 数据核字（2016）第 121749 号

责任编辑　葛云波
装帧设计　陶　雷
责任印制　王重艺

出版发行　人民文学出版社
社　　址　北京市朝内大街 166 号
邮政编码　100705

印　　刷　三河市鑫金马印装有限公司
经　　销　全国新华书店等

字　　数　192 千字
开　　本　880 毫米×1230 毫米　1/32
印　　张　7.5　插页 1
印　　数　12001—15000
版　　次　2002 年 10 月北京第 1 版
印　　次　2021 年 11 月第 4 次印刷

书　　号　978-7-02-011716-1
定　　价　29.00 元

如有印装质量问题，请与本社图书销售中心调换。电话:010-65233595

目 录

编年诗

题友人云母障子 1

九月九日忆山东兄弟 1

洛阳女儿行 2

西施咏 4

李陵咏 5

桃源行 6

息夫人 8

从岐王过杨氏别业应教 9

敕借岐王九成宫避暑应教 10

送綦毋潜落第还乡 11

燕支行 12

少年行四首 15

被出济州 18

登河北城楼作 19

宿郑州 19

早入荥阳界 21

济上四贤咏三首 22

  崔录事 22

  成文学 23

  郑霍二山人 24

寓言二首 25

和使君五郎西楼望远思归　27

渡河到清河作　28

鱼山神女祠歌二首　29

　　迎神曲　29

　　送神曲　30

赠祖三咏　31

喜祖三至留宿　33

齐州送祖三　33

寒食汜上作　34

观别者　35

偶然作（五首选三）　36

淇上即事田园　40

淇上送赵仙舟　41

不遇咏　41

送孟六归襄阳　43

自大散以往深林密竹蹬道盘曲四五十里至
　　黄牛岭见黄花川　44

青溪　45

戏题盘石　46

晓行巴峡　47

归嵩山作　48

过乘如禅师萧居士嵩丘兰若　48

献始兴公　50

韦侍郎山居　52

寄荆州张丞相　53

使至塞上　54

出塞作 56

凉州郊外游望 57

凉州赛神 58

从军行 59

陇西行 60

陇头吟 61

老将行 62

送岐州源长史归 66

哭孟浩然 68

汉江临眺 69

送宇文太守赴宣城 70

登辨觉寺 72

送邢桂州 73

千塔主人 75

赠裴旻将军 76

送赵都督赴代州得青字 77

终南别业 78

终南山 79

答张五弟 80

送丘为落第归江东 81

送綦毋校书弃官还江东 82

送殷四葬 84

班婕妤三首 85

新秦郡松树歌 86

榆林郡歌 87

送张五諲归宣城 88

待储光羲不至 89

奉寄韦太守陟 90

送崔九兴宗游蜀 91

与卢员外象过崔处士兴宗林亭 92

崔九弟欲往南山马上口号与别 93

秋夜独坐怀内弟崔兴宗 94

敕赐百官樱桃 95

送秘书晁监还日本国并序 97

同崔员外秋宵寓直 108

送贺遂员外外甥 110

送丘为往唐州 111

春日与裴迪过新昌里访吕逸人不遇 112

冬夜书怀 113

和太常韦主簿五郎温汤寓目 114

冬日游览 115

奉和圣制从蓬莱向兴庆阁道中留春雨中春
　　望之作应制 117

登楼歌 118

送友人归山歌二首（选一） 120

送李太守赴上洛 121

送张判官赴河西 123

送刘司直赴安西 124

送平淡然判官 125

送元二使安西 126

相思 127

失题 128

辋川集并序　128
　孟城坳　129
　华子冈　130
　文杏馆　131
　斤竹岭　131
　鹿柴　132
　木兰柴　133
　茱萸沜　133
　宫槐陌　134
　临湖亭　134
　南垞　135
　欹湖　135
　柳浪　136
　栾家濑　136
　金屑泉　137
　白石滩　137
　北垞　138
　竹里馆　138
　辛夷坞　139
　漆园　140
　椒园　140
辋川闲居赠裴秀才迪　141
答裴迪辋口遇雨忆终南山之作　142
赠裴十迪　143
黎拾遗昕裴秀才迪见过秋夜对雨之作　144
登裴迪秀才小台作　145

酌酒与裴迪　146

过感化寺昙兴上人山院　147

临高台送黎拾遗　148

辋川闲居　149

积雨辋川庄作　150

戏题辋川别业　151

归辋川作　151

春中田园作　152

春园即事　153

山居即事　154

山居秋暝　154

田园乐七首　155

泛前陂　159

酬虞部苏员外过蓝田别业不见留之作　159

蓝田山石门精舍　160

山中　162

赠刘蓝田　163

山中送别　164

别辋川别业　164

辋川别业　165

早秋山中作　166

酬诸公见过　167

酬张少府　169

题辋川图　170

崔濮阳兄季重前山兴　171

秋夜独坐　172

菩提寺禁裴迪来相看说逆贼等凝碧池上作
　　音乐供奉人等举声便一时泪下私成口号
　　诵示裴迪　173
口号又示裴迪　175
和贾舍人早朝大明宫之作　175
晚春严少尹与诸公见过　177
同崔傅答贤弟　178
春夜竹亭赠钱少府归蓝田　181
左掖梨花　182
送杨长史赴果州　183
冬晚对雪忆胡居士家　185

未编年诗
扶南曲歌词五首　187
早春行　190
渭川田家　191
过李揖宅　192
送别　193
新晴野望　194
羽林骑闺人　195
夷门歌　195
送崔五太守　197
寒食城东即事　200
过香积寺　202
送梓州李使君　203
观猎　204

春日上方即事　206
早朝　207
送方尊师归嵩山　208
送杨少府贬郴州　210
沈十四拾遗新竹生读经处同诸公之作　211
田家　212
皇甫岳云溪杂题五首　214
　　鸟鸣涧　214
　　莲花坞　214
　　鸬鹚堰　215
　　上平田　215
　　萍池　216
红牡丹　216
杂诗三首　217
崔兴宗写真咏　218
书事　218
寄河上段十六　219
送沈子福归江东　219

前　言

一

　　王维(701—761)，字摩诘，蒲州(治所在今山西永济市西)人，是盛唐时代最著名的诗人之一。父亲处廉，官至汾州司马。王维早慧，工诗善画，博学多艺。十五岁离乡赴两都谋求进取，不久即以自己的才能博得了上流社会的青睐。开元九年(721)，进士擢第，解褐为太乐丞。同年秋，因太乐署中伶人舞黄狮子事受到牵累，贬为济州司仓参军。十四年春秩满，自济州离任，到淇上为官，不久弃官在淇上隐居。约在十七年，回到长安闲居，并从荐福寺道光禅师学佛。二十一年十二月，张九龄任同中书门下平章事，次年五月又加中书令，此后不久，王维作《上张令公》诗献给九龄，请求汲引。二十三年春，九龄擢王维为右拾遗。二十五年，张九龄受到李林甫的排挤、打击，谪为荆州长史。王维对此很感沮丧，曾作《寄荆州张丞相》诗，抒发自己黯然思退的情绪。同年，王维奉命出使凉州，并在河西节度使幕中任职。二十六年，复返长安，官监察御史。二十八年，迁殿中侍御史。是年冬，知南选，赴岭南。二十九年春，自岭南北归，辞官隐于终南。

　　从以上对王维前期生活经历的简要叙述中，可以看出，他二十一岁登第之后，在仕进的道路上多遇挫折，并不得意。这一时期有两件事对王维的思想产生了重大的影响。一件事是谪官济州，在《被出济州》一诗中，诗人对自己的遭贬感到愤懑不平；居济州时，他结交了不少失志的下层知识分子，对社会的黑暗面也有了进一步的认识。另一件事是张九龄的被贬和权奸李林甫的上台执政，这使诗人感受到政治环境的险恶,产生了退出官场的想法。但是,总的说来,王维青壮年时代所生活的开元年间,社会经济繁荣,政治也比较清明,在这样一种社会环境的熏染下,当时的士人大多具有积极向上的精神,王维也是如此。在《献始兴公》一诗中,他对开元贤相张九龄任用贤能、反对朋比阿私的政治主张,由衷地赞美,表现了自己进步的政治理想。当他在仕途上遭遇挫折、弃官而隐的时候,济世的抱负也并没有消退,《不遇咏》说:"今人作人多自私,我心不说君应知。济人然后拂衣去,肯作徒尔一男儿!"正是由于这种积极的思想,使得这一时期王维的眼光始终注视着现实,对当时社会上的一些不合理现象,敢于直截了当地给予抨击,从而写出了不少具有现实意义的诗作。

王维于开元二十九年(741)隐于终南,然而,天宝元年(742)又出为左补阙。他的复出任职,或许是因为家贫(《偶然作》其四云:"家贫禄既薄,储蓄非有素。"),有老母需要奉养,也可能由于不能过清贫的生活。自天宝元年至安史之乱爆发,王维除一度因丁母忧离职外,一直在长安为官,职位也依唐代官员迁除常规,由从七品上的左补阙,逐渐升迁到了正五品上的给事中。天宝时代,李林甫、杨国忠相继专权,朝政日趋黑暗腐败,诗人的进取之心和用世之志也逐渐销减殆尽。《赠从弟司库员外絿》说:"即事岂徒言,累官非不试。既寡遂性欢,恐招负时累。……皓然出东林,发我遗世意。"天宝年间,李林甫为剪除异己、巩固自身的地位而大兴冤狱,这首诗即道出了诗人在这样一种环境下为官的内心矛盾和隐忧。对于李林甫专权时期的政治,诗人没有任何幻想,从这点看来,他是清醒的;但是,对于黑暗政治他又不敢表示反抗,而企图逃避现实,高蹈遗世,这又是消极的。不过,诗人并不想同流合污。天宝五、六载,苑咸作诗嘲笑王维久未迁除,王维答云:"仙郎有意怜同舍,丞相无私断扫门。扬子解嘲徒自遣,冯唐已老复何论!"(《重酬苑郎中》)苑咸是李林甫的亲信(《新唐书·李林甫传》称李"善苑咸、郭慎微,使主书记"),他既有意相怜,王维自可藉之自进,然而他却说:丞相(李林甫)无私,禁绝请托。表面上称赞丞相,实际表明自己不愿为了升官而走苑咸的门路。此时,他身在朝廷,心存山野,在蓝田辋川购置了别业,经常在公馀闲暇游息其中,过着亦官亦隐的生活。

这一时期,诗人的"遗世意"使他更加倾心于佛教;而对佛教信仰的加深,又导致他进一步"遗世",两者互为因果。佛教哲学的核心思想是讲一切皆空,企图证明现实世界的一切都是虚幻不实的。王维在其有关佛教的诗文中,谈得最多和最热烈的,即是佛教的这种思想。佛教的空观,使他看破一切,任遇随缘,与世无竞;同时也使他从中获得某种精神安慰,得以摆脱苦闷,保持心境的宁静。这有助于他投身到大自然的怀抱中去探寻美和发现生活的乐趣。然而,王维毕竟是现实的人,不可能真正"遗世",做到完全超脱。这时,他还在长安为官,不得不与当权者应酬。他追求山林隐逸之乐,但在隐逸的悠闲恬适之中,有时也微露出对现实的不满。所以,不能把这一时期的王维同开元时代的王维截然分开。这一时期,王维创作了大量的山水田园诗,以至于被后世目为山水田园诗人;然而,他同时也写作了不少其他题材、内容的诗歌。

天宝十五载(756),安史叛军攻陷长安,王维扈从玄宗不及,被叛军俘获。他服药取痢,"伪疾将遁,以猜见囚"(王维《韦斌神道碑铭》)。寻被缚送洛阳,拘于龙门菩提寺。在寺中,曾赋《凝碧诗》,抒写内心的哀痛和对朝廷的思念之情。不久,安禄山强迫他当了给事中。至德二载(757),唐军收复两京,做过伪官的人都依六等定罪,王维得到唐肃宗的特别宽宥而免罪,接着复官,授太子中允。后迁中书舍人、给事中,终尚书右丞。这个时期王维的思想是复杂的。一方面,他因曾任伪官而甚感愧疚,对佛教的崇信愈益加深,《叹白发》说:"一生几许伤心事,不向空门何处销!"另一方面,他又对皇帝的宽宥和擢拔十分感激,思欲报效朝廷,打消了原先准备退隐的念头。自安史之乱爆发至诗人辞世,只有五年多时间,所以他这一阶段的诗作不多。但其中并非没有佳篇,至于所流露的思想情绪,也不像有些研究者所说的那样大多是颓唐消沉的。

二

袁枚《随园诗话》补遗卷一〇说:"诗家两题,不过'写景、言情'四字。"在中国诗歌史上,王维是以擅长描写自然风景著称的。他的山水田园诗,多喜欢刻画一种宁静幽美的境界。如《山居秋暝》:"空山新雨后,天气晚来秋。明月松间照,清泉石上流。竹喧归浣女,莲动下渔舟。随意春芳歇,王孙自可留。"写秋日傍晚雨后的山村,显得多么恬静优美!《鸟鸣涧》:"人闲桂花落,夜静春山空。月出惊山鸟,时鸣春涧中。"以动写静,渲染出了春天月夜溪山一角的幽境。同是描写幽静的景色,也呈现出缤纷多姿的面貌。如"雨中草色绿堪染,水上桃花红欲然"(《辋川别业》)、"漠漠水田飞白鹭,阴阴夏木啭黄鹂"(《积雨辋川庄作》)等,色彩鲜丽;《辋川集》中的不少篇章,则清淡素净。他还有些诗勾画出了雄伟壮丽的景象(如《汉江临眺》、《终南山》),读者于此可"看积健为雄之妙"(张谦宜《絸斋诗谈》卷五)。

苏轼《书摩诘蓝田烟雨图》(见《东坡题跋》卷五)说:"味摩诘之诗,诗中有画;观摩诘之画,画中有诗。"所谓"诗中有画",是说王维的诗,能通过无形的语言,唤起读者的联想和想象,使读者在自己的头脑中形成一幅幅有形的图画。这话确乎道出了王维诗歌艺术的一个重要特点。王维是一个山水画家,他对自然景物的感觉敏锐,观察细致,善于抓住景物的主要特征,给以突出的表现。如《木兰柴》:"秋山敛馀照,飞鸟逐前侣。彩翠时分明,夕岚无处所。"《淇上即事田园》:"日隐桑柘外,河明闾井间。"皆着墨无多,即勾勒出一幅鲜明生动的图画。

绘画讲究构图，他的诗也很注意景物的安排、布置。《使至塞上》："大漠孤烟直，长河落日圆。"大漠辽阔无涯，长河纵贯其中，远方地平线有圆而红的落日，近处长河边有直而白的孤烟，四种景物安排得多么巧妙、得当，构成了一幅雄奇壮丽的边塞风光图。另外，他的诗也像绘画一样，注意色彩相互映衬的美，如"荆溪白石出，天寒红叶稀。山路元无雨，空翠湿人衣"（《山中》）、"开畦分白水，间柳发红桃"（《春园即事》），都以色彩的对照，组成一幅鲜艳明丽的图画。王维在他的诗中，还特别喜爱和擅长描写听觉里的事物，把这当作构成诗中画的一个重要艺术手段。《送梓州李使君》："万壑树参天，千山响杜鹃。山中一半雨，树杪百重泉。"这是一个具有立体感的画面，那响彻千山的杜鹃啼鸣，声震层峦的崖巅飞瀑，使画面显得更加生动逼真。

王维的诗中画都不是风景写生式的。王夫之《唐诗评选》卷三说："右丞工于用意，尤工于达意，景亦意，事亦意，前无古人，后无嗣者，文外独绝，不许有两。"指出了王维诗中的景，都是服务于表达情意的。诗人往往结合自身的印象和感受来刻画山水，《汉江临眺》："江流天地外，山色有无中。郡邑浮前浦，波澜动远空。"写汉江的壮阔、浩淼，全从个人的印象和感觉着笔。这样写，更能唤起读者的想象，传达出山水的神韵。他还善于在写景中表达自己的心情。如《秋夜独坐》："雨中山果落，灯下草虫鸣。"以秋夜的静寂之景烘托出诗人的寂寞悲凉心情。《酬张少府》："松风吹解带，山月照弹琴。"写隐居田园的闲适生活，景、情水乳交融。总之，王维的写景诗，能做到使山水的形貌、神韵与诗人的情致完美地统一起来，给人以浑然一体的印象。由于王维笔下的景，不是与"我"无关的客体，而是为"我"之心所融会的物，所以读者便感到他诗中的景物形象，不仅做到形似，而且追求神似，达到了两者的统一。

王维的山水田园诗所表达的情意，多为隐者流连山水的闲情逸致，有的还流露了离世绝俗的禅意,因而说不上有多少社会意义。不过,也应该说,这类作品所流露出来的感情,主要是安恬闲静,而非冷寂凄清。如《竹里馆》:"独坐幽篁里,弹琴复长啸。深林人不知,明月来相照。"非但流露了离尘绝世的思想情绪,还表现了诗人沉浸在寂静境界中的乐趣。又如《山居秋暝》,既写出秋日傍晚雨后山村的幽美景色,又表现了诗人陶醉于这种景色中的恬适心情。再如《新晴野望》、《辋川别业》,也流露了作者摆脱官场纷扰、回到乡间隐居的愉悦之情。而且,这类诗歌所刻画的幽静之境,是大自然之美的一种反映,对人们始终具有吸引力,所以千百年来,这些作品一直能够为人们所喜爱和欣赏。

在山水田园诗之外,王维还有大量其他题材、内容的作品。由这些作品不难看出,王维不仅工于写景,而且善于写情。王维是个重友情的人,在他的集中,表现友情的诗歌数量甚多,与其山水田园之作大抵不相上下,内容多述朋友间相思别离之情及相互关怀体贴、敦励慰勉之意。这类作品有一个共同之处,即大都写得充满感情,真挚动人,如《淇上送赵仙舟》、《送杨少府贬郴州》等都是例子。这类作品表达感情的方式是多种多样的,有的采用借景寓情、以景衬情的方式。《奉寄韦太守陟》:"寒塘映衰草,高馆落疏桐。"以萧索的秋景衬托思念故人的惆怅之情。王维很善于运用其高超的写景技巧于非山水田园诗的写作,常在这类作品中安插动人的写景佳句,使全篇为之增色。也有不少作品,采用直抒心声、主要以情语成文的表达方式。如《送元二使安西》:"劝君更尽一杯酒,西出阳关无故人。"这两句情语,妙在写惜别的绵绵情意却不道破,很有回味的馀地。语言也自然真率,"自是口语而千载如新"(胡应麟《诗薮》内编卷六)。又如《送别》、《送沈子福归江东》等,都有语浅意深、馀味不尽之妙。王维集中有少量表现亲情的诗歌,同样充满感情、自然含蓄。如《九月九日忆山东兄弟》,表现节日思亲的普遍感情,含蕴丰富。后二句"不说我想他,却说他想我,加一倍凄凉"（张谦宜《絸斋诗谈》卷五）。

王维今存写闺思、宫怨、爱情等的诗歌，有十馀首。在这些诗中，作者对封建时代妇女的不幸遭遇，往往抱同情态度；诗歌的艺术表现，大都有蕴藉、委婉之长。如《息夫人》："莫以今时宠，能忘旧日恩。看花满眼泪，不共楚王言。"末二句只描摹饼师之妻的情态，"更不著判断一语"（《渔洋诗话》卷下），既表现出一个无法抗拒强暴势力凌辱的弱女子内心的无限哀怨，同时也流露了诗人对她的同情和对宁王的不满。又如《失题》、《杂诗三首》、《早春行》等，无不善于体会描写对象内心的委曲之处，把她们的深长之情委婉动人地表现出来。

王维写过一些揭露社会上不合理现象、抒发内心愤慨不平的诗歌。这些作品有的直抒胸襟，如《寓言二首》其一，直截了当地抨击那些无"功德"却占据显位的贵族子弟，向他们提出义正辞严的责问，倾吐了自己胸中的垒块不平；有的成功地运用对比手法，来控诉社会的不公正，如《偶然作》其五，只把"斗鸡"的"轻薄儿"与饱学的儒生的不同境遇作鲜明对比，诗人的愤懑不平之情就自然涌出；还有的采用比兴寄托的方式，来表达这同一思想感情，如《西施咏》借咏西施，寄寓了怀才不遇的下层士人的不平与感慨。

王维写了许多首歌咏从军、边塞、侠士的诗篇。他的这一类诗歌多着眼于写人，很善于运用各种不同的表现手法，恰到好处地把人物的精神世界展现出来。如《燕支行》多用烘托手法来表现"汉家天将"的英雄气概和报国决心；《出塞作》则通过敌我双方的对比描写，鲜明地凸现了唐军将士不畏强敌的勇武精神和昂扬斗志，《从军行》通过描写战士们在战场上的行动来展现他们的英雄气概；《观猎》则通过写日常的狩猎活动以刻画将军意气风发的精神面貌；《老将行》、《陇头吟》同写功勋卓著却受到不公正对待的老将的内心世界，前者采用平实叙事的手法，后者则"空际振奇"（翁方纲《七言诗三昧举隅》），选取陇关这样一个边防要塞作为背景,巧妙地将"长安少年"与"关西老将"联系起来,用"长安少年"来反衬"关西老将"。《使至塞上》和《送张判官赴河西》皆抒写出塞的壮志豪情,前者"用景写意"(王夫之《唐诗评选》卷三),后者则更多地采用直接抒发的方式。《夷门歌》、《少年行四首》都是写侠士的诗,前者主要用叙事手法来表现古代豪侠见义勇为、慷慨磊落的品格,后者则多通过描写游侠少年的某一典型活动,来揭示他们的豪迈气概和爱国热忱。

王维还写了一些言志述怀的诗,如《被出济州》、《献始兴公》、《不遇咏》、《寄荆州张丞相》、《冬夜书怀》、《冬日游览》等等。这些诗歌表达感情的方式与特点,同他的那些写友情的诗歌大抵接近,此不赘述。

王维诗歌的语言,清新明丽,简洁洗炼,精警自然。不论是写景还是言情,如"洒空深巷静,积素广庭闲"(《冬晚对雪忆胡居士家》)、"渡头馀落日,墟里上孤烟"(《辋川闲居赠裴秀才迪》)、"远树带行客,孤城当落晖"(《送綦毋潜落第还乡》)、"君自故乡来,应知故乡事。来日绮窗前,寒梅著花未"(《杂诗三首》其二)、"独在异乡为异客,每逢佳节倍思亲"(《九月九日忆山东兄弟》)、"惟有相思似春色,江南江北送君归"(《送沈子福归江东》)等,都对语言作苦心锤炼,然并无炉火之迹,语语天成,自然而工。王维的诗还具有声韵和谐、富于音乐美的优点。又,他诸体诗并臻工妙,无论五古、七古、五律、七律、五排、五绝、七绝,还是四言诗、六言绝句、骚体诗,都有佳制,这在唐代诗人中是颇罕见的。

关于王维诗歌的风格,历代诗评家有过许多评述。综括他们的意见,大致认为清淡自然是王维诗歌最突出的风格。这一风格首先体现在诗人的那些反映隐逸生活情趣的山水田园之作中。如《终南别业》:"中岁颇好道,晚家南山陲。兴来每独往,胜事空自知。行到水穷处,坐看云起时。偶然值林叟,谈笑无还期。"写景、述情,皆似信手拈来,毫不著力,可谓平淡、自然之至。然而这种"淡",并非淡而无味,而是淡而浓,淡而远,这是艺术纯熟的表现,是千锤百炼的结果,所以方回称赞此诗"有一唱三叹不可穷之妙"(《瀛奎律髓汇评》卷二三),纪昀也说"此诗之妙,由绚烂之极归于平淡"(同上)。胡应麟曾称王维是"五言清淡之宗"(《诗薮》内编卷四),这大概是由于他的那些具有淡远风格的诗歌,多采用五言形式(五古、五律、五绝)的缘故。但并不能反过来说王维的五言诗,都具有淡远风格。如他的五律,就不是只具有一种风格,沈德潜《唐诗别裁》卷九说:"右丞五言律有两种,一种以清远胜,如'行到水穷处,坐看云起时'是也;一种以雄浑胜,如'天官动将星,汉地柳条青'是也,当分别观之。"他的五古,也同样不是只具有淡远一格。至于七言诗中,具有淡远风格的作品就较少了。潘德舆《养一斋诗话》卷八说:"右丞、东川、常侍、嘉州七古七律,往往以雄浑悲郁、铿锵壮丽擅长。"施补华《岘佣说诗》说:"摩诘七律,有高华一体,有清远一体,皆可效法。"实际王维的七律不止具有这两体。他的七绝也同七律一样,具备多体。总之,一个大诗人不会只具有一副笔墨,王维诗歌的风格也是多样的。当然,诗人最具自家面目、最独树一帜的风格,是清淡、简远、自然。这种诗风,使他能够在百花争艳的盛唐诗坛里卓然特立。但是,他的许多其他作品,或雄健,或浑厚,或奇峭,或壮丽,或婉曲,或平实,或俊爽,或秀雅,也都自有其不可磨灭的价值,应当给予足够的重视。

王维是开元、天宝时代最有名望的诗人,当时李白、杜甫的名望都不如他。唐代宗曾称王维为"天下文宗"、"名高希代",唐窦臮《述书赋》窦蒙(臮之兄)注也说:"二公(王维、王缙)名望,首冠一时。时议论诗,则曰王维、崔颢;论笔,则曰王缙、李邕。"天宝末年殷璠编《河岳英灵集》,其《序》云:"粤若王维、昌龄、储光羲等二十四人,皆河岳英灵也,此集便以'河岳英灵'为号。"列王维为盛唐诗人之首而不提李白。

直到贞元、元和时,李、杜在唐人心目中的地位才高于王维。出现这种现象的原因颇为复杂,这里姑置不论,而只想提出一点,即由于王维在诗坛的盛名,他对当时诗歌的影响应该是相当大的。另外,开元年间是唐代诗风转变的时期,这时,南朝遗留下来的绮艳柔靡之风得到了根本扭转,从王维的名望与影响看,他在这方面所起的作用,应该也是相当大的。

三

王维今存诗三七六首,本书选入二〇五首。入选的标准,主要看作品的思想、艺术价值,同时也兼顾各种体裁、内容、风格以及各个时期的作品,希望能从各个方面来反映王维诗歌的成就。

入选的作品,分为"编年诗"、"未编年诗"两个部分。"编年诗"按写作年代的先后排列。对作品的写作年代,均在各诗的第一条注释中分别说明。限于篇幅,未能一一详述编年的依据。读者如果对这个问题感兴趣,可自参阅拙作《王维集校注》和其中的附录《王维年谱》。"未编年诗"分体排列,其顺序为:五古、七古、五律、七律、五排、五绝、七绝。

本书对入选的作品都作了较详细的注释,难解之句还加了串讲。又对入选的大部分诗歌的思想内容、艺术特征等分别作了扼要的评析(见于第一条注释),这对读者理解作品或许会有一些帮助。

拙作《王维集校注》对王维的诗文作了认真的校勘,它以赵殿成《王右丞集笺注》(简称赵注本)为底本,校以多种赵氏未曾见到的重要古本,改正了赵注本的不少误字,故本书入选作品的文字,悉依《校注》。为省篇幅,《校注》对赵注本的校改及其依据,本书一般略去不述,但对各本具有一定参考价值的异文,则择要作校记加以反映。校记中涉及的版本,除赵注本外,尚有:宋蜀刻本《王摩诘文集》(简称宋蜀本)、日本静嘉堂文库藏本《王右丞文集》(简称静嘉堂本)、元刊本《须溪先生校本唐王右丞集》(简称元本)、明刊十卷本《王摩诘集》(简称明十卷本)、明顾氏奇字斋刊本《类笺唐王右丞集》(简称奇字斋本)、《全唐诗》。此外,尚有《唐人选唐诗》、《文苑英华》、《唐文粹》、《唐诗纪事》、《万首唐人绝句》、《乐府诗集》等书。作校记时,有数本文字相同者,仅举出一、二本作代表,而不一一详列各本。校记不另列条目,并入注文之中。

本书的出版,得到了人民文学出版社古典文学编辑室同志的不少帮助,谨在此表示衷心的感谢!

陈铁民
一九九九年四月

编年诗

题友人云母障子 时年十五[1]

君家云母障,持向野庭开[2]。自有山泉入,非因彩画来[3]。

〔1〕作于开元三年(715)。云母障子:一种用云母石装饰的屏风。
〔2〕持:宋蜀本、《全唐诗》等作"时"。
〔3〕"自有"二句:形容屏风上描画的山泉,形象逼真,使人感到不是画出来的。

九月九日忆山东兄弟 时年十七[1]

独在异乡为异客,每逢佳节倍思亲[2]。遥知兄弟登高处,遍插茱萸少一人[3]。

〔1〕作于开元五年(717)。九月九日:农历九月九日重阳节。山东兄弟:山东指华山以东。王维蒲州(治今山西永济西)人,蒲州在华山东,而作者当时独在华山以西的长安,故称故乡的兄弟为"山东兄弟"。这首诗写节日思亲的普遍感情,可谓"先得人心之所同然也"。后二句设想亲人也在思念自己,"加一倍凄凉"(清张谦宜《纵斋诗谈》卷五)。
〔2〕佳:宋蜀本、述古堂本作"嘉"。

〔3〕"遥知"二句：古时重阳有登高插茱萸的风俗，故云。茱萸(zhū yú 朱娱)，乔木名，有山茱萸、吴茱萸、食茱萸之分。《太平御览》卷三二引周处《风土记》："九月九日……折茱萸房以插头，言辟恶气而御初寒。"吴均《续齐谐记》载：费长房谓桓景曰："九月九日，汝家当有灾，宜急去，令家人各作绛囊，盛茱萸以系臂，登高饮菊花酒，此祸可除。"相传重阳登高饮菊花酒和系茱萸的习俗，即始于此。

洛阳女儿行 时年十八〔1〕

洛阳女儿对门居，才可颜容十五馀〔2〕。良人玉勒乘骢马〔3〕，侍女金盘脍鲤鱼〔4〕。画阁朱楼尽相望，红桃绿柳垂檐向。罗帷送上七香车，宝扇迎归九华帐〔5〕。狂夫富贵在青春，意气骄奢剧季伦〔6〕。自怜碧玉亲教舞〔7〕，不惜珊瑚持与人。春窗曙灭九微火，九微片片飞花琐〔8〕。戏罢曾无理曲时，妆成只是薰香坐〔9〕。城中相识尽繁华〔10〕，日夜经过赵李家〔11〕。谁怜越女颜如玉，贫贱江头自浣纱〔12〕。

〔1〕作于开元六年(718)。十八：赵注本题下注云："时年十六，一作十八。"这首诗写尽洛阳女儿的娇贵和她丈夫的豪奢。末二句荡开一笔，"况君子不遇也，与《西施咏》同一寄托"(沈德潜《唐诗别裁》卷五)。全诗多用对句，语言华美流畅。

〔2〕"洛阳"二句：梁武帝《河中之水歌》："河中之水向东流，洛阳女儿名莫愁。"又《东飞伯劳歌》："谁家女儿对门居，开颜发艳照里间。"可，大约。

〔3〕良人:丈夫。玉勒:饰以美玉的带嚼子笼头。骢:青白色马。

〔4〕"侍女"句:语本辛延年《羽林郎》:"就我求珍肴,金盘脍鲤鱼。"把肉切细叫"脍"。

〔5〕"罗帷"二句:互文见义,谓"洛阳女儿"出门与返回,乘坐华贵的七香车,用宝扇作仪仗,上下车子,有罗帷围护。七香车,用多种香料涂饰的华贵车子。宝扇,古时贵人出行用为仪仗,以雉羽制成。九华帐,华丽的帐子。古时器物凡有华采者,每以九华为名。

〔6〕剧:甚于。季伦:晋石崇之字。"石崇为荆州刺史,劫夺杀人,以致巨富"(《世说新语·汰侈》注引王隐《晋书》),与贵戚王恺、羊琇之徒,以奢靡相尚。王恺与石崇斗富,晋武帝助王恺,曾赐给他一株世上罕见高二尺多的珊瑚树。恺拿它夸示于崇,崇即时以铁如意击之,应手而碎。王恺正待发作,石崇说:"不足多恨,今还卿。"于是令人搬来六七株高三四尺的珊瑚树。王恺见了,惘然自失。事见《世说新语·汰侈》、《晋书·石苞传》。

〔7〕碧玉:梁元帝《采莲曲》:"碧玉小家女,来嫁汝南王。"此借指"洛阳女儿"。

〔8〕"春窗"二句:谓通宵欢娱,到天亮才灭灯;灯灭以后,灯花片片飞到窗上。九微,灯名。《博物志》卷八载,汉武帝在九华殿设九微灯以待西王母降临。花琐,雕花窗格。

〔9〕"戏罢"二句:写"洛阳女儿"闺中生活之空虚。理,温习,练习。

〔10〕繁华:富贵之象。

〔11〕赵李:阮籍《咏怀》其五:"西游咸阳中,赵李相经过。"顾炎武《日知录》卷二七以为指汉成帝二女宠赵飞燕、李平的亲属。大体近之。此处指贵戚。

〔12〕"谁怜"二句:感叹贫女虽美,却无人爱怜。越女,指西施。参见下首《西施咏》注释。

3

西施咏[1]

艳色天下重,西施宁久微[2]?朝为越溪女,暮作吴宫妃。贱日岂殊众,贵来方悟稀。邀人傅脂粉[3],不自着罗衣。君宠益骄态,君怜无是非。当时浣纱伴[4],莫得同车归。持谢邻家子,效颦安可希[5]!

〔1〕本诗载《河岳英灵集》,当作于天宝十二载(753)前。今姑系此。西施:春秋时越国美女。《吴越春秋》卷九载,越王勾践为吴王夫差所败,退守会稽,知夫差好色,欲献美女以乱其政,乃使人寻于国中,"得苎萝山鬻薪之女,曰西施、郑旦",因献于吴王,吴王大悦。这首诗"别寓兴意"(沈德潜《说诗晬语》卷下),采用比兴寄托的方式,抒发怀才不遇的下层士人的不平与感慨,具有深婉含蓄的特点。

〔2〕宁:岂。微:卑贱。

〔3〕傅:着,搽。此句《河岳英灵集》作"要人傅香粉"。

〔4〕浣(huàn唤)纱:相传西施贫贱时,常在江边浣纱。浙江诸暨南有苎萝山,下临浣江,江上有浣纱石,旧传为西施浣纱处。参见《读史方舆纪要》卷九二。

〔5〕"持谢"二句:《庄子·天运》:"西施病心而颦(皱眉头)其里,其里之丑人,见而美之,归亦捧心而颦其里。其里之富人见之,坚闭门而不出;贫人见之,挈妻子而去之走。"此处即用其事,除谓西施的美态无法仿效外,更主要的是说西施的际遇不可希求。持谢,犹奉告。

李陵咏 时年十九[1]

汉家李将军,三代将门子[2]。结发有奇策[3],少年成壮士。长驱塞上儿,深入单于垒[4]。旌旗列相向,箫鼓悲何已!日暮沙漠陲,战声烟尘里。将令骄虏灭,岂独名王侍[5]?既失大军援,遂婴穹庐耻[6]。少小蒙汉恩,何堪坐思此[7]!深衷欲有报,投躯未能死[8]。引领望子卿,非君谁相理[9]?

〔1〕作于开元七年(719)。李陵:字少卿,西汉名将李广之孙。善骑射,汉武帝以为有李广之风,拜为骑都尉。天汉二年(前99),陵"将其步卒五千人,出居延,北行三十日,至浚稽山",与单于相遇。单于以骑兵八万围击李陵军,陵且战且走,杀伤匈奴万馀人。后矢尽道穷,遂降匈奴。事见《史记·李将军列传》、《汉书·李广苏建传》。这首诗即咏李陵兵败、投降之事,写出了他的不幸遭遇和矛盾、痛苦的心情。

〔2〕三代将门:《汉书·李广苏建传赞》:"然三代之将,道家所忌,自广至陵,遂亡其宗。"

〔3〕结发:束发之意,指初成年。

〔4〕单(chán禅)于:匈奴称其君长为单于。

〔5〕名王:匈奴中有大名的王。《汉书·宣帝纪》颜师古注:"名王者,谓有大名以别诸小王也。"这句是说何止仅是让匈奴派名王入朝侍奉天子?

〔6〕婴:遭遇。穹庐:毡做的大型圆顶帐篷。《汉书·匈奴传》:"匈奴父子同穹庐卧。"这句是说于是遭遇同住穹庐(指投降匈奴)的耻辱。

〔7〕坐：忽然，立刻。此：指"穹庐耻"。《汉书·苏武传》载李陵对苏武说："陵始降时，忽忽（若有所失貌）如狂，自痛负汉。"此句即用其意。

〔8〕"深衷"二句：《汉书·李陵传》载陵降匈奴后，武帝大怒，以问太史令司马迁，迁曰："彼（指陵）之不死，宜欲得当以报汉也。"又《苏武传》载陵谓武曰："陵虽驽怯，令汉且贳（宽赦）陵罪，全其老母，使得奋大辱（指降匈奴之耻）之积志，庶几乎曹柯之盟（指曹沫为鲁庄公在柯邑劫持齐桓公事，见《史记·刺客列传》），此陵宿昔之所不忘也。"二句即用其意。投躯，谓献身。

〔9〕引领：伸颈远望。子卿：苏武之字。武天汉元年（前100）出使匈奴，单于多方胁降，武皆不为所屈，遂被扣留匈奴十九年，昭帝时还汉，拜典属国（官名）。陵与武素厚，单于曾令陵说武降，武不从；后武归汉，陵曾设宴与武诀别，泣下数行。见《汉书·苏武传》。理：申辩。这二句写陵与武别后，对武的思念之情，尤写其情志不得人解的孤寂痛苦的意绪。

桃源行 时年十九〔1〕

渔舟逐水爱山春，两岸桃花夹去津。坐看红树不知远，行尽青溪不见人〔2〕。山口潜行始隈隩，山开旷望旋平陆。遥看一处攒云树，近入千家散花竹〔3〕。樵客初传汉姓名，居人未改秦衣服〔4〕。居人共住武陵源，还从物外起田园〔5〕。月明松下房栊静，日出云中鸡犬喧〔6〕。惊闻俗客争来集，竞引还家问都邑〔7〕。平明闾巷扫花开，薄暮渔樵乘水入。初因避地去人间,及至成仙遂不还。峡里谁知有人事,世中遥望空云山[8]。不疑灵境难闻见,尘心未尽思乡县[9]。出洞无论隔山水,辞家终拟长游衍[10]。自谓经过旧不迷,安知峰壑今来变。当时只记入山深,青溪几度到云林[11]。春来遍是桃花水[12],不辨仙源何处寻。

[1] 作于开元七年(719)。桃源:即陶渊明《桃花源记》中所写的桃花源。这首诗极力渲染桃源的美境,"多参律句"(清黄培芳评,见《唐贤三昧集笺注》卷上),工整、流丽。

[2] "渔舟"四句:意本《桃花源记》:"晋太元中,武陵人捕鱼为业,缘溪行,忘路之远近。忽逢桃花林,夹岸数百步,中无杂树,芳草鲜美,落英缤纷。渔人甚异之,复前行,欲穷其林。林尽水源,便得一山。"逐,随。津,此指溪流。红树,指桃花林。

[3] "山口"四句:意本《桃花源记》:"山有小口,仿佛若有光,便舍船,从口入。初极狭,才通人;复行数十步,豁然开朗。土地平旷,屋舍俨然,有良田、美池、桑竹之属。"隈隩(wēi ào 威傲),指山崖弯曲处。旷,远。旋,立刻。攒(cuán 窜阳平),聚。散花竹,谓花竹散布各处。

[4] "樵客"二句:《桃花源记》:"自云先世避秦时乱,率妻子邑人,来此绝境,不复出焉,遂与外人间隔。"后附诗曰:"俎豆犹古法,衣裳无新制。"樵客,指桃源中人。此处汉、秦为互文,谓桃源中人仍使用秦汉时的姓名,所穿衣服也是秦汉时的式样。

[5] 武陵:郡名,治所在今湖南常德西。物外:世外。

[6] 房栊:窗户。借指房舍。鸡犬喧:意本《桃花源记》:"阡陌交通,鸡犬相闻。"

[7] "惊闻"二句:意本《桃花源记》:"见渔人,乃大惊。问所从来,

具答之。便要（邀）还家，为设酒杀鸡作食。村中闻有此人，咸来问讯。……馀人各复延至其家，皆出酒食。"俗客，指武陵渔人。

〔8〕"峡里"二句：谓桃源中不知有人世之事，而世间遥望桃源，只见云山，不知其中别有仙境。峡里，指桃源中。

〔9〕"不疑"二句：言武陵渔人并不怀疑仙境难逢，但因俗虑未尽，又思故乡。灵境，仙境。

〔10〕游衍：游乐。此指渔人出洞后，终究又打算辞家长游桃源。

〔11〕度：《全唐诗》作"曲"。

〔12〕桃花水：春日桃花开时"众流猥集，波澜盛长"（《汉书·沟洫志》颜师古注），谓之桃花水，又称桃花汛。

息夫人时年二十〔1〕

莫以今时宠，能忘旧日恩。看花满眼泪，不共楚王言。

〔1〕开元八年（720）作于长安。息夫人：春秋时息侯（息国国君）夫人，姓妫（guī归），亦称息妫。楚文王杀息侯，灭息，以息妫为妻，生堵敖及成王。息妫从未主动说过话，楚文王问其故，回答说："吾一妇人，而事二夫，纵弗能死，其又奚言？"事见《左传》庄公十四年。关于此诗的本事，《本事诗·情感》载：宁王李宪（唐玄宗之兄）"宅左有卖饼者妻，纤白明媚。王一见注目，厚遗其夫取之，宠惜逾等。环岁，因问之：'汝复忆饼师否？'默然不对。王召饼师使见之，其妻注视，双泪垂颊，若不胜情。时王座客十馀人，皆当时文士，无不凄异。王命赋诗，王右丞维诗先成：'莫以今时宠……'坐客无敢继者。王乃归饼师，以终其志。"此处以息夫人喻卖饼者妻。这首诗写得蕴藉、委婉，末联只描摹卖饼者妻的情态，"更

不著判断一语"(《渔洋诗话》卷下),即表现出一个无法抗拒强暴势力凌辱的弱女子内心的无限哀怨,并流露了诗人对她的同情。

从岐王过杨氏别业应教[1]

杨子谈经所[2],淮王载酒过[3]。兴阑啼鸟换[4],坐久落花多。径转回银烛,林开散玉珂[5]。严城时未启[6],前路拥笙歌[7]。

[1] 开元八年(720)作于长安。岐王:唐玄宗之弟,名範。开元初,拜太子少师,带本官历绛、郑、岐三州刺史;开元八年,迁太子太傅。十四年病卒。事见《旧唐书·睿宗诸子传》。过:访。应教:古时人臣于文字间,有所属和于天子称应制,于太子称应令,于诸王曰应教。这首诗善于写景,如颔联不直写杨氏别业的景色如何美好,而只说自己玩赏的时间很长,以至于树上换了啼鸟,地上的落花越积越多;这样写使诗歌更富有启发性,馀味不尽。

[2] 杨子:指西汉扬雄(一作杨雄)。雄为人淡于势利,不求闻达。早年好辞赋,后转而研治学术,曾仿《论语》作《法言》,仿《易经》作《太玄经》。《汉书》有传。此处以杨子比杨氏。

[3] 淮王:西汉淮南王刘安。为人博辩,善为文辞。《汉书》有传。此以淮王喻指岐王。载酒:《汉书·扬雄传》:"(雄)家素贫,嗜酒……时有好事者,载酒肴,从游学。"

[4] 兴阑:兴尽。

[5] "径转"二句:写夜游别业的景象。开,舒展,开豁。散玉珂,指

骑马从游者各自分散而游。玉珂,马勒上的玉饰。

〔6〕严:戒夜。句谓归来时天尚未明,城中戒夜,城门未开。

〔7〕拥:谓群聚而行。句指归来时,奏乐者走在队伍之前。唐时亲王出行,卤簿中有鼓吹乐,故云。

敕借岐王九成宫避暑应教〔1〕

帝子远辞丹凤阙〔2〕,天书遥借翠微宫〔3〕。隔窗云雾生衣上,卷幔山泉入镜中〔4〕。林下水声喧语笑,岩间树色隐房栊〔5〕。仙家未必能胜此,何事吹笙向碧空〔6〕?

〔1〕作于开元八年(720)。九成宫:故址在今陕西麟游县西天台山上。本隋文帝所置仁寿宫,贞观五年(631)修复,以为避暑之所,改名九成宫。参见《元和郡县志》卷二。清黄生《增订唐诗摘钞》卷三评此诗云:"右丞诗中有画,如此一诗,更不逊李将军仙山楼阁也。'衣上'字,'镜中'字,'喧笑'字,更画出景中人来,尤非俗笔所办。"

〔2〕帝子:指岐王。丹凤阙:唐长安大明宫南面五门,正中之门名丹凤。阙即宫门前两边的高台,台上起观楼。

〔3〕天书:天子谕告臣下的文书,也即诗题中之"敕"。翠微宫:指九成宫。翠微,山旁陂陀(不平)之处。见《尔雅·释山》及注疏。

〔4〕幔(màn漫):挂在屋内的帷帐,此指窗帘之类。

〔5〕房栊:窗户。借指房舍。

〔6〕吹笙向碧空:《列仙传》卷上:"王子乔者,周灵王太子晋也。好吹笙,作凤凰鸣。游伊、洛之间,道士浮丘公接以上嵩高山。"后乘白鹤登

仙而去。此二句意谓,仙家的居处未必能胜过九成宫,为什么要像太子晋那样成仙而去?

送綦毋潜落第还乡[1]

圣代无隐者,英灵尽来归[2]。遂令东山客[3],不得顾采薇[4]。既至君门远[5],孰云吾道非[6]。江淮度寒食,京洛缝春衣[7]。置酒临长道,同心与我违[8]。行当浮桂棹[9],未几拂荆扉[10]。远树带行客,孤城当落晖[11]。吾谋适不用,勿谓知音稀[12]!

〔1〕约作于开元九年(721)春,时在长安。綦毋潜:盛唐诗人,字孝通,虔州(今江西赣州)人。开元十四年登进士第,尝官校书郎。天宝时迁右拾遗,终著作郎。事见《元和姓纂》卷二、《新唐书·艺文志》等。这是一首送友人落第还乡的诗,抒写了对友人的关怀体贴、敦励慰勉之意。

〔2〕英灵:指杰出的人材。

〔3〕东山客:指隐士。东晋谢安曾隐居东山,后因以东山泛指隐者所居之地。

〔4〕采薇:周武王灭商后,伯夷、叔齐耻食周粟,隐于首阳山,采薇而食,后饿死。见《史记·伯夷列传》。此指隐居。

〔5〕君门:谓王宫之门。《楚辞·九辩》:"岂不郁陶而思君兮,君之门以九重。"

〔6〕吾道非:《史记·孔子世家》载,孔子被困于陈、蔡之间,对弟子们说:"吾道非耶(我的主张不对吗)?吾何为于此?"此句意谓,潜应试

落第,并不是自己的过错。

〔7〕寒食:旧以清明前一日或二日为寒食节,届时前后三日不得举火。京洛:指洛阳。洛阳古时历为建都之地,故称。江、淮、京洛皆綦毋潜自长安还乡途中需经之地。

〔8〕"同心"句:语本《古诗十九首·涉江采芙蓉》:"同心而离居。"《凛凛岁云暮》:"同袍与我违。"同心,此指知己。违,离。

〔9〕浮桂棹(zhào兆):指归途中乘舟。棹,船桨,也指船。

〔10〕拂荆扉:谓掸去陋室的尘垢,以便居住。

〔11〕城:《河岳英灵集》、《唐文粹》作"村"。

〔12〕"吾谋"二句:意谓綦毋潜的落第,只是自己的才华恰好未被赏识,切莫以为朝中识才者稀。《左传》文公十三年载,晋人担心秦国任用士会,设计使秦送士会归晋,秦大夫绕朝察知其情,对士会说:"子无谓秦无人,吾谋适不用也。"知音稀,《古诗十九首·西北有高楼》:"不惜歌者苦,但伤知音稀。"

燕支行 时年二十一〔1〕

汉家天将才且雄,来时谒帝明光宫〔2〕。万乘亲推双阙下〔3〕,千官出饯五陵东〔4〕。誓辞甲第金门里〔5〕,身作长城玉塞中〔6〕。卫霍才堪一骑将〔7〕,朝廷不数贰师功〔8〕。赵魏燕韩多劲卒,关西侠少何咆勃〔9〕。报仇只是闻尝胆〔10〕,饮酒不曾妨刮骨〔11〕。画戟雕戈白日寒,连旗大旆黄尘没。叠鼓遥翻瀚海波,鸣笳乱动天山月〔12〕。麒麟锦带佩吴钩〔13〕,飒沓青骊跃紫骝〔14〕。拔剑已断天骄臂〔15〕,归鞍共饮月支头〔16〕。汉兵大呼一当百,虏骑相看哭且愁。教战须令赴汤火〔17〕,终知上将先伐谋〔18〕。

〔1〕作于开元九年(721)。燕支:山名,即焉支山。在甘肃永昌县西、山丹县东南。《史记·匈奴列传》:"汉使骠骑将军(霍)去病将万骑,出陇西,过焉支山千馀里,击匈奴,得胡首虏骑万八千馀级,破得休屠王祭天金人。"此诗歌颂武将出征获胜,故取名为《燕支行》。全诗侧重于写人,多采用烘托手法,表现出"汉家天将"的英雄气概和报国壮志。

〔2〕明光宫:汉宫名。一在长安北宫,一在甘泉宫中,皆汉武帝所起。见程大昌《雍录》卷二。

〔3〕亲推:《史记·张释之冯唐列传》:"臣闻上古王者之遣将也,跪而推毂(指车轮),曰:'阃(郭门的门限)以内者,寡人制之;阃以外者,将军制之。'"双阙:阙皆有二,夹峙宫门两旁,故云。句谓天子亲到宫门前为将军送行。

〔4〕五陵:汉高祖葬长陵,惠帝葬安陵,景帝葬阳陵,武帝葬茂陵,昭帝葬平陵,其地皆在渭水北岸今咸阳附近,故合称五陵。

〔5〕辞甲第:用霍去病事。《史记·卫将军骠骑列传》:"天子为治第,令骠骑(霍去病)视之,对曰:'匈奴未灭,无以家为也。'"甲第,第一等的宅第,旧指豪门贵族的住宅。金门:汉宫有金马门,又称金门。《史记·滑稽列传》:"金马门者,宦署门也。门傍有铜马,故谓之金马门。"此指朝廷。

〔6〕玉塞:指玉关,即玉门关。汉武帝置,在今甘肃敦煌西北小方盘城,六朝时关址移至今甘肃安西双塔堡附近,为古时通往西域的门户。句谓将军在边塞,身作捍卫国家的长城。

〔7〕卫霍:西汉名将卫青、霍去病。青拜大将军(将军之中位最尊者),去病官骠骑将军(禄秩与大将军同),武帝时皆多次伐匈奴,立下赫

赫战功。骑将:即骑将军,汉杂号将军之一。其位非但在大将军下,亦在车骑将军、卫将军、前后左右将军之下。武帝时公孙贺尝以骑将军从大将军卫青出塞(见《史记·卫将军骠骑列传》)。此句意谓,卫霍这样的名将,比起"天将"来,仅可当一名骑将军。

〔8〕贰师:指李广利。《史记·大宛列传》载,大宛有良马在贰师城(今吉尔吉斯西南部马尔哈马特),汉武帝遣使持千金至大宛求马,大宛不肯予,武帝于是拜李广利为贰师将军,率兵伐大宛。后李广利破大宛,得良马三千馀匹。此句意谓,李广利之功比起"天将"来,显得微不足道,很难被朝廷数上。

〔9〕赵、魏、燕、韩:皆战国七雄之一。四国的疆域主要在今河南、河北、山西一带。关西:指函谷关或潼关以西地区。咆勃:怒貌。潘岳《西征赋》:"何猛气之咆勃!"二句写将军麾下士卒的强悍勇猛。

〔10〕尝胆:《史记·越王勾践世家》载,勾践为吴王夫差所败,困于会稽,向吴求和。吴兵罢归后,勾践矢志复仇,"乃苦身焦思,置胆于坐,坐卧即仰胆,饮食亦尝胆也。曰:'女(汝)忘会稽之耻邪?'"此借用其事,表现将军立志报仇。

〔11〕"饮酒"句:关羽为流矢所中,贯其左臂。后创虽愈,骨常疼痛。医称矢镞有毒,毒入于骨,当破臂刮骨去毒,此患乃可除。羽便伸臂令医劈之。时羽适请诸将,饮食相对,"臂血流离,盈于盘器,而羽割炙引酒,言笑自若"。事见《三国志·蜀志·关羽传》。此借用其事,以歌咏将军的勇武刚毅。

〔12〕白日寒:指戈戟闪着寒光。斾(pèi佩):杂色镶边的旗子。叠鼓:击鼓。瀚海:指沙漠。笳(jiā加):指胡笳,我国古代西北方少数民族的一种乐器,类似笛子。天山:在今新疆境内。以上四句描写将军出征时军容壮盛。

〔13〕麒麟锦带:绣有麒麟的锦带。吴钩:钩是一种"似剑而曲"的

兵器。吴王阖闾曾下令国中，"能为善钩者赏之百金"，传说吴国有人杀其二子，以血涂金，铸成二钩，献与吴王。见《吴越春秋》卷二。后相沿以吴钩称名贵的兵器。鲍照《代结客少年场行》："骢马金络头，锦带佩吴钩。"

〔14〕飒(sà萨)沓：众盛貌。青骊：毛色青黑相杂的马。紫骝(liú留)：枣红马。

〔15〕天骄：指匈奴。《汉书·匈奴传》："胡者，天之骄子也。"断臂：《汉书·西域传》："孝武之世，图制匈奴，患其兼从西国，结党南羌"，"开玉门，通西域，以断匈奴右臂"。

〔16〕饮月氏头：《史记·大宛列传》："至匈奴老上单于，杀月氏王，以其头为饮器。"月支，即月氏(zhī支)，古部族名，秦汉之际游牧于敦煌、祁连间。后为匈奴所攻，一部分西迁至今伊犁河上游，称大月氏；未西迁者进入祁连山区与羌族杂居，称小月氏。

〔17〕须：犹"虽"。赴汤火：《汉书·晁错传》："故能使其众蒙矢石，赴汤火，视死如生。"

〔18〕伐谋：以智谋伐敌。《孙子·谋攻》："故上兵伐谋，其次伐交，其次伐兵，下政攻城。"先伐谋，即以伐谋为先。

少年行四首〔1〕

新丰美酒斗十千〔2〕，咸阳游侠多少年〔3〕。相逢意气为君饮〔4〕，系马高楼垂柳边。

〔1〕疑作于早年，具体时间不详，姑系此。少年行：乐府杂曲歌辞有《结客少年场行》，《乐府诗集》卷六六引《乐府解题》说："《结客少年场

行》,言轻生重义,慷慨以立功名也。"《乐府诗集》录王维此诗于《结客少年场行》后。这是一组写侠士的诗。前一首表现游侠少年爽朗豪迈的精神风貌,后三首主要表现他们为国杀敌的英雄气概,都具有刚劲的气势和昂扬的格调。

〔2〕新丰:古县名,汉始置,天宝七载(748)废。在今陕西临潼东北。古代新丰产名酒,谓之新丰酒。斗十千:一斗酒值十千文钱,极言酒之名贵。曹植《名都篇》:"归来宴平乐,美酒斗十千。"

〔3〕咸阳:秦都,故址在今陕西咸阳东北。此借指唐都长安。

〔4〕"相逢"句:谓游侠少年相逢,因意气彼此投合而举杯共饮。

出身仕汉羽林郎〔1〕,初随骠骑战渔阳〔2〕。孰知不向边庭苦,纵死犹闻侠骨香〔3〕。

〔1〕出身:委身事君之意。羽林郎:官名,掌宿卫侍从,秩比三百石,武帝太初时始置,属光禄勋,后汉同。参见《汉书·百官公卿表》、《后汉书·百官志》。唐时有左右羽林军,为皇家禁军之一。

〔2〕骠骑:官名,即骠骑将军。汉武帝元狩二年,以名将霍去病为骠骑将军。见《史记·卫将军骠骑列传》。渔阳:地名。汉置渔阳郡,治所在渔阳县(今北京密云西南)。又唐有渔阳县(今天津市蓟县),本属幽州,开元十八年于县置蓟州,改隶之;天宝元年,尝改蓟州为渔阳郡,乾元元年复旧。

〔3〕"孰知"二句:是说少年深知不宜去边庭受苦,但是,少年的想法是即使死在边庭,还可以流芳百世。孰知,熟知,深知。侠骨香,张华《博陵王宫侠曲二首》其二:"生从命子游,死闻侠骨香。"苦,《全唐诗》校:"一作死。"

一身能擘两雕弧[1]，虏骑千重只似无[2]。偏坐金鞍调白羽[3]，纷纷射杀五单于[4]。

〔1〕擘(bāi 掰)：用手张弓。雕弧：雕饰彩画的弓。弧，木弓。
〔2〕重：《乐府诗集》作"群"。
〔3〕偏：犹正、恰。说见王锳《诗词曲语辞例释》。调白羽：调弄弓矢，指放箭。白羽，指箭。用白色羽毛做箭羽，故云。
〔4〕五单于：汉宣帝时，匈奴内乱，"诸王并自立，分为五单于，更相攻击"（《汉书·宣帝纪》）。此处泛指敌人的许多首领。

汉家君臣欢宴终，高议云台论战功[1]。天子临轩赐侯印[2]，将军佩出明光宫[3]。

〔1〕"高议"句：江淹《诣建平王上书》："下官虽乏乡曲之誉，然尝闻君子之行矣：其上则隐于帝肆之间，卧于岩石之下；次则结绶金马之庭，高议云台之上。"云台，在汉洛阳南宫中，以"台高际于云"而名（见《淮南子·俶真》高诱注）。东汉明帝曾"图画二十八将（邓禹等二十八位东汉开国功臣）于南宫云台"，见《后汉书·朱景王杜等传》。
〔2〕临轩：天子不居正座而临殿前平台。《后汉书·崔寔传》："（崔烈）为司徒，及拜日，天子临轩，百僚毕会。"侯印：汉代列侯用金印，见《汉书·百官公卿表》。
〔3〕将军：指立功后的少年。明光宫：汉宫名，见《燕支行》注〔2〕。

被出济州[1]

微官易得罪,谪去济川阴[2]。执政方持法,明君无此心[3]。闾阎河润上[4],井邑海云深[5]。纵有归来日,多愁年鬓侵[6]。

〔1〕开元九年(721),作者被贬为济州司仓参军,诗即是秋离京赴任时所作。出:谪为外官。济州:唐州名,领卢、平阴、长清、东阿、阳谷、范六县,治所在卢县(今山东茌平西南)。《河岳英灵集》、《全唐诗》诗题作"初出济州别城中故人"。这首诗抒发了作者以细故遭贬的怨愤之情。

〔2〕济川阴:济水之南。济水为古四渎之一,其故道流经今山东入海。按,唐济州所领各县,惟平阴、长清在济水之南,其馀皆在济水之西之北;济州天宝元年更名济阳郡,亦可证其辖区主要在济水之北。济川,宋蜀本、静嘉堂本俱作"济州"。古以坤为阴,"济州阴"或指济州之地。

〔3〕方:犹"已"。说见王锳《诗词曲语辞例释》。持法:执法。以上二句谓执政者已依法行事,而圣明天子并无处罚自己之意。按,关于王维被贬的原因,《集异记》说:"及为太乐丞,为伶人舞黄师子,坐出官。黄师子者,非一人不舞也。"唐有《五方师子舞》,为天子享宴之乐;"五方师子"即青、赤、黄、白、黑五色师子,伶人所舞黄师子,只是其中之一;又唐太常寺太乐署置令一人,丞一人,丞是令的佐吏,则署中"伶人舞黄师子",负有主要责任的应当是令。《旧唐书·刘子玄传》说:"(开元)九年,长子贶为太乐令,犯事配流。"看来,太乐令刘贶的"犯事"与王维的遭贬实属一案,但王维既然不是这次事件的主要责任者,那么他是否当

贬,也就在两可之间。

〔4〕闾阎:指里巷。河润:河水浸润之地。《庄子·列御寇》:"河润九里。"句指济州濒临黄河。《元和郡县志》卷一〇谓济州治所"西临黄河(唐黄河下游河道与今异)"。

〔5〕井邑:市井,邑里。句指济州近海。

〔6〕多:适足,只是。年鬓侵:年岁渐大。

登河北城楼作^[1]

井邑傅岩上^[2],客亭云雾间^[3]。高城眺落日,极浦映苍山^[4]。岸火孤舟宿,渔家夕鸟还。寂寥天地暮,心与广川闲^[5]。

〔1〕疑开元九年(721)赴济州途中所作。河北:唐县名,属陕州,在今山西平陆旧治东北。天宝元年更名平陆县。见《元和郡县志》卷六。

〔2〕傅岩:古地名,又作傅险,相传为商代傅说版筑之处。在唐河北县北七里,见《史记·殷本纪》正义、《元和郡县志》卷六。

〔3〕客亭:供旅客止息之所。

〔4〕极浦:遥远的水边。

〔5〕与:犹"如"。广川:指黄河。河北县临黄河。

宿郑州^[1]

朝与周人辞^[2],暮投郑人宿^[3]。他乡绝俦侣^[4],孤客亲僮

仆。宛洛望不见[5],秋霖晦平陆[6]。田父草际归,村童雨中牧。主人东皋上[7],时稼绕茅屋。虫思机杼鸣[8],雀喧禾黍熟。明当渡京水[9],昨晚犹金谷[10]。此去欲何言[11],穷边徇微禄[12]。

[1] 开元九年(721)赴济州途中作。郑州:唐州名,辖境在今河南荥阳、郑州、中牟、新郑及原阳一带,治所在郑州。这首诗写作者旅途中的所见与感慨。清施补华《岘傭说诗》说:"'孤客亲僮仆',语极沉至。后人'渐与骨肉远,转于僮仆亲',衍作两句,便觉味浅。……'雀喧'一句亦简妙,可悟炼句法。"

[2] 周:指洛阳一带。周自平王以后,定都洛邑;后王室衰弱,辖区日益缩小,到战国时,只据有洛阳一带地方。

[3] "暮投"句:指暮投宿于郑州辖境,非谓宿于郑州治所(据下"明当"句可知)。郑州,春秋时为郑国之地,故云"郑人"。

[4] 俦侣:伴侣。

[5] 宛洛:东汉时代两个最繁盛的都市,古诗文中每并称。宛在今河南南阳,东汉时有南都之称。此实指洛(作者赴济州不当经过宛)。

[6] 秋霖:秋天久下不停的雨。晦:暗。

[7] 东皋:泛指田野。潘岳《秋兴赋》:"耕东皋之沃壤兮,输黍稷之馀税。"

[8] 思:悲。杼(zhù 助):织机上的梭。鸣:宋蜀本、《全唐诗》作"悲"。

[9] 京水:源出郑州荥阳县南(见《元和郡县志》卷八),东北流,绕经郑州治所,即今河南贾鲁河上游。参见《嘉庆一统志》卷一八六。作者东行过今荥阳县城,即当渡京水。

[10] 金谷:本涧名,在今河南洛阳西,晋石崇构园于此,世谓之金

谷园。

〔11〕言:《文苑英华》作"之"。

〔12〕"穷边"句:谓曲从卑微的禄位而到穷僻边远的地方去。徇,从,曲从。

早入荥阳界〔1〕

泛舟入荥泽〔2〕,兹邑乃雄藩〔3〕。河曲间闾隘〔4〕,川中烟火繁。因人见风俗,入境闻方言。秋野田畴盛〔5〕,朝光市井喧。渔商波上客,鸡犬岸旁村。前路白云外,孤帆安可论〔6〕!

〔1〕赴济州途中作。《宿郑州》作于头天夜晚,此诗则作于翌日早晨。荥(xíng 形)阳:唐县名,属郑州,在今河南荥阳。

〔2〕荥泽:古泽名,故址在唐郑州荥泽县(今荥阳东北)北四里,见《元和郡县志》卷八。赵殿成注:"荥泽在唐时已成平陆,岂能泛舟?盖谓泛舟大河(黄河),以入荥阳之界耳。荥阳、荥泽,地本相连,取古文之名,以为今地之称,诗家盖多有之。"

〔3〕兹邑:指荥阳。雄藩:指地理位置重要的城镇。

〔4〕河曲:黄河河道曲折之处。间阎:里巷。隘:狭窄。

〔5〕田畴(chóu 仇):田地。此指田里的农作物。

〔6〕"前路"二句:意谓前路渺远,孤身独往,此中情味,安可谈说!

济上四贤咏三首[1]

崔录事[2]

解印归田里,贤哉此丈夫[3]!少年曾任侠[4],晚节更为儒。遁世东山下[5],因家沧海隅[6]。已闻能狎鸟[7],余欲共乘桴[8]。

〔1〕在济州任职时作。济:济水。见《被出济州》注〔2〕。诗题下《全唐诗》注云:"济州官舍作。"

〔2〕录事:官名。掌总录众官署文簿,举弹善恶。唐门下省、九寺、诸监、太子詹事府、亲王府及府、州、京县、都督府、都护府等之官属,皆有录事;又府、州、都督府、都护府、诸卫、太子十率府等之官属,皆有录事参军。

〔3〕"解印"二句:意本张协《咏史》:"达人知止足,遗荣忽如无。抽簪解朝衣,散发归海隅。行人为陨涕,贤哉此丈夫!"解印,谓去职。

〔4〕任侠:谓打抱不平,仗义助人。

〔5〕遁世:避世。东山:见《送綦毋潜落第还乡》注〔3〕。

〔6〕沧海隅:即指济州。

〔7〕狎鸟:《列子·黄帝》:"海上之人,有好沤(鸥)鸟者,每旦之海上,从沤鸟游,沤鸟之至者,百住(百数)而不止。其父曰:'吾闻沤鸟皆从汝游,汝取来吾玩之。'明日之海上,沤鸟舞而不下也。"此言崔无世俗

的机诈之心,已能和海鸥亲近。

〔8〕乘桴(fú 伏):《论语·公冶长》:"子曰:'道不行,乘桴(小筏子)浮于海。'"句谓自己想和崔一起浪迹江海。

成文学[1]

宝剑千金装[2],登君白玉堂[3]。身为平原客[4],家有邯郸娼[5]。使气公卿座[6],论心游侠场[7]。中年不得志,谢病客游梁[8]。

〔1〕文学:官名。掌校典籍,侍从文章。唐东宫司经局置文学三人,王府各置文学一人。

〔2〕千金装:形容服饰之华贵。

〔3〕"登君"句:汉乐府《相逢行》:"黄金为君门,白玉为君堂。堂上置樽酒,作使(犹役使)邯郸倡。"此用其意,谓成文学昔日出入豪贵之门。

〔4〕平原:平原君赵胜,战国赵武灵王之子,相赵惠文王及孝成王。胜"喜宾客,宾客盖至者数千人"。见《史记·平原君虞卿列传》。句谓成氏为贵戚座上客。

〔5〕邯郸:战国时赵国国都,在今河北邯郸西南。娼:女乐。按,《汉书·地理志》谓赵俗女子多习歌舞,"游媚富贵,遍诸侯之后宫",故称"邯郸娼"。

〔6〕使气:放任其意气。

〔7〕论心:犹言谈心。心,《文苑英华》作"交"。句谓成氏常与游侠之士交谈、往来。

〔8〕"谢病"句：用汉司马相如事。相如事景帝，为武骑常侍，非其所好也。会梁孝王来朝，从游说之士邹阳、枚乘等，相如见而悦之，"因病免，客游梁，梁孝王令与诸生同舍"。见《史记·司马相如列传》。谢病，托病引退。句谓成氏托病去职，离京客游他方（实客游济上）。

郑霍二山人〔1〕

翩翩繁华子〔2〕，多出金张门〔3〕。幸有先人业，早蒙明主恩。童年且未学，肉食骛华轩〔4〕。岂乏中林士〔5〕，无人献至尊〔6〕。郑公老泉石〔7〕，霍子安丘樊〔8〕。卖药不二价〔9〕，著书盈万言。息阴无恶木，饮水必清源〔10〕。吾贱不及议，斯人竟谁论〔11〕！

〔1〕山人：谓隐士。诗题，《河岳英灵集》、《文苑英华》并作"寄崔郑二山人"。

〔2〕翩翩：风流潇洒貌。繁华子：谓贵盛者。

〔3〕金张：《汉书·盖宽饶传》："下无金、张之托。"颜注："应劭曰：金，金日䃅也。张，张安世也。"按，金、张并为汉代显宦，金为武帝内侍，帝卒前，诏与霍光共辅昭帝；张于宣帝时官至大司马车骑将军。此处泛指权贵。

〔4〕肉食：谓享有厚禄，得常食肉。骛（wù 务）：驰。华轩：华美的车。

〔5〕"岂乏"句：晋王康琚《反招隐诗》："今虽盛明世，能无中林士？"中林士，山林隐逸之士。

〔6〕献：《河岳英灵集》、宋蜀本等作"荐"。至尊：对帝王的尊称。

〔7〕公:《河岳英灵集》《文苑英华》作"生"。

〔8〕霍:《河岳英灵集》作"崔"。丘樊:山林。

〔9〕"卖药"句:《后汉书·逸民列传》:"韩康,字伯休……常采药名山,卖于长安市,口不二价,三十馀年。时有女子从康买药,康守价不移,女子怒曰:'公是韩伯休那,乃不二价乎?'康叹曰:'我本欲避名,今小女子皆知有我焉,何用药为?'乃遁入霸陵山中。"此借用其事,谓郑、霍过着隐逸生活。

〔10〕"息阴"二句:意本《文选》陆机《猛虎行》:"渴不饮盗泉水,热不息恶木阴。"李善注引《尸子》:"孔子……过于盗泉,渴矣而不饮,恶其名也。"又引江邃《文释》:"《管子》曰:'夫士怀耿介之心,不荫恶木之枝;恶木尚能耻之,况与恶人同处?'"阴,树阴。二句谓郑、霍志趣、品格皆极高洁。

〔11〕斯人:此人,指郑、霍。

寓言二首〔1〕

朱绂谁家子〔2〕,无乃金张孙〔3〕?骊驹从白马〔4〕,出入铜龙门〔5〕。问尔何功德,多承明主恩〔6〕?斗鸡平乐馆〔7〕,射雉上林园〔8〕。曲陌车骑盛,高堂珠翠繁〔9〕。奈何轩冕贵〔10〕,不与布衣言!

〔1〕《寓言二首》表现的思想与《郑霍二山人》极接近,疑写作时间相去不甚远,今姑系于此。寓言:有所寄托之言。这首诗直截了当地抨击那些无"功德"却占据显位的贵族子弟,向他们提出义正辞严的责问,

一吐作者胸中的垒块不平。

〔2〕朱绂(fú福):朱红色画有花纹的朝服。参见《汉书·韦贤传》"黻衣朱绂"颜注。

〔3〕无乃:莫不是。金张:见前诗注〔3〕。

〔4〕"骊驹"句:语本汉乐府《陌上桑》:"何用识夫婿?白马从(指后面跟着)骊驹。"骊,纯黑色马。驹,少壮的马。从,跟着。

〔5〕铜龙门:即龙楼门,汉长安宫门之一。《汉书·成帝纪》:"太子出龙楼门,不敢绝驰道。"颜注:"张晏曰:'门楼上有铜龙,若白鹤、飞廉之为名也。'"

〔6〕"问尔"二句:脱胎于应璩《百一诗》:"问我何功德,三入承明庐?"

〔7〕平乐馆:西汉统治者斗鸡走狗的娱乐场所,在上林苑中。参见《汉书·武帝纪》。

〔8〕上林园:即上林苑。秦置,汉初荒废,曾许民入苑开垦。武帝时,又收为宫苑。苑内放养禽兽,供天子射猎。故址在今陕西西安西及周至、户县界。

〔9〕珠翠:妇女的饰物。此借指姬妾、女乐等。

〔10〕轩冕:古制,大夫以上乘轩服冕,故以轩冕指官位爵禄,又用为贵显者的代称。

君家御沟上〔1〕,垂柳夹朱门〔2〕。列鼎会中贵〔3〕,鸣珂朝至尊〔4〕。生死在八议〔5〕,穷达由一言。须识苦寒士,莫矜狐白温〔6〕。

〔1〕此首《唐百家诗选》、《瀛奎律髓》作卢象《杂诗》,《全唐诗》重

见卢、王两人集中。按,王维集宋蜀本、静嘉堂本、元刊刘须溪校本俱收此诗,似当从之。御沟:流经御苑的河沟。《中华古今注》卷上:"长安御沟……亦曰禁沟。引终南山水从宫内过,所谓御沟。"这首诗先从多方面描写权贵的显赫,末尾劝诫他们应体恤寒士之苦。

〔2〕朱门:富贵之家,其宅门漆成朱色。

〔3〕列鼎:谓陈列盛馔。《说苑·建本》:"累茵而坐,列鼎而食。"中贵:天子近侍之贵幸者。

〔4〕鸣珂(kē科):珂为马勒上的饰物,马行时作声,故称"鸣珂"。《新唐书·车服志》:"三品以上珂九子,四品七子,五品五子,六品以下去通幰及珂。"

〔5〕八议:《汉书·刑法志》:"八议:一曰议亲,二曰议故,三曰议贤,四曰议能,五曰议功,六曰议贵,七曰议勤,八曰议宾。"所谓八议,是说犯法之人,凡入八议之限者,可计议减免其罪。八,《全唐诗》卢象集作"片"。句指诗中所写的贵人,掌八议之权,可定人生死。

〔6〕狐白:狐白裘,集狐腋部毛色纯白之皮制成,轻暖名贵。《史记·孟尝君列传》:"孟尝君有一狐白裘,直千金。"《文选》王微《杂诗》:"讵忆无衣苦,但知狐白温。"此二句化用其意,谓贵人应了解那些为寒冷所苦的士人,不要只夸耀自己狐白裘的轻暖!

和使君五郎西楼望远思归^[1]

高楼望所思,目极情未毕^[2]。枕上见千里,窗中窥万室。悠悠长路人^[3],暧暧远郊日^[4]。惆怅极浦外^[5],迢递孤烟出^[6]。能赋属上才^[7],思归同下秩^[8]。故乡不可见,云水空如一[9]。

〔1〕作于济州任职期间。使君:谓州郡长官。此指济州刺史。这首诗描写登楼望远所见景物和作者的思乡之情。

〔2〕目极:尽目力所及遥望。

〔3〕悠悠:远貌。

〔4〕暧(ài 爱)暧:昏暗不明貌。

〔5〕极浦:遥远的水边。

〔6〕迢递:远貌。

〔7〕能赋:《汉书·艺文志》:"登高能赋,可以为大夫。"句指使君五郎而言。

〔8〕下秩:下等职位。此系作者自指。时王维任济州司仓参军,为州刺史属吏,职位卑微,故云。

〔9〕"故乡"二句:谓故乡不可见,只是一片苍茫的云水。按,济州"西临黄河",在济州城西楼西望故乡,黄河必定映入眼帘,故有"云水"之语。

渡河到清河作[1]

泛舟大河里,积水穷天涯[2]。天波忽开拆,郡邑千万家[3]。行复见城市[4],宛然有桑麻[5]。回瞻旧乡国,淼漫连云霞[6]。

〔1〕居济州期间作。河:指黄河。清河:唐贝州治所清河县,在今河

北清河西。唐济州属河南道,贝州属河北道,由济州治所渡河西北行,即可至清河。

〔2〕"积水"句:谓河水广大,与天相接。

〔3〕"天波"二句:谓河上水天开豁处,忽现人烟稠密的郡城。拆,裂,开。郡邑,当指唐河北道博州治所聊城县(今山东聊城东北)。唐时济州治所(今山东茌平西南)与博州治所隔河相望,由济州治所渡河,首先即当抵达博州聊城。

〔4〕城市:即指清河。据《元和郡县志》卷一六载,博州西北至贝州一百九十里。

〔5〕宛然:隐约貌。

〔6〕"回瞻"二句:谓回望故乡,只见水波浩淼,与天相连。淼(miǎo秒)漫,水盛貌。

鱼山神女祠歌二首[1]

迎神曲

坎坎击鼓[2],鱼山之下。吹洞箫,望极浦[3]。女巫进[4],纷屡舞。陈瑶席[5],湛清酤[6]。风凄凄兮夜雨,神之来兮不来?使我心兮苦复苦!

〔1〕作于在济州任职期间。鱼山:《元和郡县志》卷一〇郓州东阿县:"鱼山,一名吾山,在县东南二十里。"按,东阿在今山东阳谷东北阿

29

城镇,本属济州,天宝十三载济州废,改隶郓州。鱼山神女:即神女成公知琼。传说魏济北郡从事掾弦超,夜半独宿,梦有神女来从之。自称天上玉女,姓成公,字知琼,天地哀其孤苦,遣令下嫁从夫。一日来游,遂与弦超结为夫妇。玉女夜来晨去,倏忽若飞,唯超见之,他人不见。后漏泄其事,玉女遂求去。去后五载,弦超奉使赴洛,至济北鱼山下,复见知琼,悲喜交切,因同乘至洛,克复旧好。事见《艺文类聚》卷七九晋张敏《神女赋》、《搜神记》卷一等。这是两首描写祭祀神女的诗,它们工于渲染气氛,营造出一个恍惚迷离的意境。清翁方纲《石洲诗话》卷二说:"王右丞《送迎神曲》诸歌,骚之匹也。"

〔2〕坎坎:击鼓声。

〔3〕洞箫:乐器名。古之箫,用多个长短不一的竹管编排而成,其底部封以蜡者称排箫,洞开者为洞箫。望极浦:谓眺望远方的水涯,盼神女下降。以上二句意本《楚辞·九歌·湘君》:"望夫君兮未来,吹参差(排箫)兮谁思?……望涔阳兮极浦,横大江兮扬灵。"

〔4〕女巫:古称以舞降神的女子为巫。

〔5〕陈:布。瑶席:一种如玉般精美贵重的席子。

〔6〕湛(zhàn 站):澄。酤(gū 姑):酒。句谓澄出清酒以祀神。

送神曲

纷进拜兮堂前[1],目眷眷兮琼筵[2]。来不语兮意不传,作暮雨兮愁空山[3]。悲急管[4],思繁弦[5],灵之驾兮俨欲旋[6]。倏云收兮雨歇[7],山青青兮水潺湲[8]。

〔1〕拜:《乐府诗集》、《全唐诗》作"舞"。

〔2〕眷眷:顾盼貌。琼筵:极言筵宴之精美。

〔3〕"作暮"句:以巫山神女比拟鱼山神女。宋玉《高唐赋序》:"昔者先王尝游高唐,怠而昼寝,梦见一妇人曰:'妾巫山之女也,为高唐之客,闻君游高唐,愿荐枕席。'王因幸之。去而辞曰:'妾在巫山之阳,高丘之阻。旦为朝云,暮为行雨。朝朝暮暮,阳台之下。'"作暮雨,即"暮为行雨"之意。

〔4〕急管:谓乐声节奏急速。

〔5〕思:悲。繁弦:谓乐声丰富多变。

〔6〕灵:神灵。驾:车驾。俨:整齐貌。旋:还。谢惠连《七月七日夜咏牛女诗》:"沃若灵驾旋,寂寥云幄空。"

〔7〕倏(shū抒):忽然。云收雨歇:谓神女已去。亦用巫山神女事。

〔8〕潺湲(chán yuán 馋元):水流貌。

赠祖三咏济州官舍作[1]

蟏蛸挂虚牖[2],蟋蟀鸣前除[3]。岁晏凉风至,君子复何如[4]?高馆阒无人[5],离居不可道[6]。闲门寂已闭,落日照秋草。虽有近音信,千里阻河关[7]。中复客汝颍[8],去年归旧山[9]。结交二十载[10],不得一日展[11]。贫病子既深,契阔余不浅[12]。仲秋虽未归[13],暮秋以为期[14]。良会讵几日[15],终自长相思!

〔1〕约作于开元十二年(724)秋,时作者在济州为司仓参军。祖咏:盛唐诗人,行三。有诗一卷,今传。唐姚合《极玄集》卷上:"祖咏,开

元十三年进士。"《唐才子传》卷一:"咏,洛阳人。开元十二年杜绾榜进士,有文名。"按,高棅《唐诗品汇》卷首《诗人爵里详节》亦云咏"开元十三年进士";玩"贫病"句之意,本诗或当作于开元十三年春咏登第之前。这是一首怀友诗,清黄培芳评曰:"四句一韵,深情远意,绵邈无穷……此真为善学《三百》者也。"(《唐贤三昧集笺注》卷上)

〔2〕蟏蛸(xiāo shāo 宵捎):即喜蛛,蜘蛛的一种,体小脚长。虚牖(yǒu 友):敞开的窗户。

〔3〕除:台阶。

〔4〕晏:晚。君子:指祖咏。

〔5〕高馆:指济州官舍。阒(qù 去):形容寂静。潘岳《怀旧赋》:"空馆阒其无人。"

〔6〕离居:离群索居。不可道:不堪说。

〔7〕"千里"句:谓彼此间千里关河阻隔,无由会面。

〔8〕"中复"句:疑指祖咏曾客居汝坟事。咏《汝坟别业》诗云:"失路农为业,移家到汝坟。独愁常废卷,多病久离群。"细玩祖咏此诗之意,与下"贫病"句正好相合。汝坟,在今河南襄城。汝,汝水,其上游即今河南北汝河。颍,颍水,即今颍河。源出河南登封县西颍谷。汝坟临汝水,在汝水之北、颍水之南。

〔9〕故山:指祖咏之故乡洛阳。

〔10〕"结交"句:《唐才子传》卷一:"(祖咏)少与王维为吟侣。"维作此诗时,年二十四,所谓"二十载",当是约举成数而言。

〔11〕展:《尔雅·释言》:"展,适也。"注:"得自申展适意也。"

〔12〕契阔:指离散。

〔13〕仲秋:农历八月。归:指自济州归长安或洛阳。

〔14〕暮秋:农历九月。期:会合之期。

〔15〕"良会"句:承上句而言,谓与祖咏相会的日子没有多少天了。

讵(jù巨),岂。

喜祖三至留宿[1]

门前洛阳客[2],下马拂征衣[3]。不枉故人驾,平生多掩扉[4]。行人返深巷,积雪带馀晖。早岁同袍者,高车何处归[5]?

〔1〕疑开元十三年(725)冬作于济州。是时祖咏擢第授官后东行赴任,途过济州,王维留之宿,且作此诗。参见《齐州送祖三》注释。祖咏有和章《答王维留宿》,见《全唐诗》卷一三一。这首诗写得很平淡、自然,却表现出了朋友间的深情。
〔2〕洛阳客:祖咏洛阳人,故云。
〔3〕拂征衣:掸去远行旅人衣服上的尘土。
〔4〕"不枉"二句:意谓自己平时多闭门谢客。这样说,更反衬出作者"留宿"的不同寻常和他与祖咏的交情之深。枉驾,称人走访的敬辞。
〔5〕同袍:指朋友间的恩好。祖咏幼年即与王维相交,故称"早岁同袍者"。《诗·秦风·无衣》:"岂曰无衣,与子同袍。"袍,绵衣。高车:对他人之车的敬称。此二句承上而言,谓日暮人归,路有积雪,君高驾尚欲归向何处?即表示留宿之意。

齐州送祖三[1]

送君南浦泪如丝[2],君向东州使我悲[3]。为报故人憔悴尽[4],如今不似洛阳时[5]!

〔1〕写作时间同上诗。齐州:唐州名,治所在今山东济南。齐州在济州之东,地近济州,此诗当是作者居济州期间所作。寻绎本诗及上诗之意,可知祖咏过济州后,又东行赴任,作者因送之至齐州,作此诗赠行。
〔2〕"送君"句:《楚辞·九歌·河伯》:"子交手兮东行,送美人兮南浦。"江淹《别赋》:"送君南浦,伤如之何!"南浦,泛指送别之地。
〔3〕东州:泛指齐州以东的州郡,唐时属边远地区。
〔4〕为:助词。故人:指祖咏。憔悴尽:憔悴已极。作者自指。
〔5〕"如今"句:作者开元九年谪济州途经洛阳时,当曾与祖咏会晤过,故云。

寒食汜上作[1]

广武城边逢暮春[2],汶阳归客泪沾巾[3]。落花寂寂啼山鸟,杨柳青青渡水人。

〔1〕约作于开元十四年(726)自济州西归途中。寒食:旧以清明前一日或二日为寒食节。汜(sì 四)上:汜水之上。汜水源出河南巩县东南,北流经荥阳汜水镇西,注入黄河。诗题《国秀集》作"途中口号",《文苑英华》作"寒食汜水山中作"。这首诗以出色的景物描写,映衬出了作者遭贬四年多后方得以西归的惆怅与伤感。
〔2〕广武城:有东、西二城,故址在今河南荥阳东北广武山上。楚、汉相争时,项羽、刘邦曾分别屯兵东、西城,隔涧对峙。

〔3〕汶阳:指汶水之北。汶水今名大汶河,源出山东莱芜市,西南流至梁山县入济水(今流至东平县入东平湖)。济州在汶水之北,作者自济州西归长安或洛阳,故自称"汶阳归客"。

观别者〔1〕

青青杨柳陌,陌上别离人。爱子游燕赵〔2〕,高堂有老亲。不行无可养,行去百忧新。切切委兄弟〔3〕,依依向四邻。都门帐饮毕〔4〕,从此谢宾亲〔5〕。挥泪逐前侣,含凄动征轮。车从望不见〔6〕,时时起行尘〔7〕。余亦辞家久〔8〕,看之泪满巾。

〔1〕玩诗意,疑开元十四年(726)自济州西归至洛阳时所作。这首诗写贫士为衣食所驱、不得已辞家远游的悲哀,非常感人。

〔2〕燕赵:皆战国七雄之一。燕辖境在今河北北部、辽宁西部一带,赵辖境在今河北西南部及山西中部、北部一带。

〔3〕切切:再三告诫之词。委:托付。

〔4〕都门:指东都的城门。《通鉴》开元二十三年:"正月……赦天下,都城酺三日。"胡三省注:"都城,谓东都城。"唐以洛阳为东都。帐饮:古时出行,送者在路旁设帐置酒饯别。

〔5〕谢:辞。

〔6〕从:谓随行之人。宋蜀本、《全唐诗》等作"徒"。

〔7〕"时时"句:江淹《别赋》:"驱征马而不顾,见行尘之时起。"时时,宋蜀本、《全唐诗》等作"时见"。

〔8〕"余亦"句:作者谪居济州已有四年多时间,故云。

偶 然 作[1]（五首选三）

其二[2]

田舍有老翁，垂白衡门里[3]。有时农事闲，斗酒呼邻里。喧聒茅檐下[4]，或坐或复起。短褐不为薄[5]，园葵固足美[6]。动则长子孙[7]，不曾向城市。五帝与三王[8]，古来称君子。干戈将揖让，毕竟何者是[9]。得意苟为乐[10]，野田安足鄙？且当放怀去[11]，行行没馀齿[12]。

〔1〕约作于开元十五年（727），时作者官于淇上。参见拙作《王维年谱》。《偶然作》原六首，各本"作"字下俱有"六首"二字。按，其六"老来懒赋诗"乃维晚年之诗，与前五首非同时所作，且据有关记载，诗题应为《题辋川图》（详《题辋川图》注释），故将其自《偶然作》中分出，独立成篇，诗题中"六首"二字亦删去。储光羲有和章《同王十三维偶然作十首》，载《全唐诗》卷一三七。然储诗之写作时间实晚于王诗，说见拙作《储光羲生平事迹考辨》（见《王维新论》附录）。

〔2〕这首诗写田舍翁的纯朴，有陶诗的真率。

〔3〕垂白：谓白发下垂。衡门：横木为门，指简陋的住处。

〔4〕喧聒（guō 锅）：喧扰，声音嘈杂。

〔5〕短褐（hè 赫）：即裋褐，指粗布衣服。《史记·秦始皇本纪》："夫寒者利裋褐。"《集解》："徐广曰：一作短，小襦也，音竖。"《索隐》：

"裋,一音竖,盖谓褐布竖裁为劳役之衣,短而且狭,故谓之短褐,亦曰竖褐。"不为薄:不以为鄙陋。

〔6〕"园葵"句:意本陶潜《止酒》:"好味止(仅)园葵,大欢止稚子。"葵,菜蔬名。固,本。

〔7〕动:每每,往往。长:养育。

〔8〕五帝:《史记·五帝本纪》以黄帝、颛顼、帝喾、唐尧、虞舜为五帝。三王:夏、商、周三代的开国之君,即夏禹、商汤、周文王、周武王。

〔9〕"干戈"二句:谓五帝、三王之得位,或用干戈,或以揖让,毕竟何者为是?将,与。揖让,谓以位让贤。孔颖达《尚书正义序》:"勋(尧)、华(舜)揖让而典谟起,汤、武革命而誓诰兴。"

〔10〕苟:姑且。

〔11〕放:宋蜀本、元本作"忘"。

〔12〕行(hàng 沆)行:刚强貌。没馀齿:度完馀年。

其三〔1〕

日夕见太行〔2〕,沉吟未能去〔3〕。问君何以然?世网婴我故〔4〕。小妹日成长,兄弟未有娶〔5〕。家贫禄既薄,储蓄非有素。几回欲奋飞,踟蹰复相顾〔6〕。孙登长啸台〔7〕,松竹有遗处。相去讵几许〔8〕?故人在中路〔9〕。爱染日已薄〔10〕,禅寂日已固〔11〕。忽乎吾将行〔12〕,宁俟岁云暮〔13〕?

〔1〕这是一首言志述怀的诗,表现了作者早欲归隐而未能的矛盾心情。

〔2〕日夕:近黄昏时。太行:山名,起自河南济源县,北入山西省境,

东北走,复入河南省,经辉县、林县,入河北、山西两省交界处。

〔3〕沉吟:犹豫不决。

〔4〕世网:即尘网,指尘世。婴:缠绕。陆机《赴洛道中作》:"借问子何之?世网婴我身。"

〔5〕"兄弟"句:谓兄弟已到成室年龄而尚未婚娶。按,作者有弟四人,开元十五年(727),作者二十七岁,其弟估计多数已年过二十,所以断王维约在开元十五年官于淇上,大致近之。

〔6〕"几回"二句:谓自己几次想弃世隐居,顾及家人,又心中犹豫。奋飞,鸟振翼而飞。踟蹰(chí chú 池除),犹豫。

〔7〕孙登长啸台:孙登字公和,汲郡共县(今河南辉县)人,魏晋之际有名的隐士。《晋书》有传。史称登善长啸(撮口发出长而清越的声音),其声"若鸾凤之音,响乎岩谷"(《晋书·阮籍传》)。旧传登隐于苏门山(在今辉县西北),山上有长啸台,即其长啸之所。参见《元和郡县志》卷一六、《嘉庆一统志》卷二〇〇。

〔8〕"相去"句:谓其地距长啸台不远。这一距长啸台不远的地方,应该就是淇上。参见《淇上即事田园》注〔1〕。

〔9〕在中路:指在去隐居地的途中。

〔10〕爱染:佛家语,爱谓贪爱、爱欲,染谓染污(指心为世俗的欲求、妄念所浸染而不净),佛教谓其皆能扰乱众生之身心,使不得解脱。《智度论》卷一:"自法爱染故,毁訾他人法。"

〔11〕禅寂:佛家语,禅谓"静虑",寂即寂静。指宁静专注地思虑义理,驱除诸种世俗妄念。《维摩经·方便品》:"一心禅寂,摄诸乱意。"

〔12〕"忽乎"句:指很快自己将弃官归隐。语本《楚辞·九章·涉江》:"怀信侘傺,忽乎吾将行兮。"

〔13〕宁俟(sì 似):何待。云:助词。

其五[1]

赵女弹箜篌,复能邯郸舞[2]。夫婿轻薄儿,斗鸡事齐主[3]。黄金买歌笑,用钱不复数。许史相经过[4],高门盈四牡[5]。客舍有儒生,昂藏出邹鲁[6]。读书三十年,腰下无尺组[7]。被服圣人教[8],一生自穷苦。

〔1〕这首诗成功地运用对比手法,来揭露社会的不公正,抒发作者内心的愤懑不平。

〔2〕"赵女"二句:赵俗女子多习歌舞,其地女乐、歌舞皆闻名于世,参见《济上四贤咏·成文学》注〔5〕。箜篌(kōng hóu 空侯),古弦乐器,其形似瑟而小,七弦。

〔3〕"斗鸡"句:《庄子·达生》:"纪渻子为王养斗鸡。"陆德明《释文》:"王,司马(司马彪)云:齐王也。"按,玄宗好斗鸡,唐时斗鸡之风甚盛,颇有以斗鸡而得宠者,此句即借用旧典以讽刺时事。

〔4〕许史:指汉宣帝时外戚许氏、史氏。《汉书·盖宽饶传》:"上无许史之属。"颜注:"应劭曰:许伯,宣帝皇后父;史高,宣帝外家也。"此句谓与贵戚相交往。

〔5〕四牡:套着四匹雄马的车子。

〔6〕昂藏:气度轩昂。邹:古国名,有今山东费、邹、滕、济宁、金乡等县地,战国时为楚所灭。鲁:古国名,有今山东西南部地,战国时为楚所灭。按,孔子为鲁人,孟子为邹人,邹鲁一带深受儒家学派的影响,习儒业者比比皆是。《史记·货殖列传》:"邹鲁滨洙泗,犹有周公遗风,俗好儒,备于礼。"《汉书·地理志》谓鲁地之民"好学,上礼义,重廉耻"。

〔7〕尺组:组,彩色丝带,此指绶带。古时官员的绶带,一端用来系官印;绶结于腰间,印则垂之腰下,"尺"即指印垂下的长度。

〔8〕被服:比喻亲身蒙受,犹如被服覆盖身体。圣人:指孔子。

淇上即事田园[1]

屏居淇水上[2],东野旷无山。日隐桑柘外[3],河明间井间。牧童望村去[4],猎犬随人还。静者亦何事[5],荆扉乘昼关[6]。

〔1〕约作于开元十六年(728),是时作者弃官在淇上隐居。淇上:淇水之上。淇水流经唐卫州(辖有今河南新乡市及汲、浚、辉、淇等县地)境内,即今河南北部淇河。《元和郡县志》卷一六卫州:"淇水源出(共城)县(今辉县)西北沮洳山,至卫县(今淇县)入河(黄河)。按,今淇水流入卫河),谓之淇水口。"据此,知"淇上"当距太行山及孙登长啸台不远。参见《偶然作》其三注释。这首诗描写了幽静的田园风光,颔联景象如画,尤为诗评家所称道。

〔2〕屏居:犹隐居。

〔3〕柘(zhè浙):树名,叶子卵形或椭圆形,可以喂蚕。

〔4〕望:向着。

〔5〕静者:幽居守静之人。多用以指隐者及僧人。此处为作者自指。

〔6〕荆扉:柴门。

淇上送赵仙舟[1]

相逢方一笑,相送还成泣。祖帐已伤离[2],荒城复愁入[3]。天寒远山净,日暮长河急。解缆君已遥[4],望君犹伫立[5]。

〔1〕开元十五年(727)或十六年作于淇上。赵仙舟:据岑参《临洮泛舟赵仙舟自北庭罢使还京》诗(作于天宝十三载,说见陈铁民等《岑参集校注》),可知赵为开元、天宝时人。诗题,《国秀集》作"河上送赵仙舟",赵注本等作"齐州送祖三"。这是一首送别诗。首联点出才逢又别,倍觉黯然;接着直抒离宴上的惜别及送别后怅惘之情;三联"用写景之笔宕开,而情在景中"(施补华《岘佣说诗》);末联写友人的船已远去,自己犹伫立怅望,更表现出对友人的无限深情。

〔2〕祖帐:谓饯席。祖,送行之祭,因设宴而饮。帐,见《观别者》注〔4〕。

〔3〕"荒城"句:谓送走友人后,自己愁于复入荒城。

〔4〕解缆:解开缆绳。君已遥:谓水流急,船行甚速。

〔5〕犹:《国秀集》、《文苑英华》作"空"。伫立:久立。

不遇咏[1]

北阙献书寝不报[2],南山种田时不登[3]。百人会中身不预[4],五侯门前心不能[5]。身投河朔饮君酒[6],家在茂陵平安否〔7〕？且共登山复临水，莫问春风动杨柳。今人作人多自私〔8〕，我心不说君应知〔9〕。济人然后拂衣去〔10〕，肯作徒尔一男儿〔11〕！

〔1〕作年同上诗，说见本诗注〔6〕。这首诗描写一个落魄失意的士人的遭遇与愤慨，并表现了他只图济世、不求自利的胸怀与志向。

〔2〕北阙：《汉书·高帝纪》："萧何治未央宫，立东阙、北阙。"颜注："未央殿虽南向，而上书奏事、谒见之徒皆诣北阙，公车司马亦在北焉，是则以北阙为正门。"此泛指宫阙。献书：向天子进献书疏、文章，以求进用。唐封演《封氏闻见记》卷三："常举外复有……进献文章并上著述之辈，或付本司，或付中书考试，亦同制举。"寝：搁置。不报：不答复。《汉书·朱买臣传》："（买臣）诣阙上书，书久不报。"

〔3〕时：时常，经常。不登：收成不好。

〔4〕百人会：《世说新语·宠礼》："孝武（东晋孝武帝）在西堂会，伏滔预坐。还，下车呼其儿，语之曰：'百人高会，临坐未得他语，先问"伏滔何在？在此否？"此故未易得。为人作父如此，何如？'"预，参预。句谓朝廷的盛会自己不能参加。

〔5〕五侯：《汉书·元后传》："（成帝）河平二年，上悉封舅（王）谭为平阿侯、（王）商成都侯、（王）立红阳侯、（王）根曲阳侯、（王）逢时高平侯，五人同日封，故世谓之五侯。"句谓干谒权贵自己又做不到。

〔6〕河朔：河北。唐置河北道，辖有黄河以北之地。君：指诗中抒情主人公所投靠的主人，此人当时在黄河以北。按，王维曾居淇上，其地恰在唐河北道卫州境内，疑此诗即维居淇上时所作。细察此诗所反映的思想情绪，同维居淇上期间的心境正好相合。

〔7〕茂陵：在今陕西兴平县东北。《元和郡县志》卷二京兆府兴平县："汉茂陵在县东北十七里，武帝陵也，在槐里（汉县名）之茂乡，因以

为名。"《史记·司马相如传》:"相如既病免,家居茂陵。"此处借用其事,谓主人("君")是时免官家居。

〔8〕作:宋蜀本、《全唐诗》作"昨"。

〔9〕说:通"悦"。

〔10〕济人:救助世人。拂衣:振衣,有表示决绝之意,常用以指弃官隐居。《后汉书·杨彪传》载孔融曰:"孔融鲁国男子,明日便当拂衣而去,不复朝矣!"

〔11〕肯:犹"岂"。徒尔:徒然,枉然。

送孟六归襄阳〔1〕

杜门不欲出〔2〕,久与世情疏。以此为长策〔3〕,劝君归旧庐〔4〕。醉歌田舍酒,笑读古人书。好是一生事〔5〕,无劳献《子虚》〔6〕。

〔1〕孟六:盛唐著名诗人孟浩然,行六。襄州襄阳(今湖北襄樊)人。开元十六年(728)冬,浩然四十岁,自襄阳入京应举。十七年春,落第,淹留长安。同年冬,返襄阳,王维在长安作此诗送之。浩然临归襄阳时,曾作《留别王维》(一作《留别王侍御维》,非是,参见陈贻焮《唐诗论丛》)诗,抒写了自己入京应试落第后的愤恨不平的心情。王维这首诗多劝慰浩然之词,大抵即针对《留别王维》诗而发。本篇一作张子容诗,非是,说见李嘉言《古诗初探·全唐诗校读法》。

〔2〕杜门:闭门。欲:《瀛奎律髓》、《全唐诗》作"复"。

〔3〕长策:良策。长,《全唐诗》作"良"。

〔4〕归旧庐:指回故乡。

〔5〕好:恰,正。此句承上句而言,谓隐居正是一生之事。

〔6〕无劳:不必费力之意。《子虚》:赋名,汉司马相如作。武帝读《子虚赋》而善之,蜀人杨得意为狗监,侍武帝,曰:"臣邑人司马相如自言为此赋。"武帝惊,召问相如,相如作天子游猎赋献之。事见《史记·司马相如列传》。献《子虚》,即献赋,唐有进献文章拜官之例,故杜甫曾奏《三大礼赋》以求仕。参见《不遇咏》注〔2〕。开元十七年秋,孟浩然在长安作《题长安主人壁》云:"欲随平子(张衡,作有《归田赋》)去,犹未献《甘泉》(赋名,扬雄作)。"似有献赋求官之心。

自大散以往深林密竹蹬道盘曲四五十里至黄牛岭见黄花川〔1〕

危径几万转,数里将三休〔2〕。回环见徒侣〔3〕,隐映隔林丘〔4〕。飒飒松上雨〔5〕,潺潺石中流。静言深溪里,长啸高山头〔6〕。望见南山阳〔7〕,白日霭悠悠〔8〕。青皋丽已净〔9〕,绿树郁如浮〔10〕。曾是厌蒙密〔11〕,旷然消人忧〔12〕。

〔1〕大散:古关名,又称散关。在今陕西宝鸡西南大散岭上,为川陕间的交通要道之一。蹬(dēng登)道:脚踩的路。黄牛岭:当在古黄牛堡(今黄牛铺)附近。《嘉庆一统志》卷二三八:"黄牛堡,在凤县(今属陕西)东北一百一十五里,接凤翔府宝鸡县界。五代周显德二年,王景攻蜀入散关,拔黄牛砦。"黄花川:《嘉庆一统志》卷二三七:"黄花川,在凤县东北。《寰宇记》:大散水出黄花县(在今凤县东北)东界大散岭,流迳县

西,去城十步,《水经》云,大散水入黄花川。"王维曾游蜀,由《晓行巴峡》诗可知。考本诗之大散、黄牛岭、黄花川,皆自秦入蜀所经之地,故知本诗应作于王维入蜀途中。王维游蜀的具体时间已难确考,但由他入蜀时的诗作来考察,大致可以推知他是以一个布衣的身份出游的。考王维自开元二十二年之后,行迹仕履历历可考(参见拙作《王维年谱》),故其游蜀,约略应在开元二十一年(733)以前闲居长安的数年内。

〔2〕三休:多次休息。贾谊《新书·退让》:"上(章华台)者三休,而乃至其上。"

〔3〕回环:环绕,指在盘曲的路上绕行。徒侣:谓从行之人。

〔4〕隐映:谓若隐若现。

〔5〕飒(sà 萨)飒:像雨声。

〔6〕"静言"二句:语本陆机《猛虎行》:"静言幽谷底,长啸高山岑。"静言,沉思。溪,《文苑英华》作"林"。

〔7〕南山:终南山,也即秦岭。大散岭即秦岭的一部分。阳:山之南曰阳。

〔8〕霭(ǎi 矮):云气。悠悠:安闲貌。《楚辞·九章·思美人》:"开春发岁兮,白日出之悠悠。"

〔9〕皋:水边之地。

〔10〕郁:林木积聚貌。

〔11〕蒙密:草木茂密四布。

〔12〕旷然:空阔貌。句谓登上岭巅,见一片空阔,使人消忧。

青溪〔1〕

言入黄花川〔2〕,每逐青溪水。随山将万转,趣途无百里〔3〕。

声喧乱石中,色静深松里。漾漾泛菱荇[4],澄澄映葭苇[5]。我心素已闲,清川澹如此[6]。请留盘石上[7],垂钓将已矣!

〔1〕作于入蜀途中。青溪:即指黄花川。参见前诗注〔1〕。这是一首描写山川景物的诗,具有冲和淡雅、清新自然的特色。

〔2〕言:助词,无义。

〔3〕趣途:走过的路程。趣,趋。此二句写逐水而行,水流曲折蜿蜒于山间。

〔4〕漾漾:水摇动貌。静嘉堂本、《文苑英华》等作"演漾"。荇(xìng杏):荇菜,多年生水草,夏天开花,色黄。

〔5〕澄澄:水清澈貌。葭(jiā加)苇:芦苇。

〔6〕澹:恬静。

〔7〕盘石:磐石,大石。

戏题盘石[1]

可怜盘石临泉水[2],复有垂杨拂酒杯。若道春风不解意,何因吹送落花来[3]?

〔1〕疑作于入蜀途中。上诗写及盘石,恰与本诗合;又王维游蜀在春日(见《晓行巴峡》),而此诗正写春景,故疑其亦作于入蜀途中。这首诗写春日野行途中独酌的情趣。

〔2〕可怜:可爱。

〔3〕"若道"二句:意谓若说春风不理解人意,为什么它又吹送落花

来助兴?

晓行巴峡[1]

际晓投巴峡[2],馀春忆帝京[3]。晴江一女浣[4],朝日众鸡鸣。水国舟中市[5],山桥树杪行[6]。登高万井出,眺迥二流明[7]。人作殊方语[8],莺为旧国声[9]。赖多山水趣,稍解别离情。

〔1〕游蜀时作。巴峡:今湖北巴东县西有巴峡,位于巫峡之东。然据《水经注》卷三四载,其地"两岸连山,略无阙处。重岩叠嶂,隐天蔽日",乃一人烟稀少之域,同本诗所描写的景象不合,故本诗之巴峡,当另有所指。杜甫《闻官军收河南河北》:"即从巴峡穿巫峡,便下襄阳向洛阳。"仇兆鳌注:"旧注:巴县有巴峡。"按,长江自巴县(今重庆)至涪州(今重庆涪陵)一段多山峡,有黄葛峡、明月峡、鸡鸣峡、铜锣峡、石洞峡、黄草峡等,见《华阳国志》卷一、《水经注》卷三三、《嘉庆一统志》卷三八七。这些山峡因都在古巴县或巴郡境内,故统称为巴峡。杜诗与本诗之巴峡皆指此。这首诗描写游蜀时所见到的新异景象和在外作客的心情。

〔2〕际晓:天刚亮。际,适当其时。

〔3〕馀春:暮春。

〔4〕浣(huàn 患):洗涤。

〔5〕"水国"句:谓近水之地,人们多在舟中作买卖。

〔6〕山桥:指山岩间架木而成的栈道。

〔7〕眺迥:望远。二流:其一为长江,另一当指在巴峡一带入江的河

流(如嘉陵江、玉麟江、龙溪河等)。

〔8〕殊方:异乡。

〔9〕旧国:故乡。

归嵩山作〔1〕

清川带长薄〔2〕,车马去闲闲〔3〕。流水如有意,暮禽相与还〔4〕。荒城临古渡,落日满秋山。迢递嵩高下〔5〕,归来且闭关〔6〕。

〔1〕作于开元二十二年(734)秋,时作者在嵩山隐居。嵩山:又称嵩高山,在今河南登封北。这首诗前四句写归山途中所见风景,情调闲适;后四句通过对荒城古渡、秋山落日萧索景象的刻画,表现出诗人归隐后的落寞心情,景与情契合交融。

〔2〕"清川"句:陆机《君子有所思行》:"曲池何湛湛,清川带华薄。"带,围绕。薄,草木丛生之地。

〔3〕闲闲:往来自得貌。

〔4〕"暮禽"句:陶渊明《饮酒》其五:"山气日夕佳,飞鸟相与还。"

〔5〕迢递:高貌。

〔6〕闭关:闭门。

过乘如禅师萧居士嵩丘兰若〔1〕

无著天亲弟与兄〔2〕,嵩丘兰若一峰晴〔3〕。食随鸣磬巢乌下[4],行踏空林落叶声。进水定侵香案湿[5],雨花应共石床平[6]。深洞长松何所有？俨然天竺古先生[7]。

〔1〕作于开元二十二年(734)秋至二十三年春隐于嵩山期间。乘如禅师:《宋高僧传》卷一五:"释乘如,未详氏族,精研律部,颇善讲宣。……代宗朝翻经,如预其任。……终西明、安国二寺上座。"又,《代宗朝赠司空大辨正广智和上表制集》卷一《请置大兴善寺大德四十九员》,载有"东都敬爱寺僧乘如"。二书所载,盖即一人。禅师,对和尚的尊称。萧居士:玩诗意,当是乘如之兄弟。居士,在家奉佛修道之人。嵩丘:即嵩山。兰若:梵语"阿兰若"之略称,一般指佛寺。这首诗写兰若的孤高、人迹罕至,与和尚、居士的超凡脱俗,"境味警策入妙"(方东树《昭昧詹言》卷一六)。

〔2〕无著、天亲:《大唐西域记》卷五:"无著菩萨,健驮逻国人也,佛去世后一千年中,诞灵利见,承风悟道,从弥沙塞部(小乘佛教部派之一)出家修学,顷之回信大乘。其弟世亲菩萨于说一切有部(小乘佛教部派之一)出家受业,博闻强识,达学研几。"按,世亲即天亲,与其兄无著同为古印度大乘佛教瑜珈行派理论体系的主要建立者。此处以无著、天亲喻乘如禅师、萧居士。

〔3〕一峰晴:一座山峰晴朗明丽。太阳初出或偏西时,阳光只照射在高的山峰上。此写兰若所在山峰之孤高。

〔4〕"食随"句:谓随着磬声响起而用餐,这时巢中的乌鸦也飞下共食。磬(qìng 庆),佛寺中敲击以召集僧众的鸣器。

〔5〕进水:涌射出的泉水。传说慧远至庐山,"始住龙泉精舍,此处去水大远,远乃以杖扣地曰:'若此中可得栖立,当使朽壤抽泉。'言毕,清流涌出,后卒成溪。"事见《高僧传》卷六《慧远传》。香案:佛寺放置香炉的长桌子。此句暗用慧远之事,写禅师、居士的法力和居处的环境。

〔6〕雨花:《妙法莲华经·序品》:"佛说此经已,结跏趺坐,入于无量义处三昧,身心不动,是时天雨(降下)曼陀罗华(花名)……而散佛上及诸大众。"

〔7〕天竺:古印度别称。古先生:道教称老子西至天竺为佛,号古先生。《后汉书·襄楷传》:"或言老子入夷狄为浮屠(即佛)。"《西升经》卷一:"老子西升,开道竺乾(即天竺,言至天竺传道开化),号古先生。"事又见南齐道士顾欢《夷夏论》。按,以上说法,是道教为了贬抑佛教,否定它的宗教正统地位而制造出来的。此句谓乘如兄弟,俨然似天竺之佛。

献始兴公时拜右拾遗〔1〕

宁栖野树林〔2〕,宁饮涧水流;不用坐粱肉,崎岖见王侯〔3〕。鄙哉匹夫节,布褐将白头〔4〕!任智诚则短,守仁固其优〔5〕。侧闻大君子〔6〕,安问党与仇〔7〕。所不卖公器〔8〕,动为苍生谋〔9〕。贱子跪自陈〔10〕,可为帐下不〔11〕?感激有公议,曲私非所求〔12〕!

〔1〕开元二十三年(735)刚被任为右拾遗时作于嵩山。始兴公:即开元贤相张九龄。字子寿,韶州曲江(今广东韶关)人。开元二十一年十二月任中书侍郎、同中书门下平章事,二十二年五月二十七日加中书令,二十三年三月九日进封始兴县子。参见两《唐书》本传、明成化九年韶州刊本《唐丞相曲江张先生文集》附录"诰命"。右拾遗:官名,唐中书省置右拾遗二人,掌供奉讽谏。开元二十二年张九龄加中书令后,王维

曾献《上张令公》诗求九龄汲引;二十三年九龄擢王维为右拾遗后,王维又进献此诗(其时当在九龄进封始兴县子后)。从这首诗里,可以了解作者的志趣和政治态度。

〔2〕宁:宁愿。

〔3〕"不用"二句:意谓用不着为了得到富贵,而惴惴不安地去干谒王侯。坐,犹"致"。赵注本等作"食"。鲍照《观圃人艺植》:"居无逸身伎,安得坐粱肉。"粱肉,谓美食佳肴。崎岖,不安貌(据《文选》陶渊明《归去来辞》李善注)。

〔4〕"鄙哉"二句:谓因为有这种朴鄙的平民节操,我准备终身不为官!匹夫,平民。布褐(hè赫),粗布衣服,平民所服。

〔5〕"任智"二句:意谓若论取用才智,那确乎是我的所短;而保持仁德,却是我的长处。

〔6〕侧闻:从旁听说。大君子:指张九龄。

〔7〕"安问"句:语本刘琨《重赠卢谌》:"重耳(晋文公)任五贤(指赵衰等),小白(齐桓公)相射钩(射钩者,指管仲)。苟能隆二伯(指齐桓、晋文),安问党(指五贤)与仇(指管仲)?"此言张九龄用人公正无私,不问是同党还是仇人。

〔8〕公器:公有之物。《庄子·天运》:"名,公器也,不可多取。"《旧唐书·张九龄传》载,开元十三年,"九龄言于(张)说曰:'官爵者,天下之公器,德望为先,劳旧次焉。'"句谓九龄不出卖国家的官爵。

〔9〕动:举动,行动。苍生:老百姓。

〔10〕"贱子"句:语本应璩《百一诗》其一:"避席跪自陈,贱子实空虚。"贱子,作者自谦之称。

〔11〕帐下:谓下属。不:通"否"。

〔12〕"感激"二句:谓任用我,如出于公正之议,将使自己感动奋发;如有所偏私,则不是自己所追求的。感激,感动奋发。曲私,偏私。

韦侍郎山居[1]

幸忝君子顾[2],遂陪尘外踪[3]。闲花满岩谷,瀑水映杉松[4]。啼鸟忽临涧,归云时抱峰[5]。良游盛簪绂[6],继迹多夔龙[7]。讵枉青门道,故闻长乐钟[8]。清晨去朝谒[9],车马何从容[10]。

〔1〕约作于开元二十五年(737)春,时作者在长安任右拾遗。韦侍郎:韦济,时任户部侍郎(户部副长官)。《旧唐书·韦嗣立传》:"济,早以辞翰闻。……(开元)二十四年,为尚书户部侍郎。累岁转太原尹。"王维《同卢拾遗韦给事东山别业二十韵给事首春休沐维已陪游及乎是行亦预闻命会无车马不果斯诺》云:"侍郎文昌宫,给事东掖垣。"按,"侍郎"即韦济,"给事"即济兄韦恒,"韦侍郎山居"即"韦给事东山别业",也即韦嗣立庄。嗣立乃济、恒之父,中宗时为丞相,曾营别业于骊山鹦鹉谷,称东山别业或韦嗣立庄。参见张说《东山记》、两《唐书·韦嗣立传》、《唐诗纪事》卷一一。这是一首写景诗,诗中"闲花"四句善于寓静于动,借写动态来表现静境。

〔2〕忝(tiǎn 舔):有愧于。谦词。君子:指韦侍郎。

〔3〕尘外踪:谓世外之游。

〔4〕瀑水:《长安志》卷一五谓骊山鹦鹉谷"有重崖洞壑,飞流瀑水"。

〔5〕"归云"句:谢灵运《过始宁墅》:"白云抱幽石,绿筱媚清涟。"

〔6〕簪绂(zān fú 咱阴平服):皆贵显者之服饰,又用以指贵显者。

簪,冠簪,用来把冠别在头发上。绂,系冠的丝带。

〔7〕继迹:继其踪迹者,即续游之人。夔(kuí葵)龙:皆舜臣,夔典乐,龙作纳言,见《书·舜典》。此指贤臣。

〔8〕青门:汉长安城东面三门中南头的门。见《三辅黄图》卷一。此处盖以汉青门借指唐长安东门。又,韦侍郎山居在骊山,赴山居应出长安东门,故"青门道"当即指赴山居之路。故:犹常、久、素。长乐:汉长安宫殿名,故址在今陕西西安西北。此处借指唐皇宫。此二句承上二句而言,意谓游山居之显官久在宫中任事,东出青门作此游并非徒劳无益。

〔9〕朝谒(yè页):指朝见天子。

〔10〕从容:舒缓貌。

寄荆州张丞相[1]

所思竟何在[2]?怅望深荆门[3]。举世无相识,终身思旧恩[4]。方将与农圃[5],艺植老丘园[6]。目尽南飞鸟[7],何由寄一言!

〔1〕荆州:治所在今湖北荆州。唐时于此地置大都督府,统荆、硖、岳、复、郢诸州。张丞相:张九龄,参见《献始兴公》注〔1〕。史载李林甫屡于玄宗前中伤九龄,开元二十四年(736)十一月,九龄罢中书令,下迁尚书右丞相。二十五年四月,监察御史周子谅奏弹丞相牛仙客,引谶书为证,玄宗大怒,命杖于朝堂;李林甫言子谅乃九龄所荐,四月二十日,贬九龄为荆州大都督府长史(唐大都督府置长史一人,从三品)。此诗即

作于开元二十五年四月九龄左迁荆州之后。诗中诉说对九龄的深切思念,表达了诗人对朝政日非的态度——打算归隐田园。

〔2〕"所思"句:沈约《临高台》:"所思竟何在?洛阳南陌头。"

〔3〕荆门:山名,在湖北宜都西北长江南岸。《文选》郭璞《江赋》李善注引盛弘之《荆州记》:"郡西溯江六十里,南岸有山名曰荆门,北岸有山名曰虎牙,二山相对,楚之西塞也。"赵殿成注:"唐人多呼荆州为荆门,文人称谓如此,不仅指荆门一山矣。"其说是。

〔4〕旧恩:《新唐书·王维传》:"张九龄执政,擢右拾遗。"

〔5〕与农圃:参与耕田种菜,指隐居躬耕。

〔6〕艺植:种植。老丘园:终老于田园。

〔7〕鸟:《全唐诗》等作"雁"。

使至塞上[1]

单车欲问边,属国过居延[2]。征蓬出汉塞[3],归雁入胡天。大漠孤烟直[4],长河落日圆[5]。萧关逢候骑,都护在燕然[6]。

〔1〕开元二十五年(737)夏,作者出使河西(治凉州),此诗即初至凉州(今甘肃武威)时所作。诗中以壮丽、开阔的塞上景色,烘托作者的出塞豪情。笔力雄健,气韵生动。其中"大漠"一联,写边景如画,用字极锻炼,又极自然。

〔2〕单车:单车独行,不带随从。欲:犹"方"、"正",说见王锳《诗词曲语辞例释》。问:慰问,访问。属国:《汉书·霍去病传》颜师古注:"不

改其本国之俗而属于汉,故号属国。"居延:地名。汉有居延泽,唐称居延海,在今内蒙古额济纳旗北境。汉武帝太初三年将军路博德曾筑居延城于居延泽上(《汉书·武帝纪》);又东汉凉州刺史部有张掖居延属国,辖境即在居延泽一带(见《后汉书·郡国志》)。下句意谓,边塞辽阔,附属国直到居延以外。按,唐河西节度统八军三守捉(见《通鉴》卷二一五),其中宁寇军即在居延海西南(见《新唐书·地理志》);又唐安北都护府下辖有羁縻州(唐时诸蕃内附,就其部落列置州县,以其首领为世袭刺史,谓之羁縻州)居延州,其地亦当在居延海附近。以上二句《文苑英华》作"衔命辞天阙,单车欲问边"。

〔3〕征蓬:随风飞扬的蓬草。此处诗人用以自喻。

〔4〕大漠:大沙漠。此处疑指凉州之北的沙漠(今腾格里沙漠的一部分)。孤烟直:赵殿成注:"庾信诗:'野戍孤烟起。'《埤雅》:'古之烽火,用狼粪,取其烟直而聚,虽风吹之不斜。'或谓塞外多回风,其风迅急,袅烟沙而直上,亲见其景者,始知直字之佳。"按,此处"孤烟"若谓烽烟,当指平安火。唐代烽候,每日初夜,放烟一炬,谓之平安火,见《通鉴》卷二一八胡注。然烽烟的直与不直,应取决于风的有无,所谓"虽风吹之不斜"的狼烟,恐是传说中之物。郭培岭《王维使至塞上考释》一文云,经至甘肃、新疆等地进行实地考察,确信赵氏"或谓"的解释正确。那种回风"袅烟沙而直上"的现象,气象学上叫尘卷风,它是一种夹带尘沙的空气旋涡,总出现在温暖季节晴朗的日子里,"尘卷风起时,可以见到有一股尘沙的烟柱如从地上冒出,然后不停地向空中伸展,形成一幅壮观的奇景"。

〔5〕长河:疑指今石羊河。此河流经凉州以北的沙漠。

〔6〕萧关:古关名,故址在今宁夏固原东南。参见《元和郡县志》卷三。候骑(jì计):负责侦察敌情的骑兵。骑,宋蜀本、静嘉堂本等作"吏"。何逊《见征人分别》:"候骑出萧关,追兵赴马邑。"按,王维赴河西

并不经过萧关,此处萧关盖袭自何逊之诗,而非实指,不可拘泥。都护:官名。汉宣帝时始设西域都护,为驻西域地区的最高长官。唐初先后设置安西、安北等六大都护府,每府各置大都护一人,副大都护二人。燕然:山名,即今蒙古人民共和国杭爱山。后汉窦宪、耿秉曾大破北单于于稽落山,遂登燕然,刻石勒功,纪汉威德,见《后汉书·窦宪传》。以上二句意谓,在塞上遇到候骑,得知主帅破敌后尚在前线未归。

出塞作 时为御史,监察塞上作[1]

居延城外猎天骄,白草连天野火烧。暮云空碛时驱马,秋日平原好射雕[2]。护羌校尉朝乘障,破虏将军夜渡辽[3]。玉靶角弓珠勒马,汉家将赐霍嫖姚[4]。

〔1〕开元二十五年(737)秋作于河西。御史:指监察御史。唐御史台置监察御史十员,正八品下,掌内外纠察,监祭祀及监诸军并出使等事。诗题下注语,宋蜀本、静嘉堂本等作"时为监察塞上作"。这首诗"前四句目验天骄之盛,后四句侈陈中国之武"(方东树《昭昧詹言》卷一六),通过敌我双方的对比描写,鲜明有力地表现了唐军将士不畏强敌的英雄气概和昂扬斗志。姚鼐《七言今体诗钞》卷一评云:"此作声出金石,有麾斥八极之概矣。"

〔2〕居延城:见上诗注〔2〕。天骄:指匈奴,见《燕支行》注〔15〕。白草:西域所产牧草。《汉书·西域传》颜注:"白草,似莠而细,其干熟时正白色,牛马所嗜也。"碛(qì 泣):沙漠。射雕:《史记·李将军列传》:"(李)广曰:'是必射雕者也。'"雕又名鹫,似鹰而大,鸷猛剽疾,极难射,匈奴中因称善射之人为射雕者。以上四句描写匈奴(借指唐西部边地的

少数民族)秋日校猎的情状,隐谓其以校猎为名,伺机来犯。唐时突厥、吐蕃等游牧民族,作战以骑兵为主,常在秋日草黄马肥时入寇。

〔3〕护羌校尉:武官名。应劭《汉官仪》(孙星衍辑本)卷上:"护羌校尉,武帝置,秩比二千石,持节以护西羌。"乘障:登上城堡御敌。参见《汉书·张汤传》颜注。破虏将军:汉三国时的将军名号之一。孙坚曾任破虏将军,见《三国志·吴书·孙坚传》。渡辽:汉昭帝时辽东乌桓反,以范明友为度辽将军率兵击之。《汉书·昭帝纪》颜注:"应劭曰:'当度辽水往击之,故以度辽为官号。'"此处为借用,非实指。此二句写汉将守卫阵地和反击敌人。

〔4〕玉靶:有玉饰的马鞯。角弓:饰以兽角的良弓。珠勒马:配有珠勒(用珍珠作装饰的带嚼子笼头)的骏马。霍嫖姚:西汉名将霍去病,曾任嫖姚校尉。见《汉书·霍去病传》。此二句谓汉将破敌有功,朝廷将赐给多种贵重物品。

凉州郊外游望[1]

野老才三户[2],边村少四邻[3]。婆娑依里社[4],箫鼓赛田神[5]。洒酒浇刍狗[6],焚香拜木人[7]。女巫纷屡舞[8],罗袜自生尘[9]。

〔1〕居河西时作。凉州:河西节度使治所,在今甘肃武威。《全唐诗》题下注云:"时为节度判官,在凉州作。"这首诗描写唐代凉州地区赛神的民俗,颇具乡土气息。

〔2〕三户:形容住户之少。

〔3〕边村:边远地方的村庄。指凉州郊外的村庄。
〔4〕婆娑(suō梭):舞貌。里社:乡里中祭祀土地神之祠。
〔5〕箫鼓:吹箫击鼓。赛:祈福于神,而后以祭祀来报答称"赛"。"赛田神"当在秋收之后进行。
〔6〕刍(chú除)狗:草扎的狗,古代祭祀时用之。《淮南子·齐俗训》高诱注:"刍狗,束刍(草)为狗,以谢过求福。"
〔7〕木人:木制的神像。
〔8〕女巫:古称以舞降神的女子为巫。纷:形容舞者盛多。屡:谓舞蹈次数多。
〔9〕"罗袜"句:语本曹植《洛神赋》:"陵波微步,罗袜生尘。"

凉州赛神 时为节度判官,在凉州作〔1〕

凉州城外少行人,百尺烽头望虏尘〔2〕。健儿击鼓吹羌笛〔3〕,共赛城东越骑神〔4〕。

〔1〕居河西时作。节度判官:唐节度使僚属有判官二人,掌分判兵、仓、骑、胄四曹之事。这首诗描写凉州军中赛神的情景。
〔2〕百尺烽:形容烽火台之高。望虏尘:指观察敌方动静。以上二句写军中赛神之日加强警戒。
〔3〕健儿:唐代军士之称。《唐六典》卷五:"天下诸军有健儿,皆定其籍之多少与其番之上下。"注:"旧健儿在军,皆有年限,更(轮番)来往,颇为劳弊。开元二十五年敕:'……自今已后,诸军镇……置兵防健儿,于诸色征行人及客户中招募,取丁壮情愿充健儿长住边军者。'"羌笛:乐器名。《文选》马融《长笛赋》称羌笛出于羌中,本四孔,京房加一

孔,以备五音。

〔4〕越骑:唐时骑兵之名。《新唐书·兵志》:"凡民年二十为兵,六十而免。其能骑而射者为越骑,其馀为步兵、武骑、排𧝓手、步射。"越骑神:疑指主骑射之神。

从军行[1]

吹角动行人[2],喧喧行人起。笳悲马嘶乱[3],争渡金河水[4]。日暮沙漠垂[5],战声烟尘里[6]。尽系名王颈[7],归来报天子[8]。

〔1〕疑在河西任职期间所作。从军行:乐府古题之一,属相和歌辞平调曲。《乐府诗集》卷三二引《乐府解题》曰:"《从军行》,皆军旅苦辛之辞。"这首诗用极省净的语言,绘出了一幅有声有色的战斗图画,表现了战士们争先杀敌的英雄气概。

〔2〕角:军中乐器,吹奏以报时间,其作用略相当于今日之军号。行人:指出征之人。

〔3〕笳(jiā加):胡笳,我国古代北方民族的一种乐器。悲:《乐府诗集》作"鸣"。

〔4〕金河:水名,在唐肃州(今甘肃酒泉)附近。五代高居诲《于阗记》:"自甘州(今甘肃张掖)西始涉碛……西北五百里至肃州,渡金河,西百里出天门关。"又,《通典》卷一七九谓,唐单于大都护府治金河县(今内蒙古和林格尔西北土城子),县"有金河,上承紫河及众水,又南流入河"。按,金河即今黑河。

〔5〕垂:边。明十卷本作"陲"。
〔6〕战声:《文苑英华》作"力战"。
〔7〕名王:见《李陵咏》注〔5〕。系颈:缚颈。《汉书·贾谊传》:"请必系单于之颈而制其命。"句指尽俘匈奴名王。
〔8〕报:宋蜀本、《文苑英华》等作"献"。

陇西行〔1〕

十里一走马,五里一扬鞭〔2〕。都护军书至〔3〕,匈奴围酒泉〔4〕。关山正飞雪,烽戍断无烟〔5〕。

〔1〕作于在河西任职期间。陇西行:乐府古题之一,属相和歌辞瑟调曲。《乐府诗集》卷三七引《乐府解题》曰:"古辞云'天上何所有,历历种白榆',始言妇有容色,能应门承宾,次言善于主馈,终言送迎有礼。……若梁简文'陇西四战地',但言辛苦征战,佳人怨思而已。"王维此诗,即与简文帝诗同意。陇西,郡名,战国秦置,治所在今甘肃临洮南,三国魏移至今甘肃陇西南。这首诗写敌人来犯、边防吃紧,起束皆突兀急骤,简净有力。

〔2〕"十里"二句:描写递送军书、驿马急驰的情状。古时于道旁封土为堠,以记里程,五里置一堠,十里置双堠,故有"五里"、"十里"之语。

〔3〕都护:见《使至塞上》注〔6〕。

〔4〕酒泉:郡名,汉武帝时置,治所在禄福(隋改名酒泉,即今甘肃酒泉)。唐时于其地置肃州(治所即在酒泉)。

〔5〕烽戍:烽候戍所。以上二句意谓,由于漫天飞雪,边境的烽火台无法举火或燃烟报警,只好以快马驰报敌兵来犯的消息。

陇头吟[1]

长安少年游侠客,夜上戍楼看太白[2]。陇头明月迥临关[3],陇上行人夜吹笛。关西老将不胜愁[4],驻马听之双泪流。身经大小百馀战,麾下偏裨万户侯[5]。苏武才为典属国,节旄空尽海西头[6]!

〔1〕疑作于在河西任职期间。陇头吟:即《陇头》,乐府古题之一,属横吹曲辞的汉横吹笛。《乐府诗集》卷二一:"《陇头》,一曰《陇头水》。《通典》曰:'天水郡有大阪,名曰陇坻,亦曰陇山,即汉陇关也。'"《陇头》古辞今不传。陇头,即陇山,在今陕西陇县至甘肃平凉一带。这首诗选取陇关这样一个边防要塞作为背景,巧妙地将"长安少年"与"关西老将"联系到一起,以想立边功、跃跃欲试的少年反衬身经百战未获封赏的老将,从而揭示出社会的不平现象。

〔2〕戍楼:此指陇关关楼。太白:即金星。《汉书·天文志》:"太白,兵象也。"古时以为太白主兵象,由太白的出没情况可以测知战争的吉凶、胜负。"看太白"指少年关心边境战事,希望为国出力。

〔3〕迥:远。关:指陇关。《后汉书·顺帝纪》唐李贤注:"陇关,陇山之关也,今名大震关,在今陇州汧源县西。"按,大震关故址在今甘肃清水东陇山东坡。

〔4〕关西:谓函谷关以西之地。《后汉书·虞诩传》:"谚曰:'关西出将,关东出相。'"不胜:不尽,无限。

〔5〕"身经"二句:偏裨(pí皮),偏将,副将。万户侯,汉置二十等

爵,最高一等名通侯,又称列侯;列侯大者食邑万户,称万户侯。二句用李广事。《史记·李将军列传》载李广尝曰:"自汉击匈奴,而广未尝不在其中。而诸部校尉以下,才能不及中人,然以击胡军功取侯者数十人;而广不为后人(落后于人),然无尺寸之功以得封邑者,何也?"

〔6〕"苏武"二句:《汉书·苏武传》载,汉武帝时,苏武出使匈奴,被扣留,单于多方胁降,武皆坚执不从,匈奴"乃徙武北海(今贝加尔湖)上无人处",使牧羊。武既至海上,"杖汉节(使者所持信物,以竹为节杆,上缀以旄牛尾,故又称旄节)牧羊,卧起操持,节旄尽落"。武在匈奴十九年,归汉后,"拜为典属国"。《汉书·百官公卿表》:"典属国,秦官,掌蛮夷降者。"空尽,徒然落尽;《河岳英灵集》、《全唐诗》作"落尽"。海,指北海。此二句借咏苏武之事,慨叹关西老将有功而得不到封赏。

老将行[1]

少年十五二十时,步行夺取胡马骑[2]。射杀山中白额虎[3],肯数邺下黄须儿[4]!一身转战三千里,一剑曾当百万师。汉兵奋迅如霹雳[5],虏骑崩腾畏蒺藜[6]。卫青不败由天幸[7],李广无功缘数奇[8]。自从弃置便衰朽,世事蹉跎成白首[9]。昔时飞箭无全目[10],今日垂杨生左肘[11]。路傍时卖故侯瓜,门前学种先生柳[12]。苍茫古木连穷巷,寥落寒山对虚牖[13]。誓令疏勒出飞泉,不似颍川空使酒[14]。贺兰山下阵如云[15],羽檄交驰日夕闻[16]。节使三河募年少[17],诏书五道出将军[18]。试拂铁衣如雪色,聊持宝剑动星文[19]。愿得燕弓射大将[20],耻令越甲鸣吾君〔21〕。莫嫌旧日云中守〔22〕,犹堪一战立功勋〔23〕!

〔1〕疑作于在河西任职期间。这首诗主要采用叙事手法来勾勒老将的内心世界,并一抒被压抑र胸中的不平。诗的最后写老将遭弃置"成白首"后,犹思重上前线杀敌报国的壮志、热情,非常动人。

〔2〕取:《乐府诗集》、《全唐诗》作"得"。

〔3〕"射杀"句:用晋周处事。周处年轻时膂力过人,行为放纵,为害乡里,人们对他又怕又恨,称"南山白额猛兽(即白额虎),长桥下蛟",连同周处本人为"三害"。周处自知为人所恶,慨然有改励之志,"乃入山射杀猛兽,因投水搏蛟",自己也弃旧图新。事见《晋书·周处传》、《世说新语·自新》。

〔4〕肯:岂。数:犹言"让"或"亚于"。邺:地名,建安十八年(213)曹操为魏王,定都于此。故址在今河北临漳县西南。黄须儿:指曹彰,魏武帝卞皇后第二子,"少善射御,膂力过人;手格猛兽,不避险阻;数从征伐,志意慷慨",曾率军大破乌丸,魏武帝大喜,"持彰须曰:'黄须儿(彰胡须黄,故云)竟大奇也!'"事见《三国志·魏书·任城威王彰传》。

〔5〕"汉兵"句:谓老将所领军兵,临敌迅捷,有如疾雷。《隋书·长孙晟传》载,晟善骑射,突厥畏之,"闻其弓声,谓为霹雳;见其走马,称为闪电"。

〔6〕崩腾:联绵词,形容纷乱。蒺藜(jí lí疾黎):本植物名,布地蔓生,果实有尖刺,状似菱而小;又铸铁为三角形,有尖刺如蒺藜,作战时用作障碍物,也称蒺藜。

〔7〕"卫青"句:《史记·卫将军骠骑列传》:"(霍去病)所将常选(选择精锐),然亦敢深入,常与壮骑先其大军,军亦有天幸,未尝困绝也。"赵殿成注:"天幸乃去病事,今指卫青,盖误用也。"按,卫、霍合传,作者或因此而误记。天幸,徼天之幸。

〔8〕"李广"句:李广善骑射,历为边郡太守,皆以力战得名,匈奴畏之,号为"汉之飞将军"。然始终不得封侯。元狩四年,广年六十馀,从大将军卫青击匈奴,行前,卫青曾"阴受上(武帝)诫,以为李广年老,数奇,毋令当单于,恐不得所欲"。见《史记·李将军列传》。缘,因为。数,运数。奇(jī基),与"偶"相对,指不吉,不顺当。此句以李广喻老将。

〔9〕蹉跎(cuō tuó搓驼):时光白白耽误过去。

〔10〕飞箭无全目:《文选》鲍照《拟古三首》其一:"幽并重骑射,少年好驰逐。……石梁有馀劲,惊雀无全目。"李善注引《帝王世纪》谓,帝羿善射,吴贺使其射雀之左目,羿引弓而射,误中右目,遂"抑首而愧,终身不忘"。箭,赵殿成注、《全唐诗》皆谓"当作雀"。无全目,谓能射中雀之一目,使之双目不全。此句谓昔日老将射艺高超。

〔11〕垂杨生左肘:《庄子·至乐》:"支离叔与滑介叔观于冥伯之丘……俄而柳生其左肘,其意蹶蹶然恶之。"柳,借作"瘤",王先谦《集解》:"瘤作柳声,转借字。"又《尔雅·释木》:"杨,蒲柳。"《说文》:"柳,小杨也。"故此处以"垂杨"代指"柳"。句谓老将因久不习武,肘上肌肉松弛下垂,如长肉瘤一般。

〔12〕"路傍"二句:写老将的退隐生活。故侯瓜,用召平事。《史记·萧相国世家》:"召平者,故秦东陵侯。秦破,为布衣;贫,种瓜于长安城东;瓜美,故世俗谓之东陵瓜。"先生柳,用陶渊明事。陶渊明作《五柳先生传》以自况,其文云:"先生不知何许人也,亦不详其姓字。宅边有五柳树,因以为号焉。"

〔13〕"苍茫"二句:写老将住处的环境。苍茫,无边际貌;赵注本等作"茫茫"。寥落,寂寞,冷落。虚牖(yǒu友),敞开的窗户。

〔14〕"誓令"二句:《后汉书·耿弇传》:"恭(耿恭)以疏勒城傍有涧水可固,五月,引兵据之。七月,匈奴复来攻恭……遂于城下拥绝涧

水。恭于城中穿井十五丈,不得水,吏士渴乏……恭仰叹曰:'闻昔贰师将军拔佩刀刺山,飞泉涌出,今汉德神明,岂有穷哉?'乃整衣服,向井再拜,为吏士祷。有顷,水泉奔出,众皆称万岁。……虏出不意,以为神明,遂引去。"疏勒,汉西域城国名,唐时称佉沙,在今新疆喀什噶尔一带。颍川使酒,《史记·魏其武安侯列传》载,汉将军灌夫,颍川郡颍阴县(今河南许昌)人,犯法去官,家居长安。"为人刚直,使酒(《汉书·灌夫传》颜注:"因酒而使气也。"),不好面谀"。"家累数千万……宗族宾客为权利,横于颍川"。后因酒酣骂坐,得罪丞相田蚡被杀。空,只。二句意谓,老将虽不被用,仍怀抱为国守土的壮志,不像灌夫那样只会借酒发脾气骂人。

〔15〕贺兰山:又名阿拉善山,绵亘于今宁夏西北部。阵如云:指战阵密布。此句谓前线有战事。

〔16〕羽檄(xí 习):征调军队的紧急文书。上插鸟羽,以示速疾。《汉书·高帝纪》:"吾以羽檄征天下兵,未有至者。"

〔17〕节使:使臣。古时使臣持天子给予的符节作为信物,故称节使。三河:汉时以河东、河内、河南三郡为三河,辖境在今山西西南部及河南北部一带。

〔18〕"诏书"句:《汉书·匈奴传》:"本始二年……遣御史大夫田广明为祁连将军,四万馀骑出西河;度辽将军范明友,三万馀骑出张掖;前将军韩增,三万馀骑出云中;后将军赵充国为蒲类将军,三万馀骑出酒泉;云中太守田顺为虎牙将军,三万馀骑出五原。凡五将军兵十馀万骑,出塞各二千馀里。"此用其事,谓天子下诏大发士卒,分道出兵。

〔19〕动星文:谓宝剑上的七星纹闪闪发光。星文,即七星文,参见《赠裴旻将军》注〔2〕。二句写老将准备参加战斗。

〔20〕燕弓:古时燕地所产角弓著称于世,故云。《文选》左思《魏都赋》:"燕弧盈库而委劲。"李周翰注:"燕弧,角弓,出幽、燕地。"大:宋蜀

本、元本等作"天"。

〔21〕"耻令"句:《说苑·立节》载:"越甲(兵)至齐,雍门子狄请死之",齐王问其故,对曰:昔者王猎于囿,左毂(车轮中心插轴的部分)鸣,车右请死之,"今越甲至,其鸣(惊扰)吾君也,岂左毂之下哉? 车右可以死左毂,而臣独不可以死越甲也?"遂刎颈而死。越人闻之,引甲而归。此句即用其事,谓耻于让敌军入境,惊扰君主。

〔22〕旧日云中守:指魏尚。汉文帝时为云中太守,"军市租尽以给士卒,出私养钱(薪俸),五日一杀牛,以飨(款待)宾客、军吏、舍人,是以匈奴远避,不近云中之塞;虏尝一入,尚帅车骑击之,所杀甚众"。后因报功状上所书与实际情况相比少了六颗首级而坐罪,被免官,罚充苦工。冯唐为魏尚鸣不平,对文帝说:"陛下虽得李牧,不能用也。"文帝即日令冯唐持节赦尚罪,复以为云中太守。见《汉书·冯唐传》。云中,汉郡名,治所在今内蒙古托克托东北。此句以被削职的云中守魏尚喻老将。

〔23〕立:《文苑英华》、《乐府诗集》等作"取"。

送岐州源长史归 源与余同在崔常侍幕中,时常侍已殁〔1〕

握手一相送,心悲安可论? 秋风正萧索〔2〕,客散孟尝门〔3〕。故驿通槐里,长亭下槿原〔4〕。征西旧旌节,从此向河源〔5〕。

〔1〕作于开元二十六年(738)秋,时作者在长安。岐州:唐州名,天宝元年改为扶风郡,治所在今陕西凤翔。长史:官名。唐制,上、中州各置长史一人,掌协助州刺史处理政务。归:指归岐州。崔常侍:即崔希逸。希逸开元二十四年秋迁河西节度副大使知节度事,兼左散骑常侍、

御史中丞,二十六年五月改河南尹,"自念失信于吐蕃,内怀愧恨,未几而卒"。参见王维《为崔常侍祭牙门姜将军文》、《旧唐书·牛仙客传》、《新唐书·玄宗纪》、《通鉴》卷二一四。常侍,唐门下省置左散骑常侍二人,中书省置右散骑常侍二人,掌侍奉规讽,备顾问应对。王维自开元二十五年夏至二十六年夏在河西崔希逸幕中。本诗所送之人,原是作者在崔希逸幕中任职时的同僚。这时希逸已卒,幕中士四散。所以,在这首诗中,不仅表现朋友别离的伤感,还流露了作者对希逸的哀挽怀念之意,诗歌蕴含的感情是深厚和复杂的。

〔2〕萧索:凄凉。

〔3〕孟尝:孟尝君田文,齐人,战国四公子之一。曾相齐,门下养贤士食客数千人。事见《史记·孟尝君列传》。此处以孟尝君喻崔希逸,言崔卒后,幕中僚属已四散。

〔4〕槐里:汉县名,见《汉书·地理志》。唐时属京兆府兴平县,在今陕西兴平东南。又为驿名,《长安志》卷一四:"槐里驿在(兴平县)郭下,东至咸阳驿四十五里,西至武功驿六十五里。"长亭:古时在驿道两旁,每隔十里设一亭,为官吏与行旅往来停留止息之所,且负有维持社会治安及"邮传"之职责。汉时设"十里一亭"、"五里一邮"(见《汉书·百官公卿表》、《汉官仪》),后又变而为十里一长亭、五里一短亭,庾信《哀江南赋》:"十里五里,长亭短亭。"槿(jǐn 锦)原:赵殿成注:"秦中地名,未详所在。"按,寻绎诗意,槿原应是亭名。宋之问《鲁忠王挽词三首》其一:"日惨咸阳树,天寒渭水桥。"其二:"人悲槐里月,马踏槿原霜。别向天京北,悠悠此路长。"诗写鲁忠王出殡队伍自长安过渭桥西北行所过之地,槿原估计应在咸阳或槐里附近。此二句写源长史自长安还岐州途中经行之地。

〔5〕征西:河西节度使掌管唐西部边地的防务,故称"征西"。又汉魏将军之名号有"征西"。旌节:唐节度使的信物。《新唐书·百官志》:

"(节度使)辞日,赐双旌双节。行则建节,树六纛。"时崔希逸已卒,故云"旧旌节"。河源:黄河之源。古代关于黄河之源,有多种不同说法。《史记·大宛列传》:"于阗之西,则水皆西流……其南,则河源出焉。"《汉书·张骞传》:"汉使穷河源……天子案古图书,名河所出山曰昆仑云。"《文选》江淹《杂体诗三十首·左记室咏史》:"当学卫霍将,建功在河源。"刘良注:"河源,即西域。"此二句谓崔卒后,河西之军从此将远征绝域。按,崔希逸守河西,以睦邻安边为宗旨,曾与吐蕃将乞力徐订盟,各去守备,以利耕牧(后崔失信于吐蕃,乃内给事赵惠琮等自欲求功,矫诏命崔出击所致);王维《送怀州杜参军赴京选集序》亦云:"猗元帅(崔希逸)之为理也……雄戟罕耀,角弓载橐,秉王者师,不邀奇功。"所以这里作者慨叹,崔卒之后,河西边策将发生变化。

哭孟浩然 时为殿中侍御史,知南选,至襄阳有作[1]

故人不可见,汉水日东流[2]。借问襄阳老[3],江山空蔡洲[4]。

[1] 孟浩然:见《送孟六归襄阳》注[1]。浩然卒于开元二十八年(740),见王士源《孟浩然集序》。这一年秋冬之际,王维知南选赴岭南,途经襄阳(今湖北襄樊),这时襄阳诗人孟浩然辞世不久,王维因赋此诗哭之。殿中侍御史:官名,唐御史台置殿中侍御史六人,从七品下,掌殿庭供奉之仪,有违失者则纠察之。知:主持,执掌。南选:"选"指官吏的铨选。唐制,六品以下官吏的铨选,由吏部和兵部负责,每年一次,在京师举行。其岭南、黔中郡县官吏的铨选,则每四年一次,由朝廷选派京官为选补使,赴当地主持进行,谓之南选。当时岭南选所设在桂州(今广西

桂林)。参见《通典》卷一五、《新唐书·选举志》、《唐会要》卷七五。诗题,《万首唐人绝句》作"哭孟襄阳"。清黄培芳评此诗云:"王、孟交情无间而哭襄阳之诗只二十字,而感旧推崇之意已至。"(翰墨园重刊本《唐贤三昧集笺注》卷上)

〔2〕汉水:源出陕西宁强县北嶓冢山,东流入湖北省,经襄樊南流,至武汉入长江。以上二句《唐诗纪事》作"故人今不见,日夕汉江流"。

〔3〕"借问"句:谓向"襄阳老"寻问"故人"。

〔4〕空:只,只有。蔡洲:在今襄樊东南汉水折而南流处,以东汉末蔡瑁尝居此而得名。《水经注》卷二八《沔水》:"沔水(即汉水)又东南经蔡洲。汉长水校尉蔡瑁居之,故名蔡洲。"此句意谓,故人已卒,只有江山尚在!

汉江临眺[1]

楚塞三湘接,荆门九派通[2]。江流天地外[3],山色有无中[4]。郡邑浮前浦[5],波澜动远空。襄阳好风日,留醉与山翁[6]。

〔1〕 开元二十八年(740)知南选途经襄阳时所作。参见上诗注〔1〕。汉江:即汉水。临眺:登高远望;赵注本等作"临泛"。这首诗写在襄阳临眺所见景色,意境高旷,气象壮大。元方回评曰:"右丞此诗,中两联皆言景,而前联尤壮,足敌孟(浩然)、杜(甫)岳阳之作。"(《瀛奎律髓汇评》卷一)

〔2〕楚塞:指襄阳一带的汉水,因其在楚之北境,故称"楚塞"。三

湘:说法不一。古代诗文中多泛指今洞庭湖南北、湘江流域一带。湘,《瀛奎律髓》作"江"。荆门:山名,见《寄荆州张丞相》注〔3〕。九派:即《书·禹贡》所云九江。《文选》郭璞《江赋》:"源二分于崏嵊,流九派乎浔阳。"李善注:"水别流为派。《尚书》(《禹贡》)曰:荆州'九江孔殷'。"关于九江,后人有多种不同解释。《经典释文》引《晋太康地记》曰:"九江,刘歆以为湖汉九水入彭蠡泽也。"以注入彭蠡(今鄱阳湖)的湖汉水(今赣江)及其八大支流为九江。以上二句写汉江的地理形势,谓其可与三湘、荆门、九江相通。

〔3〕"江流"句:极言汉江的浩淼。

〔4〕"山色"句:写在江边眺望远山,山色淡到极点,若有若无,似隐似现。这句把那由于距离极远而迷离朦胧、变幻不定的山色逼真、传神地表现了出来。

〔5〕"郡邑"句:谓江水浩淼,郡城(即襄阳,唐时为襄州治所)如浮波上。浦,水滨。

〔6〕与:犹"如",参见张相《诗词曲语辞汇释》。山翁:指晋山简,竹林七贤之一山涛之子。永嘉三年为都督荆湘交广四州诸军事,持节镇襄阳。是时天下分崩,"简优游卒岁,惟酒是耽"。荆地豪族习氏有佳园池,"简每出嬉游,多之池上,置酒辄醉,名之高阳池"。时有童儿歌曰:"山公出何许?往至高阳池。日夕倒载归,酩酊无所知。时时能骑马,倒著白接䍦。"见《晋书·山涛传》。

送宇文太守赴宣城[1]

寥落云外山,迢遥舟中赏[2]。铙吹发西江[3],秋空多清响。地迥古城芜,月明寒潮广。时赛敬亭神[4],复解罟师网[5]。

何处寄相思？南风吹五两[6]。

〔1〕据"铙吹"句,本诗应是王维在长江上送别宇文氏时所作；王维《送康太守》："城下沧江水,江边黄鹤楼。……铙吹发夏口,使君居上头。"《送封太守》："扬舲发夏口,按节向吴门。"二诗皆开元二十八年秋冬之际知南选赴桂州途经夏口(今武汉市武昌)时所作,据本诗所记节候,似当与上二诗作于同时同地(夏口临长江)。宣城：唐宣州治所,在今安徽宣城。宇文太守：宣州刺史宇文氏。

〔2〕寥落：稀疏。迢遥：远貌。二句写舟中逸兴。

〔3〕铙吹(náo chuì 挠炊去声)：即铙歌,亦曰鼓吹,本军乐,后卤簿、殿庭、道路亦用之。参见《乐府诗集》卷一六"鼓吹曲辞"解题。又唐时分鼓吹乐为五部,其三即铙吹。参见《乐府诗集》卷二一"横吹曲辞"解题。此谓太守出发时奏乐。西江：谓西来之长江。《庄子·外物》："我且南游吴越之王,激西江之水而迎子,可乎？"元稹《相忆泪》："西江流水到江州,闻道分成九道流。"

〔4〕赛：祈福于神而后以祭祀来报答称"赛"。敬亭神：宣州宣城北有敬亭山,山上旧有敬亭,山即以此名。见《元和郡县志》卷二八。南朝齐谢朓为宣城太守时,尝赋《赛敬亭山庙喜雨诗》、《祀敬亭山庙诗》、《祀敬亭山春雨》诸诗。句指宇文氏到任后,将常为农人祈雨。

〔5〕罟(gǔ 古)师：渔夫。解网：《史记·殷本纪》："汤出,见野张网四面……乃命去其三面,祝曰：'欲左,左；欲右,右。不用命,乃入吾网。'诸侯闻之曰：'汤德至矣,及禽兽。'"谓行法尚宽,恩泽优渥。沈约《汉东流》："至仁解网,穷鸟入怀。"句指复给予渔父恩惠。

〔6〕五两：古代测风器。用鸡毛五两(或八两)系于高竿顶上,测风的方向和力量。此处指系于桅杆上的五两。以上二句意谓,风已大,吹动五两,船将鼓帆而进,别后无处可寄托自己的相思之情。

登辨觉寺[1]

竹径连初地[2],莲峰出化城[3]。窗中三楚尽[4],林上九江平[5]。软草承趺坐[6],长松响梵声[7]。空居法云外,观世得无生[8]。

〔1〕作者办理完南选事务后,于开元二十九年(741)二月北归,所行路线为:自桂州历湖湘抵长江,而后沿江东下,经庐山至润州,再循邗沟、汴水、黄河归长安。此诗即作于自桂州北归途中。参见拙作《王维年谱》。辨觉寺,当在庐山,说见下文注释。这首诗写登庐山僧寺所见,擅长用大笔勾勒,绘出包罗一切、寥远阔大的景象。方回评曰:"此似是庐山僧寺。三、四形容广大,其语即无雕刻,而'窗中'、'林外'四字,一了数千里,佳甚。"(《瀛奎律髓汇评》卷四七)

〔2〕初地:即欢喜地,为大乘菩萨十地(菩萨修行的十个阶位)中之第一地。《华严经·十地品》:"今明初地义,是初菩萨地,名之为欢喜。"此处借指佛寺下方的最初台阶。

〔3〕莲峰:庐山有莲花峰。化城:佛家语,谓佛一时化出之城郭。《法华经·化城喻品》谓,佛欲令一切众生皆得佛果,然欲达此境,道路悠远险恶,众生难免畏难退却,故佛于中途化一城郭,使众生暂得止息;待精力恢复后,佛即灭去"化城",劝谕众生继续前进,以到达涅槃彼岸。此处以化城喻辨觉寺,言登临中忽见佛寺殿宇,犹如化城。

〔4〕三楚:秦汉时分战国楚地为西楚、东楚、南楚。此句写自庐山僧寺远眺,从窗中可览尽三楚之地。

〔5〕上:边,侧畔;《瀛奎律髓》作"外"。九江:指注入彭蠡的湖汉水及其八大支流。参见《汉江临眺》注〔2〕。此句写从庐山俯视。

〔6〕趺(fū 伕)坐:即跏趺坐,又称结跏趺坐,谓交结左右趺(足背)加于左右股之上而坐,又有全跏坐(俗称双盘)与半跏坐(俗称单盘)之分。《大智度论》卷七:"结跏趺坐……此是坐禅人坐法。"此指寺中僧人作结跏趺坐于软草之上。

〔7〕梵声:指和尚诵经之声。

〔8〕空:犹独、自。法云:佛家语,喻佛法之涵盖一切。《文选》王巾《头陀寺碑文》李善注引《华严经》:"不坏法云,遍覆一切。"外:犹"内中",说见王锳《诗词曲语辞例释》。无生:与涅槃、法性等含义相同,指诸法之法性为"无生","无生"即"无灭",大寂静如涅槃。此即把无生灭的绝对静止,当作一切现象的共同本质。《仁王经》卷中:"一切法性真实空,不来不去,无生无灭。"二句意谓,僧人自居寺中,修习佛法,以之观察人世,获得了无生之理(也即破除了生灭的烦恼)。

送邢桂州[1]

铙吹喧京口[2],风波下洞庭[3]。赭圻将赤岸[4],击汰复扬舲[5]。日落江湖白,潮来天地青。明珠归合浦,应逐使臣星[6]。

〔1〕邢桂州:赵殿成注谓即桂州都督邢济。按,据《旧唐书·睿宗诸子传》、《新唐书·肃宗纪》、《通鉴》卷二二一等载,邢济于肃宗上元(760—761)中为桂州都督;寻绎此诗首二句之意,此诗应是作者在京口

送邢氏赴桂州都督任时所作。考安史之乱后,王维一直在长安任职,未曾远赴京口(参见拙作《王维年谱》),故此诗之邢桂州当非邢济。又开元二十九年(741)春,维自桂州北归,尝过润州江宁县(时作有《谒璇上人》诗),京口即此行需经之地,故系此诗于开元二十九年。桂州,唐州名,治所在今广西桂林。《旧唐书·地理志》:"桂州……天宝元年(742),改为始安郡。……乾元元年(758),复为桂州。"这是一首送别诗,诗中描写了友人赴桂州就任沿途所见到的景色。其中"日落"一联,画面壮阔、瑰丽,能引发读者丰富的艺术联想。

〔2〕铙吹:见《送宇文太守赴宣城》注〔3〕。京口:古城名,在今江苏镇江。唐时润州治所即设于此。

〔3〕洞庭:即洞庭湖。邢此行盖自京口溯江而上,过洞庭、经湘水赴桂州。

〔4〕赭圻(zhě qí 者祈):古城名,在今安徽繁昌西北。《元和郡县志》卷二八宣州南陵县:"赭圻故城在县西北一百三十里,西临大江,吴所置赭圻屯处也。"将:犹"与"。赤岸:《文选》郭璞《江赋》:"鼓洪涛于赤岸。"吕向注:"赤岸,山名。"《嘉庆一统志》卷七三:"赤岸山,在(江宁府)六合县(今江苏六合)东南四十里。"山南临长江,土石皆赤。赤岸与赭圻皆邢溯江西行途中必经之地。

〔5〕击汰:以桨击水。汰,水波。《楚辞·九章·涉江》:"乘舲船余上沅兮,齐吴榜以击汰。"扬舲(líng 零):谓划船前进,犹如飞扬。舲,有窗子的船。

〔6〕"明珠"二句:《后汉书·孟尝传》载,尝迁任合浦(治所在今广西合浦东北)太守,郡不产粮米,而海出珠宝。先时太守,大都贪秽,责成百姓采珠,无有限度,珠因渐徙于邻郡界,于是合浦贫者死饿于道。尝到任,革易前弊,"曾未逾岁,去珠复还,百姓皆反其业,商货流通,称为神明"。逐,随。使臣星,《后汉书·李郃传》载,和帝遣二使者微服赴益

州,途中投宿于李郃舍,"时夏夕露坐,郃因仰观问曰:'二君发京师时,宁知朝廷遣二使邪?'二人默然,惊相视曰:'不闻也。'问何以知之,郃指星示曰:'有二使星向益州分野,故知之耳。'"后遂称使者为使星或使臣星。此指邢桂州。二句意谓,明珠当随邢的到任而复还,指邢到任后一定会为百姓造福。

千塔主人[1]

逆旅逢佳节[2],征帆未可前。窗临汴河水[3],门渡楚人船[4]。鸡犬散墟落[5],桑榆荫远田。所居人不见[6],枕席生云烟。

〔1〕作于开元二十九年(741)春北归途中。千塔主人:未详所指。疑"千塔"为寺名。

〔2〕逆旅:客舍。

〔3〕汴河:即通济渠东段。自板渚(在今河南荥阳北)引黄河水东行汴水故道,至今河南开封别汴水折而东南流,经今杞县、睢县、宁陵、永城,至江苏盱眙对岸入淮河。隋开通济渠,因自今荥阳至开封一段就是原来的汴水,故唐宋人遂统称通济渠东段全流为汴水、汴河或汴渠。

〔4〕楚人船:汴河为南北水运干道,多楚地南来之船,故云。

〔5〕墟落:村落。

〔6〕所居:指千塔主人居住的地方。

赠裴旻将军[1]

腰间宝剑七星文[2],臂上雕弓百战勋[3]。见说云中擒黠虏[4],始知天上有将军[5]!

[1] 裴旻(mín 民):《新唐书·文艺传中》:"文宗时,诏以白(李白)歌诗、裴旻剑舞、张旭草书为'三绝'。"又曰:"旻尝与幽州都督孙佺北伐(按,事在先天元年,见《通鉴》卷二一〇),为奚所围,旻舞刀立马上,矢四集,皆迎刀而断,奚大惊引去。后以龙华军使守北平。"《全唐文》卷四三一李翰《裴将军旻射虎图赞序》云:"开元中,山戎寇边,玄宗命将军守北平州,且充龙苑(当作"华")军使,以捍蓟之北门。公尝率偏军,横绝漠,策匹马,陷重围。……声振北狄,气慑东胡,稜威大矣!"卷三五二樊衡《为幽州长史薛楚玉破契丹露布》:"节度副使、右羽林大将军乌知义,即令都护裴旻理兵述职,大阅于松林。"(按,薛楚玉开元二十年为幽州长史,次年兵败被代,见两《唐书·契丹传》)《新唐书·吐蕃传上》:"又信安王祎出陇西,拔石堡城,即之置振武军,献俘于庙(按,事在开元十七年,见《通鉴》卷二一三)。帝以书赐将军裴旻曰……于是士益奋。"又《宰相世系表》载:"(裴)旻,左金吾大将军。"据以上记载,裴旻当主要活动于开元年间,诗疑亦作于开元时,具体年代无考,姑系于此。这首赠给裴旻将军的诗,颂扬了将军的勇武。

[2] 七星文:《吴越春秋》卷三载,伍子胥奔吴,至江,渔父渡之,子胥解剑相赠,曰:"此吾前君之剑,中有七星,价直百金,以此相答。"其后诗文中描写宝剑,遂每用"七星"或"七星文"来形容。隋炀帝《白马篇》:"文犀六属铠,宝剑七星光。"吴均《边城将四首》其一:"刀含四尺影,剑

抱七星文。"

〔3〕雕弓:镂刻有花纹的弓。

〔4〕见:犹"闻"。云中:见《老将行》注〔22〕。黠(xiá侠)虏:狡猾的敌人。

〔5〕"始知"句:形容裴神武异常,乃天上之将军。

送赵都督赴代州得青字[1]

天官动将星[2],汉地柳条青[3]。万里鸣刁斗,三军出井陉[4]。忘身辞凤阙[5],报国取龙庭[6]。岂学书生辈,窗间老一经[7]!

〔1〕都督:官名,唐时在全国部分州郡设大、中、下都督府,府各置都督一人,掌督诸州军事,并兼任驻在州的刺史。代州:唐州名,治所在今山西代县。《旧唐书·地理志》:"代州中都督府……督代、忻、蔚、朔、灵五州。……天宝元年,改为雁门郡,依旧为都督府。乾元元年,复为代州。"此诗或是天宝元年代州改为雁门郡之前所作,具体时间不详,姑系于此。得青字:古人相约赋诗,规定若干字为韵,各人分拈韵字,依韵而赋,"得青字"即拈得青字韵。这是一首送人出塞的诗。诗中通过写出征,歌颂了将军的英雄气概和报国壮志。沈德潜称此诗"以雄浑胜"(《唐诗别裁》卷九),甚是。

〔2〕天官:指天上的星座。《史记·天官书》索隐:"案天文有五官,官者,星官也。星座有尊卑,若人之官曹列位,故曰天官。"将星:星名。《隋书·天文志》:"天将军十二星,在娄北,主武兵。中央大星,天之大将也;外小星,吏士也。大将星摇,兵起,大将出;小星不具,兵发。""动

77

将星"即谓将星摇动,大将出征。

〔3〕地:明十卷本、《全唐诗》作"上"。

〔4〕刁斗:古代行军用具。《史记·李将军列传》集解:"以铜作镌器,受一斗(容一斗粮食),昼炊饮食,夜击持行,名曰刁斗。"井陉(xíng刑):又称土门关,亦曰井陉口,在今河北井陉北井陉山上。《元和郡县志》卷一七恒州获鹿县:"井陉口今名土门口,在县西南十里,即太行八陉之第五陉也。四面高,中央下,似井,故名之。"二句写唐军开赴前线。

〔5〕凤阙:《史记·孝武本纪》:"于是作建章宫,度为千门万户。……其东则凤阙,高二十馀丈。"后泛指帝王宫阙。句指赵都督辞别天子出征。

〔6〕龙庭:又称龙城,匈奴单于祭天地鬼神之所。故地在今蒙古人民共和国鄂尔浑河西侧的和硕柴达木湖附近。

〔7〕间:宋蜀本、《文苑英华》作"中"。老一经:老死于一部经书(指儒经)。

终南别业[1]

中岁颇好道[2],晚家南山陲[3]。兴来每独往,胜事空自知[4]。行到水穷处,坐看云起时。偶然值林叟[5],谈笑无还期[6]。

〔1〕开元二十九年(741)作者归京后,曾隐于终南(参见拙作《王维年谱》),本诗即是时所作。终南:山名,主峰在陕西长安县南。诗题,《河岳英灵集》、《文苑英华》、《唐文粹》作《入山寄城中故人》,《国秀集》作《初至山中》。别业:别墅。这首诗写作者隐居终南的乐趣。它写景,

引而不发,能唤起读者的丰富联想;述情,则似信手拈来,毫不著力。但诗中作者那追赏自然风光的雅兴、悠闲自得的意趣和超然出尘的情致,读者却可自言外得之。纪昀评曰:"此诗之妙,由绚烂之极归于平淡。""此种皆熔炼之至,渣滓俱融,涵养之熟,矜躁尽化,而后天机所到,自在流出,非可以摹拟而得者。"(《瀛奎律髓汇评》卷二三)所言极是。

〔2〕中岁:中年。道:指佛家之道。

〔3〕晚:指晚近、近时。南山:即终南山。陲:边。

〔4〕胜事:美好之事。空:只。

〔5〕值:遇;《国秀集》作"见"。

〔6〕无还期:《国秀集》、《瀛奎律髓》作"滞还期",《唐文粹》作"无回期"。

终南山[1]

太乙近天都[2],连山到海隅[3]。白云回望合,青霭入看无[4]。分野中峰变[5],阴晴众壑殊[6]。欲投人处宿,隔水问樵夫[7]。

〔1〕写作时间同上诗。诗题,宋蜀本作《终南山行》,《文苑英华》作《终山行》。这首诗生动、逼真地写出了终南山的高大、雄峻、幽深,笔力劲健,气势磅礴。张谦宜《𫖯斋诗谈》卷五说:"《终南山》,于此看积健为雄之妙。"沈德潜《唐诗别裁》卷九说:"四十字中,无所不包,手笔不在杜陵下。"

〔2〕太乙:又作太一,唐人多称终南山为太一。《元和郡县志》卷一

京兆府万年县:"终南山在县南五十里。按经传所说,终南山一名太一,亦名中南。"此处太乙即指终南山。天都:指帝都。亦指天空。

〔3〕"连山"句:谓山峰接连不断,直到海边。按,终南山本不及海,这样写是夸张的说法。又赵殿成注谓王琦释此句为"与他山连接不断,直至海隅",意亦可通。

〔4〕"白云"二句:写山上云雾瞬息万变。谓行于山间,本未见白云,而回身一望,白云却已连成茫茫一片;远望有青雾缭绕,待入于其地,却又不见踪影。霭(ǎi矮),云气。

〔5〕分野:古时以地上的州国同天上的星辰位置相配,谓之分野。此句极言山之广大,说中峰即已跨越不同的分野。

〔6〕"阴晴"句:谓同一时间内,各个山谷的阴晴不一。壑(hè喝),山沟。

〔7〕水:《文苑英华》、《乐府诗集》作"浦"。

答张五弟[1]

终南有茅屋,前对终南山。终年无客长闭关[2],终日无心长自闲。不妨饮酒复垂钓,君但能来相往还[3]?

〔1〕作于隐居终南期间。张五:即张諲(yīn因),作者有《戏赠张五弟諲三首》、《送张五諲归宣城》诗。张彦远《历代名画记》卷一〇:"张諲,官至刑部员外郎,明《易》象,善草隶,工丹青,与王维、李颀等为诗酒丹青之友,尤善画山水。"《唐才子传》卷二《张諲传》:"諲,永嘉人。初隐少室下,闭门修肄,志甚勤苦,不及声利。后应举,官到刑部员外

郎。……天宝中,谢官,归故山偃仰,不复来人间矣。"这首诗表现作者闲旷自在的隐居生活。诗写得平淡、自然,如话家常。

〔2〕闭关:闭门。

〔3〕"君但"句:意谓君只能来相往还,而不能与己同隐?

送丘为落第归江东[1]

怜君不得意,况复柳条春。为客黄金尽[2],还家白发新。五湖三亩宅[3],万里一归人。知祢不能荐[4],羞为献纳臣[5]。

〔1〕丘为:盛唐诗人,苏州嘉兴(今属浙江)人。初屡试不第,归山读书数年。天宝二年(743)进士及第。历任主客郎中、司勋郎中,迁太子右庶子。年逾八十以左散骑常侍致仕。贞元四年(788),又复官。年九十六卒。事见《元和姓纂》卷五、《新唐书·艺文志四》、《唐会要》卷六七、《唐才子传》卷二。丘为既于天宝二年登第,则本诗当作于天宝元年以前。又,寻绎诗末二句之意,此诗疑即作于天宝元年(说见后)。江东:指长江下游(今芜湖、南京以下)南岸地区。这是一首送友人落第还乡的诗,写出了友人的潦倒失意和自己的深切同情。末二句自责,更见出两人的交情之笃。

〔2〕黄金尽:《战国策·秦策一》:"(苏秦)说秦王,书十上而说不行,黑貂之裘弊,黄金百斤尽。"

〔3〕五湖:有多种不同说法。由《国语·越语》及《史记·河渠书》的记载看来,五湖的原意当系泛指太湖流域一带的湖泊。丘为的故乡苏州属太湖流域地区。三亩宅:语本《淮南子·原道训》:"故任一人之能,

不足以治三亩之宅也。"此指丘为之家。

〔4〕祢(mí弥):指祢衡。《后汉书·祢衡传》:"祢衡,字正平……少有才辩,而气尚刚傲……唯善鲁国孔融与弘农杨修。……融亦深爱其才。衡始弱冠,而融年四十,遂与为交友,上疏荐之。"此句以祢衡喻丘为,说自己深知丘为的才智,却不能像孔融那样加以推荐。

〔5〕为:《唐诗纪事》、《全唐诗》等作"称"。献纳臣:指谏官(补阙、拾遗等)。献纳,谓进言以供采纳。《旧唐书·职官志》:"补阙、拾遗之职,掌供奉讽谏,扈从乘舆。凡发令举事,有不便于时,不合于道,大则廷议,小则上封。若贤良之遗滞于下,忠孝之不闻于上,则条其事状而荐言之。"谏官也有荐贤之职责,故称"羞为献纳臣"。按,作者正于天宝元年转左补阙(参见《王维年谱》),故疑此诗即作于天宝元年。

送綦毋校书弃官还江东〔1〕

明时久不达〔2〕,弃置与君同〔3〕。天命无怨色〔4〕,人生有素风〔5〕。念君拂衣去〔6〕,四海将安穷〔7〕。秋天万里净,日暮澄江空。清夜何悠悠〔8〕,扣舷明月中〔9〕。和光鱼鸟际,澹尔兼葭丛〔10〕。无庸客昭世〔11〕,衰鬓日如蓬〔12〕。顽疏暗人事〔13〕,僻陋远天聪〔14〕。微物纵可采,其谁为至公〔15〕?余亦从此去,归耕为老农。

〔1〕綦毋校书:即綦毋潜,参见《送綦毋潜落第还乡》注〔1〕。校书,官名,指秘书省校书郎。潜弃官还江东的时间,约在天宝初。王昌龄有

《东京府县诸公与綦毋潜李颀相送至白马寺宿》诗,据傅璇琮考证,乃开元二十九年作于洛阳(见《唐代诗人丛考》)。由此可知,潜是时尚未还江东。又李颀《送綦毋三谒房给事》云:"夫子大名下,家无锺石储。惜哉湖海上,曾校蓬莱书。"綦毋三即綦毋潜(参见《唐人行第录》),"曾校"句指潜曾官秘书省校书郎,"惜哉"句谓潜已弃官隐于湖海;房给事即房琯,他天宝五载正月擢给事中,六载正月贬宜春太守(见《旧唐书·房琯传》《通鉴》卷二一五),则颀此诗当作于天宝五载,这时潜弃官居于江东已有若干时日了。还江东:疑指还故乡虔州。唐虔州正在古江东的区域内(古或以"江东"指三国吴的统治区域)。这是一首送友人弃官还乡的诗,兼有抒发自己内心苦闷与不平的内容。

〔2〕明时:政治清明的时代。

〔3〕弃置:指不被信用。

〔4〕"天命"句:意谓"久不达"来自天命,因而并无怨恨之色。

〔5〕素风:谓纯朴之风。《文选》袁宏《三国名臣赞》:"郎中(指袁涣)温雅……操不激切,素风愈鲜。"

〔6〕拂衣去:指弃官归隐。参见《不遇咏》注〔10〕。

〔7〕安穷:安于穷困。

〔8〕悠悠:闲静貌。

〔9〕扣舷(xián弦):歌唱时扣击船的左右两侧。

〔10〕和光:谓与尘俗相合而不自立异。《老子》第四章:"和其光,同其尘,湛兮似或存。"《后汉书·张奂传》:"不能和光同尘,为谗邪所忌。"澹尔:恬静貌。蒹葭(jiān jiā兼加):芦苇。此二句谓潜此去将隐于水滨,和光随俗,过恬淡的生活。

〔11〕"无庸"句:谓寄居于明世而无所为。无庸,无所为。《诗·王风·兔爰》:"我生之初,尚无庸。"客昭世,寄居于明世。鲍照《拟青青陵上柏》:"浮生旅昭世,空事叹华年。"

〔12〕衰鬓:因衰老而斑白的鬓发。日:宋蜀本、奇字斋本等作"白"。如蓬:形容头发散乱。蓬,蓬草。

〔13〕顽疏:愚钝粗疏。作者自指。暗人事:指不懂交际应酬。

〔14〕僻陋:偏执鄙陋,作者自指。远天聪:远离天子之听闻,不为天子所闻知。

〔15〕"微物"二句:谓微贱之物(喻指卑下者)纵然可取,又有谁能秉公采择呢?

送殷四葬[1]

送君返葬石楼山[2],松柏苍苍宾驭还[3]。埋骨白云长已矣[4],空馀流水向人间[5]!

〔1〕殷四:即诗人殷遥(见《唐人行第录》)。润州句容(今属江苏)人。开元时官校书郎、忠王府仓曹参军。事见《新唐书·艺文志四》、《唐诗纪事》卷一七、《唐才子传》卷三及储光羲《新丰作贻殷四校书》诗。按,此诗载于《国秀集》,此集选诗迄至天宝三载(744),《唐诗纪事》又谓遥终于天宝间,则遥当卒于天宝元、二、三载,本诗亦即作于是时。诗题,宋蜀本、静嘉堂本等作《哭殷遥》。

〔2〕石楼山:赵殿成注:"《元和郡县志》:京兆府渭南县(今属陕西)西南有石楼山。《太平寰宇记》:隰州石楼县(今属山西)有石楼山。《唐书·地理志》:汝州梁县(今河南临汝)有石楼山。……未知孰是。"按,据王维《哭殷遥》及储光羲之和章,可推知遥当卒于长安;储光羲《同王十三维哭殷遥》云:"筮仕苦贫贱,为客少田园。膏腴不可求,乃在许西

偏。四邻尽桑柘,咫尺开墙垣。""许西偏"指许地(今河南许昌东)西部,《左传》隐公十一年:"乃使公孙获处许西偏。"据光羲此诗,可知殷遥有田园在许西,所谓"返葬",即指自长安归葬于许西。《新唐书·地理志》所称汝州梁县之石楼山,其地恰处许西,故本诗之石楼山,当以在梁县者为是。

〔3〕宾驭还:谓送葬者已返回。宾驭,同宾御,谓宾客与驭手。
〔4〕埋骨白云:指葬在高山之上。
〔5〕空:只。

班婕妤三首〔1〕

玉窗萤影度,金殿人声绝〔2〕。秋夜守罗帏〔3〕,孤灯耿不灭〔4〕。

〔1〕班婕妤(jié yú 捷余):乐府古题名,又称《婕妤怨》,属相和歌辞楚调曲。《乐府诗集》卷四三引《乐府解题》曰:"《婕妤怨》者,为汉成帝班婕妤作也。婕妤,徐令彪之姑,况之女。美而能文,初为帝所宠爱。后幸赵飞燕姊弟,冠于后宫。婕妤自知见薄,乃退居东宫,作赋及《纨扇诗》以自伤悼。后人伤之而为《婕妤怨》也。"《国秀集》选入此诗第三首,题作《扶南曲》。据此,本诗当作于天宝三载(744)以前。具体时间不详,姑系于此。这三首诗借用乐府旧题,以写失宠宫人的寂寞生活和痛苦心情。诗写得委婉、含蓄,优于不少唐人的同题之作。
〔2〕金殿:谓皇宫。
〔3〕帏(wéi 韦):帐。
〔4〕耿:明,光。不:赵注本作"明"。

宫殿生秋草,君王恩幸疏[1]。那堪闻凤吹,门外度金舆[2]!

[1] 恩:《文苑英华》作"宠"。
[2] 凤吹:《文选》孔稚珪《北山移文》:"闻凤吹于洛浦。"李善注:"《列仙传》曰:'王子乔,周宣王(应作周灵王)太子晋也,好吹笙作凤鸣,游伊、洛之间。'"后因以凤吹谓笙箫等细乐。金舆:即金辂,天子的车驾,以金为饰。二句意谓,受不了天子的车舆从门外经过时传来的奏乐之声。

怪来妆阁闭[1],朝下不相迎[2]。总向春园里,花间笑语声[3]。

[1] 怪来:难怪。妆阁:供梳妆用的亭阁。妆阁闭:谓不复梳妆打扮。
[2] "朝下"句:谓下朝之后不复能相迎,指君王下朝后不复临幸。
[3] "总向"二句:谓君王总在春园里,花间传来君王与其所欢的笑语之声。向,唐代俗语,有"在"意。

新秦郡松树歌[1]

青青山上松,数里不见今更逢。不见君[2],心相忆,此心向君君应识[3]。为君颜色高且闲[4],亭亭迥出浮云间[5]。

〔1〕疑天宝四载(745)官侍御史时出使榆林、新秦二郡时所作。参见拙作《王维年谱》。新秦郡:天宝元年新置郡名。《旧唐书·地理志》:"天宝元年,王忠嗣奏请割胜州连谷、银城两县置麟州,其年改为新秦郡。乾元元年,复为麟州。"治所在今陕西神木北。
〔2〕君:指松树。
〔3〕识:知。
〔4〕颜色:容色,容貌。
〔5〕亭亭:耸立貌。迥:远。

榆林郡歌[1]

山头松柏林,山下泉声伤客心。千里万里春草色,黄河东流流不息[2]。黄龙戍上游侠儿[3],愁逢汉使不相识[4]。

〔1〕写作时间同上诗。榆林郡:与新秦郡辖区相邻。《旧唐书·地理志》:"隋置胜州,大业为榆林郡。武德中,平梁师都,复置胜州。天宝元年,复为榆州郡。乾元元年,复为胜州。"治所在今内蒙古准格尔旗东北十二连城。王夫之评此诗曰:"真情老景,雄风怨调,只此不愧汉人乐府。"(《唐诗评选》卷一)
〔2〕"黄河"句:《元和郡县志》卷四载,唐榆林郡治所榆林县境内有黄河,"西南自夏州朔方界流入"。
〔3〕黄龙:古城名,又称和龙城、龙城,故址在今辽宁朝阳。十六国

北燕建都于此,南朝宋因称之为黄龙国。见《宋书·高句骊国传》。按,榆林郡与黄龙城相距颇远,梁萧子显《燕歌行》:"遥看白马津上吏,传道黄龙征戍儿。"梁元帝《燕歌行》:"黄龙戍北花如锦,玄菟城前月似蛾。"多以黄龙泛指北方边地,此处亦然。

〔4〕汉使:作者自指。

送张五谞归宣城[1]

五湖千万里[2],况复五湖西[3]!渔浦南陵郭,人家春谷溪[4]。欲归江淼淼[5],未到草萋萋[6]。忆想兰陵镇,可宜猿更啼[7]?

〔1〕张五谞:张谞天宝中辞官归故乡隐居,本诗或即是时所作。具体时间不可确考,姑系于此。参见《答张五弟》注〔1〕。宣城:唐郡名,即宣州,天宝元年改为宣城郡,治所在宣城(今属安徽)。

〔2〕五湖:见《送丘为落第归江东》注〔3〕。

〔3〕五湖西:宣城郡在太湖之西,故云。

〔4〕南陵:唐宣州宣城郡属县,在今安徽南陵。春谷溪:当在今南陵一带。《文选》谢朓《郡内登望》:"山积陵阳阻,溪流春谷泉。"李善注:"《汉书》曰:丹阳郡有春谷县。《水经注》曰:江连春谷县,北又合春谷水。"汉春谷县即唐南陵县地。《元和郡县志》卷二八:"南陵县,本汉春谷县地。"以上二句写张谞欲归之地的景象,意谓南陵城边有渔浦(渔人捕鱼的地方),春谷溪旁有住家。

〔5〕淼(miǎo 秒)淼:水大貌。

〔6〕萋(qī七)萋:草盛貌。《楚辞·招隐士》:"王孙游兮不归,春草生兮萋萋。"此句点出张谞归乡的季节。

〔7〕兰陵镇:魏收《魏书·地形志中》谓谯州梁置,魏因之,所领高塘郡有兰陵县。《旧唐书·地理志》:"(舒州)宿松(今属安徽),汉皖县地,梁置高塘郡。"高塘郡既在宿松,兰陵县自亦当在宿松附近。考张谞此行,或自长安出蓝关南行抵汉水,再循汉水南行入长江,而后沿江东下至南陵,故称"欲归江淼淼"。谞行此道,当经过宿松,故此处之兰陵镇,应指梁高塘郡的兰陵县。此二句写别后的惆怅,意谓想君辞别故人走到兰陵镇,那堪再听到凄厉的猿啼声?

待储光羲不至[1]

重门朝已启[2],起坐听车声[3]。要欲闻清佩,方将出户迎[4]。晚钟鸣上苑[5],疏雨过春城。了自不相顾[6],临堂空复情[7]。

〔1〕储光羲:盛唐诗人,润州延陵(今江苏金坛西北)人。开元十四年进士及第。后曾四为县佐,约于开元二十一年辞官归乡。开元末复离乡入秦,隐于终南。约天宝五、六载间出山官太祝,八、九载间迁监察御史。安禄山反,陷身贼中,两京收复后被定罪贬往南方。参见拙作《储光羲生平事迹考辨》。光羲在终南隐居和在长安任职期间,常与王维往还酬唱。其集中有《答王十三维》诗,正是酬答本篇的,诗中说:"门生故来往,知欲命浮舫。忽奉朝青阁,回车入上阳。落花满春水,疏柳映新塘。是日归来暮,劳君奏雅章。"据"忽奉"二句,知是时光羲已居官,故王维

此诗,当作于天宝中光羲在长安官太祝或监察御史时,具体年代不详,姑系于此。这首诗写盼好友来以及久候不至的心情,颇细腻、真挚。

〔2〕"重门"句:谓层层的门清早就已打开,等待友人到来。

〔3〕起坐:立起、坐下。

〔4〕要欲:犹"却似",说见王锳《诗词曲语词例释》。二句意谓,好像听到了友人身上玉佩的清脆响声,正要出门去迎接,哪知却原来是自己弄错了。

〔5〕晚:赵注本作"晓"。按,宋蜀本、静嘉堂本、元本等俱作"晚",作"晓"非是。上苑:天子之园囿。

〔6〕了:明了。自:已,已经。白居易《嵩阳观夜奏霓裳》:"开元遗曲自凄凉,况近秋天调是商。""自"即"已"意。顾:探望。此句承上二句而言,谓天已晚,又下起雨,知道友人已不会再来看望自己。

〔7〕空:独,自。李华《春行寄兴》:"芳树无人花自落,春山一路鸟空啼。""空"即"独"意。复:多。谢朓《同谢谘议铜雀台诗》:"芳襟染泪迹,婵媛空复情。"此句意谓,回到堂上,自己仍对友人心怀期待之情。

奉寄韦太守陟[1]

荒城自萧索[2],万里山河空。天高秋日迥[3],嘹唳闻归鸿[4]。寒塘映衰草,高馆落疏桐。临此岁方晏[5],顾景咏《悲翁》[6]。故人不可见,寂寞平林东[7]。

〔1〕韦陟(zhì 治):字殷卿,武后、中宗、睿宗三朝宰相韦安石之子。为人"风标整峻,独立不群","刚肠嫉恶,风彩严正",与王维早有交谊。

历任中书舍人、吏部侍郎。天宝四载,李林甫忌之,出为襄阳太守。五载,贬钟离(今安徽凤阳东)太守。又贬义阳(今河南信阳附近)太守,后移河东(今山西永济西)太守。十三载十月,自河东太守再贬桂岭尉。参见两《唐书·韦陟传》、《旧唐书·玄宗纪》、《通鉴》卷二一五等。本诗称韦陟为太守,当作于天宝四载至十三载间,今姑系于天宝中。这是一首怀念友人的诗。它以萧索的秋景很好地衬托出了思念故人的惆怅之情。

〔2〕萧索:景物凄凉。

〔3〕迥:远。

〔4〕嘹唳(lì立):雁声。

〔5〕晏(yàn彦):晚。

〔6〕顾景:犹观景。《悲翁》:即《思悲翁》。《古今乐录》:"汉鼓吹铙歌十八曲,字多讹误。一曰《朱鹭》,二曰《思悲翁》……"(《乐府诗集》卷一六引)陆机《鼓吹赋》:"咏《悲翁》之流思,怨高台之难临。"《思悲翁》古辞今存,其语有云:"思悲翁,唐思,夺我美人侵以遇。悲翁也,但我思。"此处以"咏《悲翁》"来表现自己对友人的思念。

〔7〕平林:平地的林木。林,宋蜀本作"陵"。

送崔九兴宗游蜀[1]

送君从此去,转觉故人稀。徒御犹回首[2],田园方掩扉[3]。出门当旅食,中路授寒衣[4]。江汉风流地[5],游人何岁归[6]?

〔1〕崔兴宗:王维之内弟(参见《秋夜独坐怀内弟崔兴宗》诗),行九,曾长期隐居。约于天宝九、十载间出仕(参见下一首注〔1〕)。寻绎本诗之意,兴宗游蜀当在其出仕之前,具体时间不详,姑系于此。这首诗以平淡无奇的语言,表现出了深挚的惜别之情。

〔2〕徒御:《诗·小雅·车攻》:"徒御不惊。"孔颖达疏:"徒行挽辇者与车上御马者。"此指随行之人。这句写出行者的依依不舍之情。

〔3〕田园:指兴宗隐居的田园。方:将。掩扉:关门。

〔4〕"出门"二句:表现对旅人衣食冷暖的关心。旅食,谓因作客而寄食他乡。中路授寒衣,谓途中天将变冷。《诗·豳风·七月》:"九月授衣。"

〔5〕江汉:江即长江,汉疑指西汉水。嘉陵江古又称西汉水。《元和郡县志》卷三三合州汉初县:"西汉水一名嘉陵水,经县理(治)南,去县一里。"风流地:谓美好、特出之地。

〔6〕游人:指崔兴宗。

与卢员外象过崔处士兴宗林亭〔1〕

绿树重阴盖四邻,青苔日厚自无尘。科头箕踞长松下〔2〕,白眼看他世上人〔3〕!

〔1〕卢员外象:盛唐诗人卢象,字纬卿,行八。开元中登进士第,补秘书省校书郎,转右卫仓曹掾。张九龄执政,擢为左补阙,迁河南府司录。开元末或天宝初,入为司勋员外郎。天宝三、四载,为飞语所中,左迁齐州司马。又转汾、郑二州司马,入为膳部员外郎。事见刘禹锡《唐故

尚书主客员外郎卢公集序》、《唐诗纪事》卷二六、《唐才子传》卷二等。员外，即员外郎，尚书省六部诸司副长官。卢象时或官膳部员外郎。处士：谓有道德、学问而隐居不仕者。由此可知兴宗是时当尚未出仕。此诗卢象、王缙、裴迪有同咏，兴宗有答诗，分载于《全唐诗》卷一二二及一二九。王缙诗曰："身名不问十年馀，老大谁能更读书？"则兴宗出仕前曾长期隐居。卢象诗曰："主人非病常高卧，环堵蒙笼一老儒。"玩"老儒"之语，似兴宗是时已年近五十（王维天宝九载五十岁，兴宗为维之内弟，年少于维）。又王维《敕赐百官樱桃》诗题下注云："时为文部郎中。"维官文部郎中在天宝十一至十三载间（参见《王维年谱》）。《唐诗纪事》卷一六："兴宗为右补阙时，和王维《敕赐樱桃》诗云……"知维为文部郎中时，兴宗官右补阙。按，右补阙从七品上，依唐时官吏迁除常例，兴宗初次出仕，当不得遽任此职，故他始出仕的时间，应早于官右补阙的时间。估计兴宗始出仕，大抵在天宝九、十载，而本诗之作，则应在天宝八、九载间。这首诗写崔氏林亭的幽深和主人傲世不羁的风韵。

〔2〕科头：不戴帽。箕（jī机）踞：《汉书·陆贾传》颜师古注："谓伸其两脚而坐，亦曰箕踞其形似箕。"按，古人席地而坐，坐时两膝着席，臀部压在脚后跟上；箕踞在古时是一种不讲礼节的坐法。松，《文苑英华》作"林"。

〔3〕"白眼"句：《晋书·阮籍传》："籍又能为青白眼，见礼俗之士，以白眼对之。"此句宋蜀本作"白眼看君是甚人"。

崔九弟欲往南山马上口号与别[1]

城隅一分手[2]，几日还相见？山中有桂花，莫待花如霰[3]。

〔1〕崔九：即崔兴宗。此诗裴迪有同咏，兴宗有答诗，俱载《全唐诗》卷一二九。兴宗答诗《留别王维》云："驻马欲分襟，清寒御沟上。前山景气佳，独往还惆怅。"寻绎诗意，是时兴宗盖自长安欲往南山隐居地，维因作此诗送之，其时间当在兴宗出仕前，具体年份不可确考，姑系于此。参见上诗注〔1〕。南山：终南山。口号：表示随口吟成，意近"口占"。明顾可久评此诗云："言外意不尽，冲淡自然。"（《唐王右丞诗集注说》）

〔2〕隅（yú鱼）：角落，边。

〔3〕霰（xiàn现）：水蒸气在高空中遇到冷空气凝结成的小冰粒。在下雪之前，往往先下霰。此句意谓，莫等花落如霰才归山隐居。柳恽《独不见》："芳草生未积，春花落如霰。"

秋夜独坐怀内弟崔兴宗[1]

夜静群动息[2]，蟪蛄声悠悠[3]。庭槐北风响，日夕方高秋[4]。思子整羽翮，及时当云浮[5]。吾生将白首，岁晏思沧洲[6]。高足在旦暮，肯为南亩俦[7]！

〔1〕细玩诗意，本诗当作于天宝九、十载间兴宗即将出仕之时，参见《与卢员外象过崔处士兴宗林亭》注〔1〕。内弟：《仪礼·丧服》"舅之子"郑注："内兄弟也。"按，王维的母亲崔姓，足见崔兴宗是王维舅舅的儿子。这首诗善于通过描摹自然音响，渲染出秋夜的凄清和诗人的惆怅心境。

〔2〕群动：谓各种动物。

〔3〕蟪蛄（huì gū惠姑）：寒蝉，体较小，青紫色，又名"伏天儿"。悠

悠:形容蝉声悠长而凄凉。

〔4〕日夕:黄昏时。方:正好,正当。高秋:秋高气爽之时。

〔5〕"思子"二句:以鸟的整翼待飞,比喻兴宗即将出仕。翮(hé核),鸟翎的茎;宋蜀本、静嘉堂本等作"翰"。云浮,指飞翔于空中。

〔6〕晏:晚。沧洲:谓隐者所居之地。陆云《泰伯碑》:"沧洲遁迹,箕山辞位。"

〔7〕高足:逸足,指快马。《古诗十九首·今日良宴会》:"何不策(鞭马前进)高足,先据要路津(喻高位)。"肯:犹"岂"。俦(chóu愁):伴侣。以上二句意谓,兴宗出仕后短时间内即当获取高位,岂能做自己隐于田园的伴侣!

敕赐百官樱桃 时为文部郎中〔1〕

芙蓉阙下会千官〔2〕,紫禁朱樱出上兰〔3〕。才是寝园春荐后〔4〕,非关御苑鸟衔残〔5〕。归鞍竞带青丝笼,中使频倾赤玉盘〔6〕。饱食不须愁内热〔7〕,大官还有蔗浆寒〔8〕。

〔1〕约作于天宝十一载(752)。樱桃:落叶乔木,春季先叶开花,淡红色或白色;果实大者如弹丸,小者如珠玑,味甜,可食,亦名莺桃。文部郎中:即吏部郎中。唐置吏部郎中二人,从五品上,其中一人掌天下文吏的班秩阶品,一人掌流外官的选补。据《通鉴》载,天宝十一载三月乙巳(二十八日)改吏部为文部,至德二载(757)十二月复旧。敕(chì赤):天子的诏书、命令。这首诗写天子颁赐百官樱桃事,虽无深意,却写得圆活、浑成,沈德潜评曰:"词气雍和,浅深合度,与少陵《野人送樱桃》诗,均为三唐绝唱。"(《唐诗别裁》卷一三)

〔2〕芙蓉阙:谓皇宫门前两边的阙楼犹如芙蓉(荷花)。梁车敳《洛阳道》:"重关如隐起,双阙似芙蓉。"

〔3〕紫禁:皇宫。朱樱:深红色的樱桃。《政和证类本草》卷二三引《图经》曰:"樱桃,其实熟时深红色者谓之朱樱。"上兰:汉宫观名,在上林苑中。见《三辅黄图》卷四。此处借指唐禁苑。

〔4〕寝园:谓先帝陵园。"园"指帝王墓地。古帝王陵园皆有寝殿(正殿),故谓之寝园。春荐:荐,祭献之意。唐李绰《岁时记》:"四月一日,内园进樱桃,寝园荐讫,颁赐百官各有差。"赵殿成注云:"右丞诗中用'春荐'字,当是其时虽四月一日,而节令未改,尚在暮春。"

〔5〕御苑:天子禁苑。鸟衔:《吕氏春秋·仲夏纪》:"羞(进献)以含桃。"高诱注:"进含桃。樱桃,莺鸟所含食,故言含桃。"以上二句写樱桃之新。

〔6〕青丝笼:系着青丝绳的篮子。汉乐府《陌上桑》:"青丝为笼系(绳,带),桂枝为笼钩。"此指盛樱桃的篮子。中使:此指被派去收摘或运送樱桃的宦者。赤玉盘:《太平御览》卷九六九引《拾遗录》曰:"汉明帝于月夜宴赐群臣樱桃,盛以赤瑛(似玉的美石)盘,群臣视之月下,以为空盘,帝笑之。"又引夏侯孝若《春可乐》曰:"进樱桃于玉盘。"以上二句言樱桃之多。

〔7〕愁:《文苑英华》作"忧"。内热:《政和证类本草》卷二三引孟铣曰:"樱桃热、益气,多食无损。"引《食疗》曰:"温,多食有所损。"又引《衍义》曰:"樱桃,小儿食之过多,无不作热。此果在三月末四月初间熟,得正阳之气,先诸果熟,性故热。"

〔8〕大(tài 太)官:又作太官,唐光禄寺有太官署,置令二人,凡朝会宴享,掌供百官膳食。蔗浆:甘蔗汁。

送秘书晁监还日本国[1]并序

舜觐群后[2],有苗不服[3],禹会诸侯,防风后至[4]。动干戚之舞,兴斧钺之诛,乃贡九牧之金,始颁五瑞之玉[5]。我开元天地大宝圣文神武应道皇帝[6],大道之行,先天布化[7],乾元广运,涵育无垠[8]。若华为东道之标[9],戴胜为西门之候[10],岂甘心于邛杖[11]?非征贡于苞茅[12]。亦由呼韩来朝,舍于蒲陶之馆[13];卑弥遣使,报以蛟龙之锦[14]。牺牲玉帛,以将厚意[15];服食器用,不宝远物[16]。百神受职,五老告期[17],况乎戴发含齿[18],得不稽颡屈膝[19]?海东国日本为大,服圣人之训,有君子之风。正朔本乎夏时[20],衣裳同乎汉制。历岁方达,继旧好于行人[21];滔天无涯[22],贡方物于天子。司仪加等,位在王侯之先;掌次改观,不居蛮夷之邸[23]。我无尔诈,尔无我虞[24]。彼以好来,废关弛禁[25]。上敷文教[26],虚至实归[27],故人民杂居,往来如市。晁司马结发游圣[28],负笈辞亲[29],问礼于老聃,学《诗》于子夏[30]。鲁借车马,孔丘遂适于宗周[31];郑献缟衣,季札始通于上国[32]。名成太学,官至客卿[33]。必齐之姜,不归娶于高、国[34];在楚犹晋,亦何独于由余[35]?游宦三年[36],愿以君羹遗母[37];不居一国[38],欲其昼锦还乡[39]。庄舄既显而思归[40],关羽报恩而终去[41]。于是稽首北阙[42],裹足东辕[43]。箧命赐之衣[44],怀敬问之诏[45]。金简玉字,传道经于绝域之人[46];方鼎彝樽,致分器于异姓之国[47]。琅邪台上[48],回望龙门[49];碣石馆前[50],夐然鸟逝[51]。鲸鱼喷浪,则万里倒回;鹢首乘云,则八风却走[52]。扶桑若荠[53],郁岛如萍[54]。沃白日而簸三山[55],浮苍天而吞九域[56]。黄雀之风动地[57],黑蜃之气成云[58]。淼不知其所之[59],何相思之可寄?嘻!去帝乡之故旧[60],谒本朝之君臣。咏七子之诗[61],佩两国之印[62]。布我王度[63],谕彼蕃臣[64]。三寸犹在,乐毅辞燕而未老[65];十年在外,信陵归魏而逾尊[66]。子其行乎!余赠言者[67]。

积水不可极,安知沧海东[68]?九州何处所,万里若乘空[69]?向国惟看日[70],归帆但信风[71]。鳌身映天黑,鱼眼射波红[72]。乡树扶桑外[73],主人孤岛中[74]。别离方异域[75],音信若为通[76]?

〔1〕秘书晁监:即日本人晁衡,日名阿倍仲麻吕,两《唐书》作仲满。《旧唐书·东夷传》:"开元初,(日本国)又遣使来朝……其偏使朝臣仲

满,慕中国之风,因留不去,改姓名为朝(古朝、晁通用)衡,仕历左补阙、仪王友。衡留京师五十年,好书籍,放归乡,逗留不去。……上元中,擢衡为左散骑常侍、镇南都护。"《新唐书·东夷传》:"(朝衡)历左补阙、仪王友,多所该识,久乃还。天宝十二载,朝衡复入朝。"按,据近人考证,衡于开元五年(717)至唐,尝官司经局校书(储光羲有《洛中贻朝校书衡》诗)。天宝十一载(752)岁暮,日遣唐大使藤原清河一行抵长安,十二载元日,玄宗亲自接见。是时衡官秘书监(秘书省正长官,从三品)兼卫尉卿。同年秋末,清河等返国,衡请同归,玄宗命其以唐使臣身份送清河等还。衡等自长安出发,于十月中抵扬州,访鉴真和尚,求其同至日本(参见《游方记抄·唐大和上东征传》)。十一月中衡等自扬州出发还日本,海上遇风,衡所乘之船飘流到安南。十四载六月衡复返长安。维此诗作于衡等离长安之时,同时作者尚有赵骅(《送晁补阙归日本国》,见《全唐诗》卷一二九)、包佶(《送日本国聘贺使晁巨卿东归》,见《全唐诗》卷二〇五),而衡亦作有《衔命还国作》诗(《全唐诗》卷七三二)回赠维等。又,清河等临归时,玄宗曾作诗赐之(《送日本使》,见《全唐诗逸》卷上)。这首送日本友人归国的诗,写出了归程的遥远与归后的相思。中二联辅以想象、夸张之笔,渲染出海上航行的奇诡和艰危,颇使本诗增色。

〔2〕舜觐(jìn 晋)群后:舜见四方诸侯。《书·舜典》:"五载一巡守,群后四朝。"觐,见。群后,四方诸侯。

〔3〕有苗不服:《韩非子·五蠹》:"当舜之时,有苗不服……乃修教(德教)三年,执干(盾)戚(斧)舞,有苗乃服。"有苗,即三苗,我国古代的少数民族。服,宋蜀本、《全唐诗》等作"格"。

〔4〕"禹会"二句:《国语·鲁语上》:"昔禹致群神于会稽之山,防风氏后至,禹杀而戮之。"韦昭注:"群神,谓主山川之君,为群神之主,故谓之神也。防风,汪芒氏(古国名,故地在今浙江武康)君之名也。"

〔5〕斧钺之诛:《国语·鲁语上》:"刑五而已……大刑用甲兵,其次

用斧钺……薄刑用鞭扑,以威民也。""乃贡"句:《左传》宣公三年:"昔夏之方有德也……贡金九牧(杜预注:"使九州之牧贡金。"牧,州长),铸鼎象物,百物而为之备,使民知神、奸。""始颁"句:《书·舜典》:"辑(敛聚)五瑞(公、侯、伯、子、男五等诸侯之瑞圭璧。圭璧皆玉器),既月(谓自敛瑞后至月末),乃日觐四岳群牧(四方众州牧),班(布散)瑞于群后。(孔颖达疏:"此瑞本受于尧,敛而又还之,若言舜新付之,改为舜臣,与之正新君之始也。")"以上四句意谓,古天子或行德教,或用刀兵,始使异域之君纳贡称臣。

〔6〕"我开"句:《旧唐书·玄宗纪》载,天宝八载闰六月,"群臣上皇帝(玄宗)尊号为开元天地大宝圣文神武应道皇帝"。

〔7〕大道之行:《礼·礼运》:"大道之行也,天下为公。"先天:谓行事在天之前。《易·乾·文言传》曰:"夫大人者……先天而天弗违。"布化:推行教化。

〔8〕乾元:天。此称君。广运:广大深远。《书·大禹谟》:"帝德广运。"涵育:涵养化育。无垠(yín 银):无边无际。二句意谓,唐帝之德广大深远,异域渺远无垠之地亦被涵养化育。

〔9〕若华:若木之华。《楚辞·天问》:"羲和之未扬,若华何光?"王逸注:"言日未出之时,若木何能有明赤之光华乎?"《淮南子·墬形训》高诱注:"若木端有十日,状如莲华,华有光也,光照其下也。"按,古称东极、西极皆有若木,此指东极之若木。《说文》:"叒,日初出东方汤谷,所登榑桑若木也。"东道:东边之道路。《左传》僖公三十年:"若舍郑以为东道主……君亦无所害。"此泛指东方。标:标志。

〔10〕戴胜:指西王母。见《文选》张衡《思玄赋》李善注。候:守门官。《汉书·萧望之传》:"署小苑东门候。"师古注:"门候,主候时而开闭也。"

〔11〕邛(qióng 穷)杖:用邛竹制成的杖。《史记·大宛列传》:"骞

(张骞)曰:'臣在大夏(今阿富汗北部一带)时,见邛竹杖、蜀布,问曰:安得此? 大夏国人曰:吾国人往市之身毒(今印度半岛)。'"正义:"邛都邛山(在今四川荥经西)出此竹,因名邛竹。"此句承上二句而言,谓东极、西极(西王母居于昆仑丘),岂称心于邛杖,即不以邛杖传入其地为满足之意。

〔12〕征贡于苞茅:《左传》僖公四年载:齐桓公伐楚,楚遣使者至齐军,责问齐何以攻楚,管仲代桓公答道:"尔贡苞茅不入,王祭不共(供),无以缩酒(漉酒),寡人是征(犹言寡人征是)。"苞,即"包",裹、束之意。茅,指楚地所产菁茅。拔此茅而裹束之,称"苞茅"。菁茅为周王祭祀需用之物,也是楚应向周王进纳的贡品之一。征,问罪。此句意谓,不是朝廷责求贡品,而是异域自动前来朝献。

〔13〕"亦由"二句:由,通"犹"。《汉书·宣帝纪》载,甘露三年正月,匈奴呼韩邪单于来朝。又《匈奴传》载,哀帝元寿二年,匈奴乌珠留若鞮单于来朝,上"舍(止宿)之上林苑蒲陶宫"。此处盖合两事而用之。

〔14〕"卑弥"二句:《三国志·魏志·东夷传》载,景初二年,倭国女王卑弥呼遣大夫难升米来朝献,诏书报倭女王曰:"今以汝为亲魏倭王,假金印紫绶。……今以绛地交(通"蛟")龙锦五匹……答汝所献贡直。"

〔15〕牺牲:供祭祀用的纯色全体牲畜。将:意同"将命"之"将",即传达之意。二句谓朝廷用各种礼品,来传达对客人的厚意。

〔16〕"服食"二句:《书·旅獒》:"无有远迩(近),毕献方物(土产),惟服食器用。"又曰:"不宝远物,则远人格(来)。"二句谓天子的服食器用,不以远方之物为宝贵而责求异域来献。

〔17〕百神受职:《礼·礼运》:"故礼行于郊,而百神受职焉。"孔疏:"百神,天之群神也。王郊天(在郊外祭天)备礼,则星辰不忒(无差错),故云受职。"五老告期:《竹书纪年·帝尧陶唐氏》载:尧将禅舜,"率舜等升首山,遵河渚。有五老游焉,盖五星之精也。相谓曰:'《河图》将来告

帝期,知我者重瞳黄姚(指舜,相传舜目重瞳子,姓姚,为黄帝之后)。'"后河出龙马,吐《甲图》而去,其文曰"闿色授帝舜","言虞、夏当受天命"。期,谓受天命之期。此二句意谓,天子圣明,群神各司其职,五老告以得天命之期。

〔18〕戴发含齿:指人。《列子·黄帝》:"有七尺之骸,手足之异,戴发含齿,倚而趣者谓之人。"

〔19〕得:能。稽(qǐ企)颡(sǎng 嗓):行跪拜礼时,以额触地。

〔20〕正朔:指历法。正,一年的开始。朔,一月的开始。夏时:夏历。夏时建寅,以正月为岁首。商以十二月、周以十一月、秦及汉初以十月为岁首。汉武帝太初时改用夏正,其后历代因之。

〔21〕行人:使者。见《管子·侈靡》房玄龄注。二句意谓,经过多年,方派使者至唐,继续从前建立的友好关系。按,玄宗时,日本国曾分别于开元五年、二十二年、天宝十一载三次派遣使者至唐。

〔22〕滔天:漫天。指海水之大。此句写来使渡海的情状。

〔23〕司仪:官名,《周礼·秋官》之属,掌接待宾客的礼仪。加等:指提升接待的等级。"位在"句:《汉书·匈奴传》:"(呼韩邪)单于正月朝天子于甘泉宫,汉宠以殊礼,位在诸侯王上,赞谒称臣而不名(不自称其名)。"掌次:官名,《周礼·天官》之属,掌王外出时住宿之法。此处借指为来使安排住处的官吏。改观:指改变原来的想法。蛮夷之邸:汉时专供来京的蛮夷(即四夷)居住的客舍。《汉书·元帝纪》颜师古注:"蛮夷邸,若今鸿胪客馆。"以上四句指朝廷对日本来使给予特殊礼遇。

〔24〕"我无"二句:谓相互不欺诈。《左传》宣公十五年:"宋及楚平……盟曰:'我无尔诈,尔无我虞。'"虞,欺。

〔25〕废关弛禁:谓我对日方(彼)不设关卡,解除禁令。

〔26〕上:皇上。敷:施,布。文教:指礼乐法度、道德教化。

〔27〕虚至实归:谓来学文教者皆有所得而还。语本《庄子·德充

符》:"虚而往,实而归。"

〔28〕司马:衡为司马事,未见他书记载。唐时州郡、都督府及王府官属皆有司马。结发:即束发(将发束成一髻)。古时男子自成童(《释名·释长幼》:"十五曰童。")开始束发,故称成童或少时为结发。游圣:游于圣人之门,指来唐学习儒经。谢朓《游后园赋》:"则观海兮为富,乃游圣兮知方。"

〔29〕笈(jí吉):书箱。

〔30〕"问礼"句:《史记·孔子世家》:"鲁南宫敬叔言鲁君曰:'请与孔子适周。'鲁君与之一乘车两马,一竖子,俱适周问礼,盖见老子云。"《孔子家语·观周篇》:"敬叔与(孔子)俱至周,问礼于老聃。"老聃(dān丹),即老子。"学《诗》"句:相传子夏(孔子弟子)传《诗》。《汉书·艺文志》:"(《诗》)又有毛公之学,自谓子夏所传。"陆玑《毛诗草木鸟兽虫鱼疏》卷下:"孔子删诗,授卜商(字子夏)。"以上二句谓衡来唐学《诗》、礼。

〔31〕适:往。宗周:指东周的王都洛邑。周为诸侯所宗仰,故王都所在称宗周。

〔32〕"郑献"二句:公元前五四四年,吴公子札(即季札,吴王寿梦第四子)出国聘问,为吴新立之君通好于诸侯,先后到过鲁、齐、郑、卫、晋等国。《左传》襄公二十九年:"(季札)聘于郑,见子产,如旧相识。与之缟(白色生绢)带,子产献纻衣(麻布衣服)焉。"赵殿成注:"缟衣字疑误。"上国,春秋时吴、楚等国称中原诸国为上国。本诗之"上国"即指郑。此二句以季札出国聘问,比喻衡来通好于唐。

〔33〕太学:国学名,唐国子监七学之一。衡当曾就读于太学。客卿:指异国之人在本国为卿者。时衡兼任卫尉卿(卫尉寺正长官,从三品),故云。

〔34〕必齐之姜:《诗·陈风·衡门》:"岂其取妻,必齐之姜?"齐侯

姜姓。归娶于高、国:《左传》定公九年载,敝无存随齐侯伐晋,其父将为无存娶妇,无存辞,曰:"此役也,不死,反,必娶于高、国。"杜注:"高氏、国氏,齐贵族也。无存欲必有功,还取卿相之女。"此二句谓衡不归国娶贵族之女,而在唐成室。

〔35〕在楚犹晋:《左传》昭公三年载:郑国的罕虎到晋国,报告说:楚国人每日派人来问郑不去朝贺他们新立之君的原因,如果我们派人去,又怕晋国会说我君本来就有外心,去或不去都是罪过。我君派虎前来陈述。晋派叔向回答道:"君其往也!苟有寡君(若心有我君),在楚犹在晋也。"由余:《史记·秦本纪》载:"戎王使由余于秦。由余,其先晋人也,亡入戎,能晋言。闻(秦)缪公贤,故使由余观秦。"后缪公以女乐赠戎王,戎王受而悦之。由余数谏不听,遂奔秦。此以由余喻衡。此二句谓,衡在唐就像在日本一样,并无孤单之感。

〔36〕三:表示多数。

〔37〕"愿以"句:《左传》隐公元年载:郑庄公赐颖考叔食,考叔食时将肉另置一旁。公问其故,对曰:"小人有母,皆(备)尝小人之食矣,未尝君之羹(肉汁),请以遗(馈)之。"此句谓衡欲归国奉母。

〔38〕不居一国:语本《汉书·李陵传》:"李少卿贤者,不独居一国。范蠡遍游天下,由余去戎入秦。"

〔39〕昼锦还乡:即富贵还乡之意。《史记·项羽本纪》:"富贵不归故乡,如衣绣(《汉书·项籍传》作"锦")夜行,谁知之者!"《三国志·魏志·张既传》:"(既)出为雍州刺史,太祖谓既曰:'还君本州,可谓衣绣昼行矣。'"

〔40〕"庄舄"句:《史记·张仪列传》:"越人庄舄(xì 细)仕楚执珪(爵位名),有顷而病,楚王曰:'舄,故越之鄙细人也,今仕楚执珪,贵富矣,亦思越不?'中谢(官名)对曰:'凡人之思旧,在其病也,彼思越则越声,不思越则楚声。'使人往听之,犹尚越声也。"

〔41〕"关羽"句:《三国志·蜀志·关羽传》载:建安五年,曹操擒羽而归,拜为偏将军,礼之甚厚。然羽终无久留之意,尝叹曰:"吾极知曹公待我厚,然吾受刘将军(刘备)厚恩,誓以共死,不可背之。吾终不留,吾要当立效以报曹公,乃去。"后羽杀袁绍大将军颜良,即拜书告辞曹公而奔刘备。

〔42〕稽(qǐ企)首北阙:谓拜别唐阙而去。北阙:见《不遇咏》注〔2〕。

〔43〕裹足:古人行远,则缠裹其足。东辕:犹东行。

〔44〕箧(qiè怯):箱。此处作动词用,谓藏于箧中。命赐之衣:诏令所赐之衣。

〔45〕怀:怀藏。敬问之诏:指唐天子问候日本国君主的诏书。《汉书·匈奴传》:"汉遗单于书以尺一牍,辞曰:'皇帝敬问匈奴大单于无恙……'"

〔46〕金简玉字:《吴越春秋》卷六:"(宛委山)其岩之巅,承以文玉,覆以磐石,其书金简,青玉为字。"此借指珍贵之书。道经:《荀子·解蔽》:"故道经曰:人心之危,道心之微。"唐杨倞注:"今《虞书》有此语而云道经,盖有道之经也。"此二句指衡携带珍贵文籍回国。

〔47〕方鼎:四足鼎。《左传》昭公七年:"(晋侯)赐子产莒之二方鼎。"彝樽:皆酒器,亦泛指祭祀用的礼器。分器:古时天子分赐给诸侯世代保存的宝器。《春秋》定公九年:"得宝玉、大弓。"杜注:"弓玉,国之分器,得之足以为荣,失之足以为辱。"二句谓衡携带唐帝送给日本国的鼎彝等宝器归国。

〔48〕琅邪(láng yé郎爷)台:在琅邪山西北。琅邪山在今山东胶南县南。

〔49〕龙门:《楚辞·九章·哀郢》:"过夏首而西浮兮,顾(回望)龙门而不见。"王逸注:"龙门,楚东门也。"此处疑即用《哀郢》之意,以写衡

渡海前回望唐都城门而不可见的依依惜别之情。

〔50〕碣(jié 捷)石:山名,在今河北昌黎北。秦始皇、汉武帝皆曾东巡至此,刻石观海。

〔51〕夐(xiòng 诇):远。鸟逝:木华《海赋》:"望涛远决,冏(鸟飞貌)然鸟逝。"言船行极速,如鸟飞逝。此处意同。

〔52〕鹢(yì 弋)首:指船。《淮南子·本经训》高注:"鹢,水鸟也。画其象著船头,故曰鹢首。"乘云:言船行甚疾,似乘云而飞。八风:八方之风。诸书所载,名目不一,参见《吕氏春秋·有始览》、《淮南子·墬形训》等。以上四句写衡乘船渡海的情状。

〔53〕扶桑:木名,产于扶桑国。《梁书·东夷传》:"扶桑国者……在大汉国东二万馀里,地在中国之东,其土多扶桑木,故以为名。扶桑叶似桐,而初生如笋,国人食之,实如梨而赤,绩其皮为布,以为衣,亦以为锦。"据此书所载扶桑之方向、位置,约相当于日本,故后相沿以扶桑为日本之代称。若荠(jì 技):谓远望树小若荠(蒺藜或荠菜)。《颜氏家训·勉学》:"《罗浮山记》云:望平地树如荠。"

〔54〕郁岛:即郁州,又名田横岛,唐时于其地置东海县。见《元和郡县志》卷一一。按,郁州在今江苏连云港东云台山一带。古时在海中,"周回数百里"(《南齐书·州郡志》),至清代始与大陆相连。句谓远望郁岛如浮萍。

〔55〕沃白日:极言海浪之大。沃,浇。《海赋》:"荡云沃日。"簸(bǒ 跛):颠动。三山:传说中的海上三神山(蓬莱、方丈、瀛洲),为仙人所居之地。见《史记·封禅书》。

〔56〕浮苍天:极言海之辽阔。《海赋》:"浮天无岸。"九域:九州。

〔57〕黄雀之风:《太平御览》卷九引周处《风土记》:"南中六月,则有东南长风,风六月止,俗号黄雀长风。时海鱼变为黄雀,因为名也。"

〔58〕黑蜃(shèn 慎)之气:指海市蜃楼。《史记·天官书》:"海旁蜃

气象楼台。"海市蜃楼多出现于海上或沙漠中,是因为光线折射而产生的一种自然现象。古人误以为它是大蜃(传说中的蛟龙一类动物)吐气所成。

〔59〕淼(miǎo秒):大水茫无边际貌。之:往。

〔60〕帝乡:京城。

〔61〕七子:用七子饯赵武事。《左传》襄公二十七年载:晋赵武自宋返国过郑境,郑伯设宴招待,子展、子西、子产等七人随从。赵武曰:"七子从君,以宠武也。请皆赋。"七人因各赋诗。此句即用其事,谓衡行前诸故旧赋诗相送。

〔62〕"佩两"句:衡既是日本国朝臣,又具有唐使者身分,故云。

〔63〕布:赵注本等作"恢"。王度:王者的品德、器量。亦指王者的政教。

〔64〕谕:明晓,使明晓。蕃臣:指日本国君臣。

〔65〕三寸犹在:三寸,指舌。《史记·留侯世家》:"今以三寸舌为帝者师。"又《张仪传》曰:张仪游说诸侯,为楚相所执,掠笞数百。仪谓其妻曰:"视吾舌尚在不?"妻笑曰:"舌在也。"仪曰:"足矣。""乐毅"句:《史记·乐毅传》载:燕昭王拜乐毅为上将军,起兵伐齐,攻下齐七十馀城,唯莒、即墨二城未下。这时昭王卒,子惠王即位。惠王为太子时,与乐毅有隙,于是齐田单纵反间计,惠王遂派骑劫替代乐毅而召毅还燕。毅畏诛,乃西降赵,赵"尊宠乐毅,以警动于燕、齐"。此二句意谓,衡归国时年尚未老,犹能有所作为。

〔66〕"十年"二句:《史记·魏公子列传》载:魏公子无忌(信陵君)诈称魏王的命令夺取晋鄙带领的军队救赵后,留居于赵,十年不归。秦听说公子在赵,日夜出兵伐魏。魏王派使者请公子归魏,授以上将军,于是公子率五国之兵,打败秦军,"乘胜逐秦军至函谷关"。"当是时,公子威震天下"。此处以信陵归魏喻晁衡还国。

〔67〕赠言：《荀子·非相》："故赠人以言，重于金石珠玉。"

〔68〕积水：指海。《荀子·儒效》："积土而为山，积水而为海。"二句意谓，大海已无边无际，又怎能知道更在大海之东的日本呢？

〔69〕若：犹"怎"、"那"。说见张相《诗词曲语辞汇释》。乘空：飞翔空中。《列子·黄帝》："乘空如履实。"此二句由日本人的角度来说，意谓不知九州（中国）在何地，相隔万里，又怎能乘空而往？

〔70〕"向国"句：古人以为日本地近东方日所出处，故云。《新唐书·东夷传》："日本使者自言国近日所出，以为名。"

〔71〕信：凭，靠。

〔72〕鳌（áo 敖）：传说中海里的大鳌。此二句写想象中的航海景象。

〔73〕外："内中"之意。参见王锳《诗词曲语辞例释》。句谓衡之故乡，在扶桑国内。

〔74〕主人：指晁衡。

〔75〕方：将。异域：不在一域。

〔76〕若为：如何。

同崔员外秋宵寓直[1]

建礼高秋夜[2]，承明候晓过[3]。九门寒漏彻[4]，万井曙钟多。月迥藏珠斗[5]，云消出绛河[6]。更惭衰朽质[7]，南陌共鸣珂[8]。

〔1〕同：和。崔员外：疑指盛唐著名诗人崔颢。颢天宝中任司勋员

外郎(吏部司勋司副长官),十三载(754)卒于任。寓直:直宿,夜间值班。此诗首句用尚书郎故实,当是作者任尚书郎与崔员外同在尚书省中寓直时所作。又,据"更惭衰朽质"句,此篇疑应作于天宝十一载(时作者年五十二)至十三载维官尚书省文部(吏部)郎中时。纪昀评此诗曰:"了无深意,而气体自然高洁。"又曰:"藏字、出字炼得自然,不似晚唐、宋人之尖巧。末二句入崔员外,却突兀。"(《瀛奎律髓汇评》卷二)

〔2〕建礼:汉宫门名,其内为尚书台所在地。《宋书·百官志》:"《汉官》云……尚书寺居建礼门内。"应劭《汉官仪》卷上(孙星衍辑本):"尚书郎主作文书起草,夜更直(轮值)五日于建礼门内。"此借指唐尚书省。

〔3〕承明:承明庐,汉代侍从之臣值夜之所,在石渠阁外。见《汉书·严助传》及颜师古注。又魏宫有承明门,魏明帝时朝会皆由此门出入。见《文选》曹植《赠白马王彪》李善注引陆机《洛阳记》。此处借指唐宫门。句谓待天明下班将经过宫门而归。

〔4〕九门:《礼记·月令》郑玄注:"天子九门者,路门也,应门也,雉门也,库门也,皋门也(按,以上皆天子宫室之门),城门也,近郊门也,远郊门也,关门也。"此泛指皇宫之门。彻:毕,尽。句谓宫中夜漏尽,天快亮了。

〔5〕迥:远。藏珠斗:指北斗隐没。珠斗,谓斗星相贯如珠。

〔6〕消:《文苑英华》作"开"。绛(jiàng 酱)河:即银河。

〔7〕衰朽:老迈无能。作者自指。

〔8〕珂(kē 苛):马勒上的饰物。马行时作声,故曰"鸣珂"。句指天明下班后将与崔一同乘马而归。

送贺遂员外外甥[1]

南国有归舟,荆门溯上流。苍茫葭菼外,云水与昭丘[2]。樯带城乌去[3],江连暮雨愁。猿声不可听,莫待楚山秋[4]。

[1]贺遂:李华有《贺遂员外药园小山池记》(《全唐文》卷三一六),王维有《春过贺遂员外药园》诗,细玩《记》与诗之意,药园当在长安附近,《记》亦系李华在长安任职时所作。考李华于天宝二至七载官秘书省校书郎(京官,下同),十一载至十四载任监察御史及右补阙(参见拙作《李华事迹考》,载《文献》一九九〇年第四期),则《记》当即作于此期间。贺遂任员外及本诗写作的时间也一样。员外:即员外郎,尚书省六部诸司副长官。这首诗擅长用大笔勾勒,绘出寥远阔大的江上景象。

[2]南国:古指江汉一带的诸侯国。《国语·周语上》韦昭注:"南国,江汉之间也。"后也用以泛指南方。荆门:指荆州,见《寄荆州张丞相》注[3]。苍茫:旷远无边貌。葭(jiā加):芦苇。菼(tǎn毯):荻。昭丘:春秋楚昭王墓,在今湖北当阳东南七十里。《文选》王粲《登楼赋》:"北弥陶牧,西接昭丘。"以上四句想象贺遂外甥南归溯江而行时所见到的景象。

[3]樯(qiáng墙):帆船上挂风帆的桅杆。

[4]"猿声"二句:谓应当速行,莫等秋天来到,彼时楚山之上猿声已不堪听。按,自荆门溯江而上,过宜昌后,即进入三峡,该地两岸连山,略无阙处,每至秋冬之时,常有高猿长啸,其声凄厉,故云。参见《水经注》卷三四《江水》。

送丘为往唐州[1]

宛洛有风尘[2],君行多苦辛。四愁连汉水[3],百口寄随人[4]。槐色阴清昼,杨花惹暮春[5]。朝端肯相送[6],天子绣衣臣[7]。

〔1〕丘为:见《送丘为落第归江东》注〔1〕。据诗末二句,诗当作于天宝二载丘为登第授官之后,具体时间不详,姑系于安史之乱前。唐州:唐州名,天宝元年改为淮安郡,治所在比阳(今河南泌阳)。此处系沿用旧称。杨慎《升庵诗话》卷一一云:"王右丞诗'杨花惹暮春',李长吉诗'古竹老梢惹碧云',温庭筠'暖香惹梦鸳鸯锦',孙光宪'六宫眉黛惹春愁',用惹字凡四,皆绝妙。"

〔2〕宛:今河南南阳。洛:洛阳。宛洛为丘为自长安往唐州途中经行之地。

〔3〕"四愁"句:《文选》张衡《四愁诗》序曰:"张衡……出为河间相。……时天下渐弊,郁郁不得志,为《四愁诗》。"诗曰:"一思曰:我所思兮在太山,欲往从之梁父艰,侧身东望涕沾翰。美人赠我金错刀,何以报之英琼瑶。路远莫致倚逍遥,何为怀忧心烦劳。"诗凡"四思"。此句即用其事,谓丘为到唐州,内心充满怀友之愁。唐州地近汉水,故有"连汉水"之语。

〔4〕百口:指全家。《晋书·周𫖮传》:"(王)导呼𫖮谓曰:'伯仁,以百口累卿。'"随:即随州,治所在今湖北随县。句指丘为之家属寄居于随州。

〔5〕惹:招引。

〔6〕朝端:位居首席的朝臣。此处泛指大臣。

〔7〕绣衣臣:《汉书·百官公卿表》:"侍御史有绣衣直指,出讨奸猾,治大狱,武帝所制,不常置。"颜师古注:"衣以绣衣,尊宠之也。"此指丘为而言。疑为时任御史,被朝廷派往唐州执行某种特殊任务。

春日与裴迪过新昌里访吕逸人不遇[1]

桃源一向绝风尘[2],柳市南头访隐沦[3]。到门不敢题凡鸟[4],看竹何须问主人[5]?城外青山如屋里[6],东家流水入西邻。闭门著书多岁月[7],种松皆老作龙鳞[8]。

〔1〕裴迪:关中(今陕西)人,行十。开元二十五年(737)以后曾居张九龄荆州幕府(参见陈贻焮《唐诗论丛·孟浩然事迹考辨》),后返长安。《唐诗纪事》卷一六:"迪初与王维、(崔)兴宗俱居终南。"其时间约在开元末、天宝初。后王维得辋川别业,迪常从游,共泛舟往来,赋诗相酬。安史之乱后入蜀为官(参见杜甫《和裴迪登新津寺寄王侍郎》、《和裴迪登蜀州东亭送客逢早梅相忆见寄》、《暮登四安寺钟楼寄裴十迪》等诗)。根据裴迪的生平事迹,本诗当作于安史之乱前。具体时间不详,姑系于此。新昌里:长安里坊名,在城东延兴门旁。见《长安志》卷九。逸人:隐逸之士。此诗裴迪有同咏,载《全唐诗》卷一二九。明顾璘评曰:"此篇似不经意,然结语奇突,不失盛唐。"又曰:"信手拈来,头头是道,不可因其真率,略其雅逸也。"(见凌濛初刊《王摩诘诗集》)

〔2〕桃源:见《桃源行》注〔1〕。此借指吕逸人的隐居处。绝风尘:指无人世的纷扰。

〔3〕柳市:汉长安市名。《汉书·游侠传》:"萬章,字子夏,长安人

也。……章在城西柳市,号曰城西万子夏。"此处疑借指唐长安东市。新昌坊在东市东南,故云"柳市南头"。隐沦:指隐士。

〔4〕"到门"句:《世说新语·简傲》:"嵇康与吕安善,每一相思,千里命驾。安后来,直(值)康不在,喜(康兄)出户延之,不入,题门上作凤字而去。喜不觉,犹以为欣。"按,题一"凤"字,意在讥刺嵇喜,说他不过是"凡鸟(鳥)"(合书为"凤〔鳳〕")而已。此处用这一故实,表示自己访逸人不遇,并赞其家中无俗人。

〔5〕"看竹"句:《晋书·王徽之传》:"时吴中一士大夫家有好竹,欲观之,便出坐舆造竹下,讽啸良久。主人洒扫请坐,徽之不顾。将出,主人乃闭门,徽之便以此赏之,尽欢而去。"事又载《世说新语·简傲》。此句变用其意,意谓主人不在,尽可自己观赏景物。

〔6〕"城外"句:新昌坊在长安城尽东之处,其南街东出延兴门,即是城外,故云。外,《全唐诗》作"上"。

〔7〕著:《文苑英华》作"看"。

〔8〕作龙鳞:指老松之表皮斑驳,犹如龙鳞。此句宋蜀本、静嘉堂本等作"种松皆作老龙鳞"。

冬夜书怀[1]

冬宵寒且永,夜漏宫中发。草白霭繁霜,木衰澄清月[2]。丽服映颓颜[3],朱灯照华发[4]。汉家方尚少[5],顾影惭朝谒[6]。

〔1〕据"丽服"二句,本诗当作于晚年,今姑系天宝末。这是一首自伤迟暮不遇的诗。

〔2〕永:长。夜漏:漏,漏壶,古滴水计时器。壶有浮箭,上刻符号表时间,分昼漏、夜漏,共百刻。"冬至之日,昼漏四十刻,夜漏六十刻。夏至,昼漏六十刻,夜漏四十刻。春分秋分之时,昼夜各五十刻"(《旧唐书·职官志》)。此指夜间漏壶的滴漏之声。霭(ǎi矮):盛貌。木衰:树木叶落。澄:清朗貌。以上四句写冬日早朝前的景象。

〔3〕颓颜:衰老的容颜。作者自指。

〔4〕华发:白发。

〔5〕尚少:汉颜驷"鬓眉皓白"尚为郎,武帝问其故,答曰:"臣姓颜名驷,以文帝时为郎,文帝好文而臣好武,景帝好老而臣尚少,陛下好少而臣已老,是以三叶不遇也。"见《后汉书·张衡传》注引《汉武故事》。

〔6〕惭朝谒:谓自己已老,愧于继续为官。朝谒,上朝谒见天子。

和太常韦主簿五郎温汤寓目[1]

汉主离宫接露台[2],秦川一半夕阳开[3]。青山尽是朱旗绕,碧涧翻从玉殿来[4]。新丰树里行人度,小苑城边猎骑回[5]。闻道甘泉能献赋,悬知独有子云才[6]。

〔1〕太常主簿:唐太常寺置主簿二人,从七品上,掌管印章簿书等事。温汤:指骊山温泉。唐于此置温泉宫,天宝六载改名华清宫。玄宗自开元二十五年之后,每年例于十月或十一月幸温泉宫,岁尽方还长安。按,华清宫天宝末为安史乱军所毁,乱后稍事修复,游幸遂稀(参见《长安志》卷一五),故疑此诗当作于安史之乱前,具体时间无从确考,姑系于此。寓目:观看之意。此诗写景如画,首联尤为诗评家所称道,胡应麟《诗薮》内编卷五说:"唐七言律起句之妙,自'卢家少妇'外……王维'汉

主离宫接露台,秦川一半夕阳开'……皆冠裳宏丽,大家正脉,可法。"

〔2〕汉主离宫:指华清宫。唐人诗中每以汉借指唐。露台:又称灵台,古时用以观察天文气象。《汉书·文帝纪》:"(文帝)尝欲作露台,召匠计之,直百金,上曰:'百金,中人之产也。吾奉先帝宫室,常恐羞之,何以台为?'"颜师古注:"今新丰县南骊山之顶有露台乡,极为高显,犹有文帝所欲作台之处。"

〔3〕秦川:泛指今陕西、甘肃秦岭以北的平原地带。此句写在夕阳馀辉的映照下,秦川半明半暗的景象。

〔4〕翻:反而。玉殿:指华清宫之殿。此二句写近景。

〔5〕新丰:古县名,在今陕西临潼东北新丰镇。小苑:谓宫苑之小者。《南史·齐武帝诸子传》:"求于东田起小苑,上许之。"此处即指华清宫。此二句写远景。

〔6〕"闻道"二句:《汉书·扬雄传》:"扬雄,字子云……孝成帝时,客有荐雄文似相如者,上方郊祠甘泉泰畤、汾阴后土以求继嗣,召雄待诏承明之庭。正月,从上甘泉(汉宫名),还,奏《甘泉赋》以风。"悬知,预知,料想。二句赞美韦郎有才。

冬日游览[1]

步出城东门,试骋千里目[2]。青山横苍林,赤日团平陆[3]。渭北走邯郸[4],关东出函谷[5]。秦地万方会,来朝九州牧[6]。鸡鸣咸阳中[7],冠盖相追逐[8]。丞相过列侯[9],群公饯光禄[10]。相如方老病,独归茂陵宿[11]。

〔1〕作于安史之乱前,具体时间不详。说见注〔6〕。这首诗写冬日出游长安城东的所见所感。宋刘辰翁评曰:"平实悲壮,古意雅辞,乐府所少。"(见《须溪先生校本唐王右丞集》)

〔2〕骋千里目:纵目远望之意。

〔3〕团:圆。何逊《学古诗三首》其一:"阵云横塞起,赤日下城圆。"平陆:平坦的陆地。

〔4〕走邯郸:《汉书·张释之传》:"上指视慎夫人新丰道,曰:'此走邯郸道也。'"按,慎夫人邯郸(今河北邯郸西南)人。走,趋。此句谓渭水之北可趋赴邯郸。

〔5〕关东:指函谷关以东地区。函谷旧关在今河南灵宝东北,汉元鼎三年(前114)徙至今河南新安东。句谓至关东需出函谷。

〔6〕秦地:指长安一带。九州牧:泛指诸州长官。此二句写是时恰值朝集使入京朝见天子。《唐六典》卷三:"凡天下朝集使,皆令都督、刺史及上佐更为之。……皆以十月二十五日至于京都,十一月一日户部引见讫,于尚书省与群官礼见,然后集于考堂,应考绩之事,元旦陈其贡篚于殿庭。"按,据《旧唐书·德宗纪》载,安史之乱爆发后,共有二十五年朝集使不入京朝见天子,至建中元年(780)冬始复旧制。据此,本诗当作于安史之乱前。

〔7〕咸阳:秦都。此借指唐都长安。

〔8〕冠盖:官员的服饰和车乘,借指官员。

〔9〕过(guō 锅):拜访。列侯:见《陇头吟》注〔5〕。

〔10〕光禄:指光禄卿。唐光禄寺置卿一员,从三品,负责掌管邦国的酒醴、膳馐之事。

〔11〕"相如"二句:用因病免官家居的司马相如比喻失职的寒士,慨叹其生活之孤寂。参见《不遇咏》注〔7〕。

奉和圣制从蓬莱向兴庆阁道中留春雨中春望之作应制[1]

渭水自萦秦塞曲,黄山旧绕汉宫斜[2]。銮舆迥出仙门柳,阁道回看上苑花[3]。云里帝城双凤阙,雨中春树万人家[4]。为乘阳气行时令,不是宸游重物华[5]。

〔1〕此诗李憕有同咏,载《全唐诗》卷一一五,题同维诗。《旧唐书·李憕传》载,天宝十四载(755),憕转光禄卿、东京留守,同年十二月,安禄山陷东京,憕被执遇害。据此,可知本诗当作于天宝十四载前。圣制:皇帝的诗。蓬莱:即长安大明宫,又称东内,高宗时曾改名蓬莱宫。兴庆:《新唐书·地理志》:"兴庆宫,在皇城东南……开元初置,至十四年又增广之,谓之南内。"阁道:又称复道,即用木架成的空中通道。《旧唐书·地理志》:"自东内达南内,有夹城复道……人主往来两宫,人莫知之。"开元二十年,又修筑自南内至曲江芙蓉园的夹城复道,见《旧唐书·玄宗纪》、《长安志》卷九。应制:应皇帝之命作诗。此篇为应制诗中少见的佳制,沈德潜《唐诗别裁》卷一三说:"应制诗应以此篇为第一。"黄生《增订唐诗摘钞》卷三说:"风格秀整,气象清明,一脱初唐板滞之习。"诗人擅长以大笔写景,如仅用"云里"二句,就勾勒出一幅帝都的繁华、壮丽图画。

〔2〕渭水:今渭河。萦(yíng 营):绕。秦塞:秦地,其四面有山关之固,古称"四塞之国",故云。曲:曲折。黄山:又称黄麓山,在陕西兴平县。旧绕:依旧环绕。汉宫:指汉黄山宫。《三辅黄图》卷三:"黄山宫在兴平县(今属陕西)西三十里,武帝微行西至黄山宫,即此。"此二句写在

阁道中远望所见之景。

〔3〕銮舆:皇帝的车驾。迥:远。仙门:指宫门。上苑:谓帝王的园林。此二句点题并写景。

〔4〕凤阙:汉长安宫阙名。此处泛指唐长安宫门两旁的阙楼。此二句写在阁道中近望所见之景。

〔5〕阳气:指春日的阳和之气。《礼记·月令》:"季春之月……生气方盛,阳气发泄。"宸(chén 辰)游:帝王的巡游。重:《全唐诗》作"玩"。物华:自然景色。此二句谓天子出行,本是乘阳气畅达,顺天时而巡游,并非重春景而欲赏玩之。

登楼歌[1]

聊上君兮高楼,飞甍鳞次兮在下[2]。俯十二兮通衢[3],绿槐参差兮车马[4]。却瞻兮龙首[5],前眺兮宜春[6],王畿郁兮千里[7],山河壮兮咸秦[8]。舍人下兮青宫,据胡床兮书空[9]。执戟疲于下位[10],老夫好隐兮墙东[11]。亦幸有张伯英草圣兮龙腾虬跃,摆长云兮捩回风[12]。琥珀酒兮雕胡饭,君不御兮日将晚[13]。秋风兮吹衣,夕鸟兮争返。孤砧发兮东城[14],林薄暮兮蝉声远[15]。时不可兮再得[16],君何为兮偃蹇[17]?

〔1〕疑作于天宝末。时王维已老,在长安过一种亦官亦隐的生活,故诗中云"老夫好隐兮墙东"。这首骚体诗先写登楼所见长安的繁盛、壮丽,次叙楼主人的失志,最后点出劝其退隐之意。

〔2〕"飞甍"句：语本鲍照《咏史》："京城十二衢，飞甍各鳞次。"衢（qú渠），大路。甍（méng萌），屋脊。甍之两端扬起，有飞举之势，故曰"飞甍"。鳞次，依序排列如鱼鳞。

〔3〕俯：俯视。

〔4〕参差（cēn cī岑阴平疵）：不齐貌。

〔5〕却瞻：回头望。龙首：古山名，在今陕西西安旧城北。起于渭水南岸汉长安故城，止于樊川，长六十馀里。首高二十丈，尾高五、六丈。汉唐于其地营建城郭宫殿后，山原已渐堙平。

〔6〕宜春：秦离宫有宜春宫，宫之东为宜春苑，汉时称宜春下苑。《汉书·元帝纪》："诏罢……宜春下苑。"颜师古注："即今京城东南隅曲江池是。"

〔7〕王畿：王城附近纵横千里之地。《周礼·夏官·职方氏》："方千里曰王畿。"此指长安附近地区。郁：林木积聚貌。

〔8〕咸秦：秦都咸阳。此处借指长安。

〔9〕舍人：官名。当指太子中舍人（正五品上）、太子舍人（正六品上）或太子通事舍人（正七品下）。青宫：太子宫。胡床：一种可折叠的轻便坐具，又称交椅、交床。书空：晋殷浩为中军将军，率师北伐失利，被黜放，口无怨言，谈咏不辍，"但终日书空，作'咄咄怪事'四字而已"。见《晋书·殷浩传》。寻绎诗意，"舍人"与"君"应为一人。二句谓"君"失志，暗中抱屈。

〔10〕执戟：秦汉郎官有中郎、侍郎、郎中等，掌守卫宫殿门户，值勤时皆持戟。曹植《与杨德祖书》："昔扬子云，先朝执戟之臣耳（汉扬雄为郎官，历成、哀、平三世不升迁，故云）。"疲：困。潘岳《夏侯常侍诔》："执戟疲扬，长沙投贾。"此句即用扬雄事，指"君"居于卑位，不得升迁。

〔11〕老夫：老年人自称。墙东：《后汉书·逢萌传》："初，萌与同郡徐房、平原李子云、王君公相友善……君公遭乱独不去，侩牛（做买卖牛

的居间人)自隐,时人为之语曰:'避世墙东王君公。'"

〔12〕张伯英:后汉张芝,字伯英,擅长草书,有草圣之称。见《后汉书·张奂传》、《三国志·魏书·刘劭传》裴注引《文章叙录》。龙腾虬跃:指草书有龙虬飞腾之势。虬,传说中的一种龙。"摆长"句:形容龙虬腾跃于空的情状。摆,分开。挼(liè 列),扭转。回风,旋风。此二句谓"君"虽困于下位,幸爱好草书,足可自娱。

〔13〕琥珀酒:谓色如琥珀之酒。琥珀,松柏树脂的化石。色红褐者称琥珀,黄而透明者称蜡珀。雕胡:即菰米。御:进用。二句劝"君"进食,保重自己。

〔14〕砧(zhēn 珍):捣衣石。此指捣衣声。

〔15〕林薄:草木丛杂之地。

〔16〕"时不"句:语本《楚辞·九歌·湘君》:"时不可兮再得,聊逍遥兮容与。"

〔17〕偃蹇(jiǎn 简):《文选》司马相如《长门赋》李善注引李奇曰:"偃蹇,伫立貌也。"句谓君为何伫立而待?话中含有劝其速下决心退隐之意。

送友人归山歌二首[1](选一)

其二[2]

山中人兮欲归,云冥冥兮雨霏霏[3]。水惊波兮翠菅靡[4],白鹭忽兮翻飞,君不可兮褰衣[5]!山万重兮一云[6],混天地兮不分。树晻暖兮氛氲[7],猿不见兮空闻。忽山西兮夕阳,见东皋兮远村[8]。平芜绿兮千里[9],眇惆怅兮思君[10]。

〔1〕本诗其一末四句云:"愧不才兮妨贤,嫌既老兮贪禄。誓解印兮相从,何詹尹兮可卜!"细玩此四句之意,诗疑当作于天宝末。诗题,《楚辞后语》作《山中人》。

〔2〕这是一首送别诗。诗人很善于以景状意,前五句用雨骤风狂的景象,表达不愿友人离去的情意;后八句也用多种景物,烘托出别后思念友人的怅惘之情。

〔3〕冥冥:晦暗貌。霏(fēi非)霏:盛貌。

〔4〕惊波:激流。翠菅(jiān兼):青茅。《说文》:"菅,茅也。"赵殿成注:"翠菅靡与水惊波对列,皆承上雨霏霏而言,非谓翠菅因惊波而靡(倒伏)也。"

〔5〕褰(qiān千)衣:指提起衣服下摆冒雨涉水而去。

〔6〕一云:全是阴云。

〔7〕晻曖(ǎn ài俺爱):暗貌。氛氲(yūn晕):盛貌。

〔8〕东皋:《文选》潘岳《秋兴赋》:"耕东皋之沃壤兮,输黍稷之馀税。"皋,水边之地。

〔9〕平芜:杂草丛生的原野。

〔10〕眇:极目远视貌。《楚辞·九歌·湘夫人》:"帝子降兮北渚,目眇眇兮愁予。"

送李太守赴上洛[1]

商山包楚邓[2],积翠蔼沉沉[3]。驿路飞泉洒[4],关门落照深[5]。野花开古戍,行客响空林。板屋春多雨[6],山城昼欲阴[7]。丹泉通虢略,白羽抵荆岑[8]。若见西山爽,应知黄绮心[9]。

〔1〕上洛:唐郡名,治所在今陕西商县。《旧唐书·地理志》:"商州……天宝元年(742)改为上洛郡。乾元元年(758)复为商州。"据此,本诗或即作于天宝年间,具体年份不详,姑系此。王夫之评此诗云:"点染亦富,而终不杂。'驿路'二字便是入题,藏于排偶中,不复有痕。'关门落照深',灵心警笔。"(《唐诗评选》卷三)

〔2〕商山:在陕西商县东南。包:包容。楚邓:唐邓州(治今河南邓县),春秋时属楚地;又,春秋邓国(在今湖北襄樊北),公元前六七八年为楚所灭,故云。此句极言商山之大。

〔3〕积翠:指山上青翠的草木。薵(ǎi 矮)沉沉:茂盛貌。

〔4〕驿路:驿站车马所行之道。

〔5〕关:疑指峣关。在陕西蓝田东南,因临峣山而得名。《元和郡县志》卷一京兆府蓝田县:"蓝田关在县南九十里,即峣关也。"峣关为李自长安赴上洛途中必经之地。深:指历时久。

〔6〕板屋:木板房。此写上洛民俗多以木板为屋。《诗·秦风·小戎》:"在其板屋,乱我心曲。"

〔7〕山城:上洛郡城居乱山中,故云。欲:犹如、似。参见王锳《诗词曲语词例释》。

〔8〕丹泉:即丹渊(避李渊讳改为泉)。《汉书·律历志下》:"(尧)让天下于虞,使子朱处于丹渊为诸侯。"丹渊故地,即秦汉时的丹水县(见《史记·五帝本纪》正义),在今河南淅川西。虢(guó国)略:地名,在今河南灵宝。《左传》僖公十五年:"赂秦伯以河外列城五,东尽虢略。"白羽:地名,故址在今河南西峡。荆岑:王粲《登楼赋》:"平原远而

极目兮,蔽荆山之高岑。"荆山,在今湖北南漳县西。岑,小而高的山。二句写上洛周围的地理形势。

〔9〕西山爽:《世说新语·简傲》:"王子猷(徽之)作桓车骑(冲)参军,桓谓王曰:'卿在府日久,比当相料理。'徽之初不答,直高视,以手版柱颊云:'西山朝来致有爽气。'"爽气,指明朗开豁的自然景象。黄绮:夏黄公、绮里季。与东园公、甪里先生合称商山四皓(四人须眉皆白,故称)。秦始皇时,四皓见秦政暴虐,遂共入商山隐居,以待天下之定。及秦败,高祖闻而征之,不应。后高祖欲废太子(惠帝),吕后用张良计,迎四皓,使辅太子,于是高祖遂辍废太子之议。事见《史记·留侯世家》、《高士传》卷中。二句意谓,四皓之心,像商山(此处盖以西山借指商山)的自然景象一样明朗开豁。

送张判官赴河西〔1〕

单车曾出塞〔2〕,报国敢邀勋〔3〕?见逐张征虏〔4〕,今思霍冠军〔5〕。沙平连白雪,蓬卷入黄云〔6〕。慷慨倚长剑〔7〕,高歌一送君。

〔1〕判官:见《凉州赛神》注〔1〕。河西:即河西节度,景云元年(710)始置。统八军三守捉,屯凉、肃、瓜、沙、会五州之境,治凉州(今甘肃武威),兵七万三千人。按,《旧唐书·吐蕃传》曰:"及潼关失守(安禄山陷潼关),河洛阻兵,于是尽征河(西)、陇(右)、朔方之将、镇兵入靖国难,谓之行营,曩时军营边州无备预矣。"《通鉴》至德元载(756)七月载:征河西、安西兵赴行在;二载二月载:"上至凤翔旬日,陇右、河西、安西、西域之兵皆会。"是知安史之乱发生后,边兵大量内调,此诗写送人赴河

西从军,或当作于安史之乱前。这首诗除勉励友人出塞报国外,也抒发了自己慷慨报国的壮志豪情。

〔2〕单车:单车独行,不带随从。

〔3〕"报国"句:谓出塞为报国,岂敢邀求功勋。

〔4〕见:音义同"现"。逐:追随。张征虏:三国蜀将张飞,官征虏将军。飞"雄壮威猛,亚于关羽,魏谋臣程昱等咸称羽、飞,万人之敌也"。见《三国志·蜀书·张飞传》。此借指猛将。

〔5〕霍冠军:即西汉名将霍去病。以其尝封冠军侯,故称。霍前后凡六击匈奴,斩获十馀万人,立下赫赫战功。事见《史记》本传。

〔6〕蓬:蓬草。其根短,秋枯时,风卷而飞。

〔7〕倚长剑:挂长剑。或释为"佩长剑"。《文选》江淹《杂体诗三十首·鲍参军戎行》李周翰注:"倚,佩也。"

送刘司直赴安西[1]

绝域阳关道[2],胡沙与塞尘。三春时有雁[3],万里少行人。苜蓿随天马,蒲桃逐汉臣[4]。当令外国惧,不敢觅和亲[5]。

〔1〕此诗写送人赴安西从军,疑当作于安史之乱前,说见上诗注〔1〕。司直:唐大理寺置司直六人,从六品上,掌出使推核。安西:即安西节度,又称四镇或碛西节度。景云元年以安西都护兼四镇经略大使,至开元六年始用节度之号。统龟兹、焉耆、于阗、疏勒四镇,治龟兹城(今新疆库车),兵二万四千。王维五言律中有一种以雄浑胜者,本诗即其一例。

〔2〕绝域:极远的地域。阳关:古关名,西汉置,唐时尚存,故址在今

甘肃敦煌西南古董滩附近,与玉门关同为我国古代通往西域的门户。

〔3〕三春:春季三个月。

〔4〕苜蓿(mù xū牧需):牧草名,原产于西域。天马:指大宛(汉西域国名)良马。蒲桃:亦作蒲陶,即葡萄,原产于西域。逐:随。按,此二句指汉武帝遣李广利伐大宛取良马,苜蓿、葡萄亦随之传入中国事。《汉书·西域传》:"大宛左右以蒲陶为酒……俗耆(嗜)酒,马耆目宿(苜蓿)。宛别邑七十馀城,多善马,马汗血,言其先天马子也。……于是天子遣贰师将军李广利将兵前后十馀万人伐宛,连四年,宛人斩其王母寡首,献马三千匹。……宛王蝉封与汉约,岁献天马二匹,汉使采蒲陶、目宿种归。"

〔5〕觅:求。和亲:谓与敌议和,结为姻亲。汉初对待匈奴即采用和亲之策。此二句承上二句而言,意谓应当像汉武帝那样使外国畏惧,不敢求与中国和亲。

送平淡然判官[1]

不识阳关路,新从定远侯[2]。黄云断春色,画角起边愁[3]。瀚海经年到[4],交河出塞流[5]。须令外国使,知饮月支头[6]。

〔1〕此诗写送人赴安西或北庭从军,写作时间当同上诗。清姚鼐评此诗曰:"此首气不逮'绝域'一首(《送刘司直赴安西》),而工与相埒。"(《五言今体诗钞》卷二)

〔2〕定远侯:即班超,东汉班固之弟。明帝时,奉命出使西域,前后经营西域三十一年,使西域五十馀国全部内附,以功封定远侯。事见《后

汉书·班超传》。此借指唐安西或北庭(治所在今新疆吉木萨尔北)节度使。

〔3〕画角:参见《从军行》注〔2〕。

〔4〕瀚海:指大沙漠。经年到:极言其地之遥远。到,赵注本等作"别"。

〔5〕交河:《元和郡县志》卷四〇西州交河县:"交河出县北天山,水分流于城下,因以为名。"唐西州交河县,即汉车师前国治所交河城,在今新疆吐鲁番西北约五公里处。

〔6〕"知饮"句:见《燕支行》注〔17〕。

送元二使安西[1]

渭城朝雨裛轻尘[2],客舍青青柳色新。劝君更尽一杯酒,西出阳关无故人。

〔1〕疑作于安史之乱前,参见《送张判官赴河西》注〔1〕。诗题,《乐府诗集》、《全唐诗》作《渭城曲》。郭茂倩曰:"《渭城》,一曰《阳关》,王维之所作也。本送人使安西诗,后遂被于歌。刘禹锡《与歌者诗》云:'旧人唯有何戡在,更与殷勤唱《渭城》。'白居易《对酒诗》云:'相逢且莫推辞醉,听唱《阳关》第四声。'《阳关》第四声,即'劝君更尽一杯酒,西出阳关无故人'也。《渭城》、《阳关》之名,盖因辞云。"(《乐府诗集》卷八〇)按,《渭城曲》又谓之《阳关三叠》,盖二、三、四句皆叠唱,故称,参见苏轼《仇池笔记·阳关三叠》。这首诗曾被后人誉为唐人七绝的压卷之作(参见王士禛《唐人万首绝句选·凡例》)。末二句含蕴极其丰富,而又非常自然、清新。明李东阳说:"王摩诘'阳关无故人'之句,盛唐以

前所未道。此辞一出,一时传诵不足,至为三叠歌之。后之咏别者,千言万语,殆不能出其意之外。"(《麓堂诗话》)

〔2〕渭城:地名。汉改秦咸阳县为新城县,不久又改为渭城县(见《汉书·地理志》),至唐时,属京兆府咸阳县辖地,在今陕西咸阳东北。裛(yì益):亦作"浥",湿润。

相思[1]

红豆生南国[2],秋来发几枝[3]。劝君多采撷[4],此物最相思。

〔1〕唐范摅《云溪友议》卷中《云中命》曰:"明皇幸岷山,百官皆窜辱……唯李龟年奔迫江潭……龟年曾于湘中采访使筵上唱:'红豆生南国,秋来发几枝。赠君多采撷,此物最相思。'又:'清风朗月苦相思,荡子从戎十载馀。征人去日殷勤嘱,归雁来时数附书。'此辞皆王右丞所制,至今梨园唱焉。歌阕,合座莫不望南幸而惨然。"据此,知本诗当作于安史之乱前。这首诗巧妙地借助红豆的象征义,委婉、含蓄地表现出了深长的相思之情,有语浅情深之长。

〔2〕红豆:相思木所结子,产于亚热带地区。古时多用它来象征爱情和相思。《文选》左思《吴都赋》刘渊林注:"相思,大树也。……其实(赤)如珊瑚,历年不变。"唐李匡乂《资暇集》卷下:"豆有圆而红、其首乌者,举世呼为相思子,即红豆之异名也。……李善云其实赤如珊瑚是也。"李时珍《本草纲目》卷三五:"相思子生岭南,树高丈馀,……其花似皂荚,其荚似扁豆,其子大如小豆,半截红色,半截黑色,彼人以嵌首饰。"

梁武帝《欢闻歌》其二:"南有相思木,含情复同心。"

〔3〕几:《万首唐人绝句》、《全唐诗》作"故"。

〔4〕劝:《唐诗纪事》作"赠",《全唐诗》作"愿"。多:《万首唐人绝句》作"休"。撷(xié协):摘取。

失题[1]

清风明月苦相思[2],荡子从戎十载馀。征人去日殷勤嘱[3],归雁来时数寄书[4]。

〔1〕作于安史之乱前,说见上诗注〔1〕。诗题,《万首唐人绝句》作《李龟年所歌》,《乐府诗集》作《伊州第一叠》(未署作者姓名),《全唐诗》作《伊州歌》。这首诗描写一位妇女在月明风清的夜晚,思念她出征多年未归的丈夫的痛苦心情。诗明白如话,但蕴含的感情却很丰富、深厚。

〔2〕清:《乐府诗集》作"秋"。明:《云溪友议》、《万首唐人绝句》作"朗"。苦相思:《乐府诗集》作"独离居"。

〔3〕征人:即"荡子"。

〔4〕"归雁"句:古有雁足系书的说法,故云。此句为思妇对征人嘱咐的话。寄,《云溪友议》、《万首唐人绝句》、《唐诗纪事》作"附"。

辋川集并序[1]

余别业在辋川山谷,其游止有孟城坳[2]、华子冈、文杏馆、斤竹岭、鹿柴、木兰柴、茱萸沜、宫槐陌、临湖亭、南垞、欹湖、柳浪、栾家濑、金屑泉、白石滩、北垞、竹里馆、辛夷坞、漆园、椒园等,与裴迪闲暇各赋绝句云尔[3]。

孟城坳[4]

新家孟城口,古木馀衰柳。来者复为谁?空悲昔人有[5]。

〔1〕辋川:王维的别业,在陕西蓝田县南辋谷内。《长安志》卷一六:"辋谷在(蓝田)县南二十里。""清源寺,在县南辋谷内,唐王维母奉佛山居,营草堂精舍,维表乞施为寺焉。"辋谷是一条长二十馀华里、多数地段宽约二百至五百米的峡谷,成西北、东南走向,其北口在蓝田县城南八华里。谷中有一条辋水(又称辋谷水)流贯。辋川之"川",大抵为平川之意,盖系沿辋水而形成的一道山中平川,故称辋川。王维辋川别业地处辋谷南端,原为宋之问蓝田别墅(见《唐国史补》卷上、《旧唐书·王维传》),后维得之,复加营治。说详拙作《辋川别业遗址与王维辋川诗》(载《中国典籍与文化》1997年第4期)。《辋川集》为王维与裴迪歌咏辋川之五绝(各二十首)的合集。王维得辋川别业在天宝初,自得别业后至天宝十五载(756)陷贼前,维每每在公馀闲暇或休假期间回辋川小憩(参见拙作《王维年谱》),他写的与辋川有关的诗歌皆作于此期间,具体年代则难以确切考定。现将本书选入的与辋川有关的诗歌编排在一起(起于《辋川集》,讫于《秋夜独坐》),以便读者了解王维在辋川的隐逸生活和诗歌创作。

〔2〕其游止:指辋川山谷的游止,非王维别业之游止。游止,游息之地。

〔3〕裴迪:见《春日与裴迪过新昌里访吕逸人不遇》注〔1〕。《旧唐书·王维传》:"维……得宋之问蓝田别墅……与道友裴迪浮舟往来,弹琴赋诗,啸咏终日。尝聚其田园所为诗,号《辋川集》。"王维《辋川集》诸绝句,裴迪均有同咏,载于《全唐诗》卷一二九。

〔4〕孟城坳(ào 傲):迪同咏曰:"结庐古城下,时登古城上。古城非畴昔,今人自来往。"胡元焕《重修辋川志》卷二:"孟城坳,土人呼为关,即此。"可见孟城是一处古关城。这处古关城应该就是南朝宋武帝刘裕征关中时在蓝田修筑的思乡城(城旁多柳,又名柳城)。说详《辋川别业遗址与王维辋川诗》。坳,山间平地。

〔5〕"来者"二句:谓后我而来此居住的人为谁,不得而知,所以为此地昔日的主人而悲伤也是徒然。《唐音癸签》卷二一云:"辋川旧为宋之问别业,摩诘后得之为庄。昔人似指之问,非为昔人悲,悲后人谁居此耳。总达者之言。"

华子冈[1]

飞鸟去不穷,连山复秋色。上下华子冈,惆怅情何极!

〔1〕华子冈:辋川山谷东西两侧都是连绵的群山,据王维《辋川图》(明刻石本,凡七石,现藏蓝田县文管所),华子冈是辋川山谷中段东侧的一座山峰,属于自然景观。这首诗上截写景,以大笔勾画出寥阔无尽的境界;下截写情,抒发由空间的无穷触发的无限惆怅之情,两者互相融合。

文杏馆[1]

文杏裁为梁[2],香茅结为宇[3]。不知栋里云,去作人间雨[4]。

[1] 文杏馆:据石本《辋川图》,文杏馆是辋川山谷南段东侧山腰的几座亭子,其四周有围栏。文杏,杏树的异种。《西京杂记》卷一:"初修上林苑,群臣远方各献名果异树。……杏二:文杏、蓬莱杏。"注:"材有文采者。"这首诗以栋里云彩飞到人间化而为雨的优美想象,摹写出文杏馆的高远、幽静,犹如仙境一般。

[2] "文杏"句:意本司马相如《长门赋》:"刻木兰以为榱兮,饰文杏以为梁。"

[3] 香茅:茅的一种,又名菁茅,生湖南及江、淮间,叶有三脊,其气芬芳。宇:屋檐。

[4] "不知"二句:写文杏馆之高。郭璞《游仙诗七首》其二:"青溪千馀仞,中有一道士。云生梁栋间,风出窗户里。"

斤竹岭[1]

檀栾映空曲[2],青翠漾涟漪[3]。暗入商山路,樵人不可知[4]。

[1] 斤竹岭:据石本《辋川图》,斤竹岭是辋川山谷南段东侧邻近文杏馆的一处长着斤竹的山岭。图中的竹林四周无围栏,当属天然景观。

斤竹,大概是当地出产的一种竹子,《重修辋川志》卷二:"斤竹岭,一名金竹岭,其竹叶如斧斤,故名。"明顾可久评此诗云:"模写竹深处,正不在雕琢。"(《唐王右丞诗集注说》)

〔2〕檀栾:竹美貌。《文选》左思《吴都赋》:"其竹则……檀栾婵娟。"吕向注:"皆美貌。"空曲:空阔偏僻之处。宋之问《景龙四年春祠海》:"筵端接空曲,目外唯雾雾。"

〔3〕"青翠"句:谓风起处竹林里荡漾着绿色的波浪。涟漪(yī 依),水波纹。

〔4〕商山:在陕西商县东南。唐时自长安赴襄阳的驿道,经由蓝田县城、蓝田关、商山、武关等地。其中自蓝田县城至蓝田关一段,有几条通道可供行人选择,辋谷即是这几条通道中的一条,故云"暗入商山路"。《长安志》卷一六:"采谷……与辋谷并有细路通商州上洛县(今商县)。"不可知:不能知。以上二句写竹林之幽深。

鹿柴[1]

空山不见人,但闻人语响。返景入深林,复照青苔上[2]。

〔1〕柴(zhài 债):通"寨"、"砦",即栅栏、篱障。这首诗择取自然景物中作者感受最深的某个侧面加以刻画,以极简净的笔墨,创造出了一个寂静清幽的境界,并流露了诗人沉浸在这一境界中的无限意趣,十分耐人寻味,故李东阳称赞它说:"淡而愈浓,近而愈远,可与知者道,难与俗人言。"(《麓堂诗话》)

〔2〕返景:落日的回光。《初学记》卷一:"日西落,光反射于东,谓之反景。"此二句写一束夕阳的斜辉,透过密林的空隙,射在了林中的青苔上。

木兰柴[1]

秋山敛馀照,飞鸟逐前侣[2]。彩翠时分明[3],夕岚无处所[4]。

〔1〕木兰:落叶乔木,叶子互生,倒卵形或卵形,花大,内白外紫。柴:即"鹿柴"之"柴"。从石本《辋川图》上看,木兰柴与斤竹岭相邻,山坡上长着一些木兰树,其周围有栅栏。这首诗不是对木兰柴的实景作写生式的描写,而是摄取山间秋日夕照的短暂动人景象,加以突出的表现。诗人笔下的秋山夕照是那么绚烂明丽,可唤起人们对秋山美景的丰富联想。

〔2〕"秋山"二句:意谓秋山上的夕阳逐渐收敛它的馀光,归林的鸟儿联翩相逐而飞。

〔3〕"彩翠"句:指在秋天落日馀辉的映照下满山秋叶时或显露其斑斓色彩。

〔4〕岚(lán 篮):山上的雾气。无处所:指雾气消散。宋玉《高唐赋》:"风止雨霁,云无处所。"

茱萸沜[1]

结实红且绿,复如花更开[2]。山中倘留客,置此芙蓉杯[3]。

〔1〕沜(pàn 判):水涯。水边的一片茱萸(zhū yú 朱娱)林,因名茱萸沜。

〔2〕"结实"二句：茱萸分山茱萸、吴茱萸、食茱萸三种，山茱萸花黄色，果实长椭圆形，枣红色；吴茱萸花绿黄色，果实小，红色；食茱萸花淡绿黄色，果实球形，成熟时呈红色。三种茱萸的果实皆可入药。

〔3〕芙蓉：喻杯之美。赵注本等作"茱萸"。此句指把茱萸的果实放到酒里待客。按，古有置茱萸于酒中而食的习俗，《太平御览》卷三二引《齐人月令》曰："重阳之日……酒必采茱萸、甘菊以泛之，既醉而还。"

宫槐陌[1]

仄径荫宫槐[2]，幽阴多绿苔。应门但迎扫[3]，畏有山僧来。

〔1〕宫槐：槐的一种，即守宫槐。此指槐树。裴迪同咏曰："门前宫槐陌，是向欹湖道。"知宫槐陌是一条路旁植有槐树的通向欹湖的小路。此诗后二句是虚写，衬出了辋川生活的闲逸。

〔2〕仄：狭窄。荫宫槐：为宫槐所遮蔽。

〔3〕应门：指照看门户的仆人。李密《陈情表》："内无应门五尺之僮。"迎扫：扫仄径以迎客。

临湖亭[1]

轻舸迎上客，悠悠湖上来[2]。当轩对樽酒，四面芙蓉开[3]。

〔1〕临湖亭：欹湖上的一座亭子。这首诗写在临湖亭上与客人饮酒赏荷的情趣，诗人的雅兴与湖上的美景契合交融。

〔2〕舸(gě葛)：大船。上客：尊贵的客人。悠悠：安闲貌。此二句

写派人驾船迎客。

〔3〕当轩:临窗。芙蓉:荷花。此二句写与客人在亭上饮酒赏荷。

南垞[1]

轻舟南垞去,北垞淼难即[2]。隔浦望人家[3],遥遥不相识。

〔1〕南垞(chá 茶):当是欹湖南岸的一个居民点。垞,小丘。裴迪同咏曰:"孤舟信风泊,南垞湖水岸。"知南垞临欹湖。

〔2〕北垞:欹湖北岸的一个居民点。淼(miǎo 秒):水大貌。即:靠近。

〔3〕"隔浦"句:指隔湖遥望北垞的人家。

欹湖[1]

吹箫凌极浦[2],日暮送夫君[3]。湖上一回首,山青卷白云[4]。

〔1〕欹(qī 欺)湖:辋水汇积成的一个天然湖泊,今已干涸。辋水发源于秦岭北麓梨园沟(见《蓝田县志》卷六),自辋谷南口流入谷,由北口流出谷。辋水唐时流量大,当其北流至辋谷北口一带时,由于水道狭窄(自辋谷北口入谷,前五华里处谷地险狭。见《蓝田县志》卷六),水流受阻,因而就在辋谷中段偏北的一段地势较低的宽阔山谷中,汇积而成为欹湖。"欹"为倾斜之意,指湖底呈倾斜状。这首诗写在湖上送客时所

见美景。末二句能够捕取自然景物中最为动人的一个侧面加以刻画,颇具以少胜多之长。

〔2〕凌极浦:指乘舟送客,越过遥远的水边。《楚辞·九歌·湘君》:"望夫君兮未来,吹参差(排箫)兮谁思?"

〔3〕夫君:以称友朋。夫,语气词。

〔4〕山青:宋蜀本、《全唐诗》等作"青山"。卷白云:谓青山上有白云翻卷。

柳浪

分行接绮树[1],倒影入清漪[2]。不学御沟上,春风伤别离[3]。

〔1〕绮树:犹美树,指柳。此句谓柳树分行排列,一棵挨一棵。

〔2〕清漪:清波。

〔3〕御沟:见《寓言二首》其二注[1]。二句谓不学御沟上的柳树,春日为别离而伤情。长安御沟多杨柳,为行人往来之地,而古又有折柳赠别的习俗,故云。骆宾王《代女道士王灵妃赠道士李荣》:"落花泛泛浮灵沼,垂柳长长拂御沟。御沟大道多奇赏,侠客妖容递来往。"王之涣《送别》:"杨柳东门树,青青夹御河。近来攀折苦,应为别离多。"

栾家濑[1]

飒飒秋雨中[2],浅浅石溜泻[3]。跳波自相溅,白鹭惊复下[4]。

〔1〕栾家濑(lài赖):当是辋水的一段急流。濑,湍急之水。这首诗写雨中山溪之水的迅急流泻和溪边白鹭的惊飞,画面活跃、生动,但渲染出的境界,却是深僻幽静的,作者很善于借写动态来表现静境。

〔2〕飒(sà萨)飒:雨声。

〔3〕浅(jiān笺)浅:水流迅急貌。《楚辞·九歌·湘君》:"石濑兮浅浅,飞龙兮翩翩。"石溜:亦作石留,即石间流水。谢朓《郊游诗》:"潺湲石溜泻。"

〔4〕"跳波"二句:谓石间迅急的流水激起一个个相互飞溅的浪花,水边的白鹭被它惊动而飞起,随又回旋而下。

金屑泉[1]

日饮金屑泉,少当千馀岁。翠凤翔文螭,羽节朝玉帝[2]。

〔1〕金屑泉:当是辋川山谷中的一眼天然良泉。顾可久评曰:"极状泉有仙灵气,藻丽中复飘逸。"(《唐王右丞诗集注说》)

〔2〕翠凤:仙人所乘。王嘉《拾遗记》卷三:"西王母乘翠凤之辇而来。"翔:宋蜀本、《全唐诗》等作"翊"。文螭(chī痴):有花纹的螭(传说中一种无角的龙)。羽节:饰以鸟羽的节。指仙人的仪仗。梁佚名《桓真人升仙记》:"五色霞内见霓旌羽节,仙童灵官百馀人。"玉帝:天帝。此二句谓成仙后乘龙凤上天朝见玉帝。

白石滩[1]

清浅白石滩,绿蒲向堪把[2]。家住水东西[3],浣纱明月下〔4〕。

〔1〕此篇《全唐诗》重见皎然集,当误。白石滩:当是辋水的一处多白石的浅滩(今日辋河滩上,仍时见白石)。白石滩的景色原本平淡无奇,但诗人却通过艺术想象,构造了一个春夜月下少女在滩边浣纱的场面,使明月、溪流、绿蒲、白石与浣纱的少女相映成趣,组成一幅色彩明丽、境界幽美、充满生意的图画,并透过这一图画,表露了作者对大自然和田园生活的爱恋之情。

〔2〕蒲:草名。生于水边,有香气。向堪把:谓绿蒲已长高,差不多可以用手握住了。向,临近,将近。

〔3〕"家住"句:谓那些浣纱的少女居住于辋水东西两岸(辋水自南往北流)。

〔4〕浣(huàn 幻):洗。

北垞〔1〕

北垞湖水北〔2〕,杂树映朱栏。透迤南川水,明灭青林端〔3〕。

〔1〕北垞:见《南垞》注〔2〕。顾可久评曰:"'透迤'、'明灭'字,曲尽丛林长流景色。"(《唐王右丞诗集注说》)

〔2〕湖:指欹湖。裴迪同咏曰:"南山北垞下,结宇临欹湖。"可证。

〔3〕透迤:弯弯曲曲、延续不绝的样子。南川:当指南来的辋水。此二句写在地势较高的北垞南望辋水所见景象。

竹里馆〔1〕

独坐幽篁里〔2〕,弹琴复长啸〔3〕。深林人不知,明月来相照。

〔1〕这首诗创造了一个远离尘嚣、幽清寂静的境界,其中分明有着一个高雅闲逸、离尘绝世、弹琴啸咏、怡然自得的诗人的自我形象。

〔2〕幽篁(huáng黄):深密幽暗的竹林。《楚辞·九歌·山鬼》:"余处幽篁兮终不见天。"

〔3〕长啸:见《偶然作》其三注〔7〕。

辛夷坞〔1〕

木末芙蓉花〔2〕,山中发红萼〔3〕。涧户寂无人〔4〕,纷纷开且落。

〔1〕辛夷:一名木笔,落叶乔木。其花初出时,苞长半寸,尖锐如笔头;及开,似莲花,有桃红、紫二色。坞(wù误):四面高中间低的谷地。寻绎诗意,盖因山坞中有辛夷树,遂名辛夷坞。这首诗写美丽的辛夷花在绝无人迹的山涧旁静悄悄地自开自落,非常平淡,非常自然,没有目的,没有意识;诗人的心境,也犹如这远离人世的辛夷花一般,他好像已忘掉自身的存在,而与那辛夷花融合为一了。在这里,诗人宁静淡泊、超然出尘的思想情绪,是借助于平凡的景物形象来表现的,因此诗歌便显得既蕴藉含蓄,又冲和平淡。

〔2〕"木末"句:辛夷花如芙蓉(莲花),而开于木末,故云。《楚辞·九歌·湘君》:"搴芙蓉兮木末。"裴迪同咏曰:"况有辛夷花,色与芙蓉乱。"木末,树梢。

〔3〕红萼(è鄂):指红色花苞。萼,在花瓣下部的一圈绿色小片。

〔4〕涧户:涧中的居室。卢照邻《羁卧山中》:"涧户无人迹,山窗听鸟声。"

漆园[1]

古人非傲吏[2],自阙经世务[3]。偶寄一微官[4],婆娑数株树[5]。

〔1〕顾可久评此诗曰:"引古自况。即此漆园不必有景色,自与古人高情会。"(《唐王右丞诗集注说》)

〔2〕"古人"句:古人,《鹤林玉露》作"漆园"。《文选》郭璞《游仙诗七首》其一:"漆园有傲吏,莱氏有逸妻。"漆园,指庄子,名周,蒙人,尝为蒙漆园吏。楚威王闻其贤,遣使聘之,许以为相,周坚执不从,曰:"我宁游戏污渎之中自快,无为有国者所羁,终身不仕,以快吾志焉。"见《史记·老庄申韩列传》。此句一反郭诗之意,谓庄周并非傲吏。

〔3〕经:治理。务:《鹤林玉露》作"具"。此句谓庄周不出来任事,是由于自己缺少治理世事的才干。

〔4〕寄:依。微官:指漆园吏。

〔5〕婆娑(suō梭):《文选》班固《答宾戏》:"婆娑乎术艺之场。"李善注:"婆娑,偃息也。"句谓偃息于林下。全诗借写庄周以自况。

椒园[1]

桂尊迎帝子,杜若赠佳人[2]。椒浆奠瑶席[3],欲下云中君[4]。

〔1〕椒:花椒。

〔2〕桂:肉桂,常绿乔木,其皮可作香料。尊:酒器。"桂尊"指盛桂酒之尊。《汉书·礼乐志》:"尊桂酒,宾八乡。"颜师古注:"应劭曰:桂酒,切桂置酒中也。晋灼曰:尊,大尊也。元帝时大宰丞李元记云:以水渍桂为大尊酒。"帝子:《楚辞·九歌·湘夫人》:"帝子降兮北渚,目眇眇兮愁予。"相传湘夫人为尧女,故称"帝子"。杜若:香草名。《九歌·湘君》:"采芳洲兮杜若,将以遗兮下女。"桂与杜若,当皆为椒园中所生之物。

〔3〕椒浆:《九歌·东皇太一》:"蕙肴蒸兮兰藉,奠桂酒兮椒浆。"王逸注:"椒浆,以椒置浆中也。"浆,薄酒。奠:置物而祭。瑶席:形容席子光润如玉。《东皇太一》:"瑶席兮玉瑱,盍将把兮琼芳。"

〔4〕下:使神下降。云中君:云神。《九歌》有《云中君》,王逸注:"云神丰隆也。"

辋川闲居赠裴秀才迪[1]

寒山转苍翠,秋水日潺湲[2]。倚杖柴门外,临风听暮蝉。渡头馀落日,墟里上孤烟[3]。复值接舆醉[4],狂歌五柳前[5]。

〔1〕秀才:唐初试士设秀才、进士等科,高宗永徽二年(651)罢秀才科,其后遂以秀才为进士(唐时凡应进士试者皆谓之进士)之通称。《唐国史补》卷下:"进士为时所尚久矣……其都会谓之举场,通称谓之秀才。……得第谓之前进士。"裴迪:见《春日与裴迪过新昌里访吕逸人不遇》注〔1〕。这首诗展现了一幅秋日山村雨后的风景图画,那闲居田园、优游自在的"高人王右丞"的自我形象,也叠印在这画中了。其语言千锤百炼而出以自然。

〔2〕潺湲(yuán原):水流貌。二句写雨后新晴,寒山之色转为苍翠,本来已渐枯涸的秋水又潺湲地流着。

〔3〕墟里:村落。陶渊明《归园田居五首》其一:"暧暧远人村,依依墟里烟。"

〔4〕接舆:即楚狂接舆,春秋楚隐士,佯狂遁世,躬耕而食,尝歌而过孔子,曰:"凤(喻孔子)兮凤兮,何德之衰?……"孔子下车,欲与之言,接舆趋而避之。事见《论语·微子》《庄子·人间世》《韩诗外传》卷二等。此处以佯狂遁世的接舆喻裴迪。

〔5〕五柳:陶渊明作《五柳先生传》以自况,其文曰:"先生不知何许人也,亦不详其姓字。宅边有五柳树,因以为号焉。"此处借指作者的隐居处辋川别业。

答裴迪辋口遇雨忆终南山之作[1]

森森寒流广[2],苍苍秋雨晦[3]。君问终南山,心知白云外。

〔1〕辋口:当指辋谷南口。王维辋川别业(辋口庄)临近辋谷南口。参见《辋川集·孟城坳》注〔1〕。诗题,赵注本等作《答裴迪》。按,裴迪《辋口遇雨忆终南山因献王维》曰:"积雨晦空曲,平沙灭浮彩。辋水去悠悠,南山复何在?"本诗就是答裴迪此诗的。

〔2〕森森:水大貌。

〔3〕苍苍:大貌。

赠裴十迪[1]

风景日夕佳[2],与君赋新诗。澹然望远空[3],如意方支颐[4]。春风动百草,兰蕙生我篱[5]。暧暧日暖闺[6],田家来致词:"欣欣春还皋[7],澹澹水生陂[8]。桃李虽未开,荑萼满其枝[9]。请君理还策[10],敢告将农时[11]。"

〔1〕寻绎诗末六句之意,本诗疑当作于王维已得辋川别业之后。这首诗写春日田园的欣欣向荣气象与诗人即将还归田园的愉悦、闲适心情,两者契合交融。

〔2〕日夕:近黄昏之时。陶渊明《饮酒二十首》其五:"山气日夕佳,飞鸟相与还。"

〔3〕澹然:安静貌。

〔4〕如意:一名搔杖,长三尺许,柄端作手指状,为搔背痒之具。颐:面颊,腮。

〔5〕兰蕙:皆香草名。

〔6〕暧(ài 爱)暧:温暖貌。闺:内室。

〔7〕欣欣:草木茂盛貌。皋:水边之地。疑指辋川。辋川水系发达,有辋水流贯,又有天然湖泊欹湖。

〔8〕澹澹:水波动荡貌。陂(bēi 杯):池塘。

〔9〕荑(tí 啼):草木初生的叶芽。萼:指花苞。

〔10〕策:杖。还策,犹言还归。理还策,即准备归来之意。《南史·褚伯玉传》:"望其还策之日,暂纡清尘。"

〔11〕"敢告"句:意谓我冒昧地告诉您现在已快到耕种的时候了。

黎拾遗昕裴秀才迪见过秋夜对雨之作[1]

促织鸣已急[2],轻衣行向重[3]。寒灯坐高馆,秋雨闻疏钟[4]。白法调狂象[5],玄言问老龙[6]。何人顾蓬径?空愧求羊踪[7]。

〔1〕玩诗末二句之意,是时作者似居于辋川。黎昕:《元和姓纂》卷三:"宋城唐右拾遗犁昕。"岑仲勉《元和姓纂四校记》卷三曰:"《备要》(《合璧事类备要》)、《类稿》(《贤氏族言行类稿》)均作'黎',又'右'作'左'。"李白《与韩荆州书》:"中间崔宗之、房习祖、黎昕、许莹之徒,或以才名见知,或以清白见赏。"拾遗:谏官名,左属门下省,右隶中书省。见过:过访自己。

〔2〕促织:蟋蟀的别名。

〔3〕行:且,将要。

〔4〕疏钟:稀疏的钟声。张谦宜评此二句云:"写意画令人想出妙景。"(《絸斋诗谈》卷五)

〔5〕白法:佛教总称一切善法为白法。意谓此法可使诸行光洁白净。狂象:喻妄心狂迷,难以禁制。《遗教经》:"譬如狂象无钩,猿猴得树,腾跃踔踯,难可禁制。"《涅槃经》卷二五:"譬如醉象,狂骏暴恶,多欲杀害,有调象师以大铁钩钩斲其项,即时调顺,恶心都尽。一切众生,亦复如是,贪欲瞋恚愚痴醉,故欲多造恶,诸菩萨等以闻法钩斲之令住,更不得起造诸恶心。"此句谓以佛法调理自己,灭除诸妄心恶念。

〔6〕玄言:谓道家之言。《晋书·王衍传》:"(衍)妙善玄言,唯谈《老》《庄》为事。"老龙:即老龙吉。《庄子·知北游》:"婀荷甘与神农同学于老龙吉。"陆德明《音义》:"老龙吉,李云:怀道人也。"此句指自己兼学道家之言。

〔7〕空:只,独。求羊踪:《文选》谢灵运《田南树园激流植援》:"唯开蒋生径,永怀求羊踪。"李善注:"《三辅决录》曰:蒋诩字元卿,隐于杜陵,舍中三径,惟羊仲、求仲从之游,二仲皆挫廉逃名。"此二句意谓,黎、裴二友眷顾我的隐居处,自己只觉得心里有愧。

登裴迪秀才小台作〔1〕

端居不出户,满目望云山〔2〕。落日鸟边下〔3〕,秋原人外闲〔4〕。遥知远林际,不见此檐间〔5〕。好客多乘月,应门莫上关〔6〕。

〔1〕疑居辋川时作。裴迪小台:疑距辋川不甚远。这首诗写秋日傍晚登裴迪小台眺望的情趣,王夫之评云:"自然清韵,较襄阳褊佻之音固别。"(《唐诗评选》卷三)

〔2〕端居:平居,犹言平时、平素。此二句意谓,因有此小台,故平时不出门,也可眺望山景。

〔3〕边:犹"中",与下句之"外"相对。高适《信安王幕府》:"大漠风沙里,长城雨雪边。"即此义。

〔4〕人外:世外。《后汉书·陈宠传》:"屏居人外,荆棘生门。"闲:静。

〔5〕"遥知"二句:沈德潜《唐诗别裁》卷九:"转从远林望小台,思路

145

曲折。远林,己之家中也。故结言应门有待,莫便上关。"远林,疑指辋川别业。

〔6〕乘月:趁月光明亮出外闲游。关:门闩。庾肩吾《南苑看人还诗》:"洛桥初度烛,青门欲上闩。"此二句谓,主人好客,多半要留客乘月出游,照看门户的仆人(应门)且莫闭门。

酌酒与裴迪[1]

酌酒与君君自宽[2],人情翻覆似波澜[3]。白首相知犹按剑,朱门先达笑弹冠[4]。草色全经细雨湿,花枝欲动春风寒[5]。世事浮云何足问[6],不如高卧且加餐。

〔1〕王维得辋川别业后,常与裴迪往还唱酬,本诗或即作于维已得辋川别业之后,今姑系于此。这首诗劝慰失志的友人,并抒发自己对于"人情翻覆"的感叹。

〔2〕"酌酒"句:意本鲍照《拟行路难十八首》其四:"酌酒以自宽,举杯断绝歌《路难》。"酌酒,斟酒。

〔3〕"人情"句:语本陆机《君子行》:"天道夷且简,人道险而难。休咎相乘蹑,翻覆若波澜。"

〔4〕按剑:以手抚剑把,指发怒时准备拔剑争斗的一种动作。《史记·平原君虞卿列传》:"毛遂按剑而前曰:'……今十步之内,王不得恃楚国之众也,王之命悬于遂手。'"《汉书·邹阳传》:"燕王按剑而怒。"先达:先显达之人。晋庾亮《让中书监表》:"十馀年间,位超先达。"弹冠:弹去帽上的灰尘,准备出来做官。《汉书·王吉传》:"吉与贡禹为友,世称:'王阳(吉字子阳,故称王阳)在位,贡公弹冠。'"颜师古注:"弹冠者,

言入仕也。"此二句接写"人情翻覆"之事：上句谓，白首相知的故交，尚有反目成仇、怒而相斗之时；下句说，豪贵之家那些自己先发迹的人，却嘲笑别人准备入仕。

〔5〕"草色"二句：赵殿成注："草色一联，乃是即景托谕。以众卉而邀时雨之滋，以奇英而受春寒之痼，即植物一类，且有不得其平者，况世事浮云变幻，又安足问耶？拟之六义，可比可兴。"顾璘曰："草色、花枝固是时景，然亦托喻小人冒宠，君子颠危耳。"（见凌濛初刊《王摩诘诗集》）

〔6〕浮云：喻世事犹如天上的浮云，不值得关心。《论语·述而》："不义而富且贵，于我如浮云。"又比喻翻覆变幻。岑参《梁园歌送河南王说判官》："万事翻覆如浮云，昔人空在今人口。"何足问：哪值得过问。

过感化寺昙兴上人山院[1]

暮持筇竹杖，相待虎溪头[2]。催客闻山响[3]，归房逐水流[4]。野花丛发好，谷鸟一声幽[5]。夜坐空林寂，松风直似秋[6]。

〔1〕过（guō郭）：过访。感化寺：宋蜀本作感配寺，《文苑英华》作化感寺。作者另有《游感化寺》诗，宋蜀本、明十卷本、《文苑英华》俱作《游化感寺》。又作者《山中与裴秀才迪书》曰："辄便独往山中、憩感配寺。"按，严挺之《大智禅师碑铭》云："邀至京师，游于终南化感寺。"《旧唐书·方伎传》："义福……初止蓝田化感寺。"《宋高僧传》卷九《义福传》同。疑此诗原作化感寺，误倒而为感化寺，化、配草书形近，因又误而为感配寺。化感寺在蓝田，此诗盖即王维居辋川时与裴迪同游之作（迪

有同咏,见《全唐诗》卷一二九)。上人:和尚之别称。这首诗写出了山寺的幽邃之景和诗人的闲寂之情。"谷鸟"句善以音响描写来刻画静景,为神来之笔。筇(qióng穷)竹杖:即邛杖,见《送秘书晁监还日本国》注〔11〕。虎溪:晋慧远法师居庐山东林寺,其处有流泉绕寺,下入于溪,远每送客过溪,"辄有虎号鸣,因名虎溪。后送客未尝过,独陶渊明、(陆)修静至,语道契合,不觉过溪,因相与大笑"。见《莲社高贤传》。此诗落墨别致,先出此二句特写上人拄杖在寺外等候自己。

〔3〕山响:指山中的泉水声。据下句"逐水流"之语可知。又裴迪同咏亦曰:"入门穿竹径,留客听山泉。"句谓山中的泉声仿佛在催促客人进门。

〔4〕"归房"句:指作者和上人一起沿水流回山院。

〔5〕"野花"二句:写回山院途中所见所闻。

〔6〕"夜坐"二句:写夜坐时山寺的萧森景象。

临高台送黎拾遗〔1〕

相送临高台,川原杳何极〔2〕!日暮飞鸟还,行人去不息。

〔1〕临高台:汉乐府鼓吹铙歌十八曲之一。《乐府诗集》卷一六引《乐府解题》曰:"古词言:'临高台,下见清水中有黄鹄飞翻,关弓射之,令我主万年。'若齐谢朓'千里常思归',但言临望伤情而已。"黎拾遗:即黎昕,见《黎拾遗昕裴秀才迪见过秋夜对雨之作》注〔1〕。此诗或昕至辋川访维,维送之而归时所作。这首送别诗写离情却无一语言情而只摹景物,因而具有含蓄不露的特色。清施补华评此诗曰:"所谓语短意长而声不促也,可以为法。"(《岘佣说诗》)

〔2〕杳:广远。

辋川闲居[1]

一从归白社[2],不复到青门[3]。时倚檐前树,远看原上村。青菰临水映[4],白鸟向山翻。寂寥於陵子,桔槔方灌园[5]。

〔1〕这是一首描写辋川景色和闲居情趣的诗,纪昀称它"静气迎人,自然超妙"(《瀛奎律髓汇评》卷二三)。三、四两句不直接写景,而采用引而不发的方式,调动读者自己去通过想象形成景物画面,尤为诗评家所称道。

〔2〕一从:自从。白社:洛阳里名,故址在今河南洛阳东。《晋书·董京传》:"董京字威辇,不知何郡人也。初与陇西计吏俱至洛阳,被发而行,逍遥吟咏,常宿白社中。……孙楚时为著作郎,数就里中与语。"《水经注·榖水》:"……水南即马市,北则白社故里,昔孙子荆(孙楚)会董威辇于白社,谓此矣。"诗文中多以白社称隐者所居之地。此借指辋川别业。

〔3〕青门:见《韦侍郎山居》注[8]。

〔4〕青菰(gū 姑):茭白。映:宋蜀本作"披"。

〔5〕於(wū 乌)陵子:即陈仲子。《孟子·滕文公下》:"仲子,齐之世家也;兄戴,盖禄万锺;以兄之禄为不义之禄而不食也,以兄之室为不义之室而不居也,辟(避)兄离母,处于於陵。"《高士传》卷中载:陈仲子携妻子适楚,居於陵,自称於陵仲子。楚王闻其贤,遣使聘之,仲子与妻子逃去,为人灌园。於陵,战国齐邑,在今山东邹平东南,《高士传》谓为楚地,非是。桔槔(jié gāo 劫高):井上汲水的一种工具。此二句作者以

於陵子自喻。

积雨辋川庄作[1]

积雨空林烟火迟[2],蒸藜炊黍饷东菑[3]。漠漠水田飞白鹭[4],阴阴夏木啭黄鹂[5]。山中习静观朝槿[6],松下清斋折露葵[7]。野老与人争席罢,海鸥何事更相疑[8]!

〔1〕积雨:久雨。辋川庄:即王维在辋川的宅第,石本《辋川图》上的"辋口庄",其处依山傍水,为一两进院落,中有楼阁殿堂,水亭回廊。后维施为寺,称清源寺(宋改名鹿苑寺)。故址在辋谷南端,临近辋谷南口,故又称辋口庄。参见拙作《辋川别业遗址与王维辋川诗》。此诗写山庄雨景和隐居情趣,有清远、淡穆之风。"漠漠"二句色彩明丽,画意浓郁,"极尽写物之工"(《诗人玉屑》卷一四引宋范季随《陵阳先生室中语》)。

〔2〕烟火迟:谓久雨后烟火之燃徐缓。

〔3〕藜:一年生草本植物,嫩叶可食。饷东菑(zī 孜):往田里送饭。菑,开垦了一年的田地。此泛指田亩。

〔4〕漠漠:形容广漠无际。水田:辋川水系发达,多植水稻。

〔5〕阴阴:幽暗貌。

〔6〕习静:犹静修。如静坐、坐禅之类。朱超《对雨诗》:"当夏苦炎埃,习静对花台。"朝槿(jǐn 锦):槿,木槿,落叶灌木,仲夏始花,朝开午萎,故称朝槿。

〔7〕清斋:谓素食。清,《文苑英华》作"行"。露葵:《文选》曹植《七启》:"芳菰精粺,霜蓄露葵。"李善注:"宋玉《讽赋》曰:'为臣煮露葵

之羹。"张铣注:"蓄与葵,宜于霜露之时。"葵,草本植物,有莬葵、凫葵、楚葵等,其嫩叶皆可食。

〔8〕争席:《庄子·寓言》载:阳子居往沛地,至于梁(沛郊地名)而遇老子。老子曰:"而(汝)睢睢盱盱(跋扈貌),而谁与居?大白若辱(污),盛德若不足。"阳子居曰:"敬闻命矣。""其往也(往沛),舍者(旅舍之人)迎将其家,公执席,妻执巾栉,舍者避席(离开座位以示尊敬),炀者(燃火之人)避灶;其反也,舍者与之争席矣(郭注:去其夸矜故也)。"海鸥:见《济上四贤咏三首·崔录事》注〔7〕。何事:为什么。此二句意谓自己("野老")与人相处,不自矜夸,不拘形迹,恐怕连海鸥也不会相猜疑了。

戏题辋川别业

柳条拂地不须折,松树梢云从更长〔1〕。藤花欲暗藏猱子〔2〕,柏叶初齐养麝香〔3〕。

〔1〕梢:通"箾",击。明十卷本、《全唐诗》等作"披"。从:犹"任"。
〔2〕欲暗:犹已暗,指藤花繁密,不透阳光。猱(náo 挠):猿的一种。
〔3〕"柏叶"句:麝,通称香獐子,雄麝的肚脐和生殖器之间有腺囊,能分泌麝香。《文选》嵇康《养生论》:"虱处头而黑,麝食柏而香。"李善注引《本草》云:"(麝)常食柏叶,五月得香。"

归辋川作〔1〕

谷口疏钟动〔2〕,渔樵稍欲稀〔3〕。悠然远山暮〔4〕,独向白云归。菱蔓弱难定[5],杨花轻易飞。东皋春草色[6],惆怅掩柴扉。

〔1〕这首诗写暮春傍晚独归辋川的怅惘之情,颇善于以景物描写烘托感情。
〔2〕谷口:即辋谷口,有北口与南口,参见《辋川集·孟城坳》注〔1〕。此当指辋谷北口,自长安还辋川,应经过辋谷北口。疏钟:稀疏的钟声。
〔3〕稍欲:渐已。
〔4〕悠然:闲静貌。
〔5〕蔓:指菱初生的细茎。此句谓菱蔓细弱,随波飘荡不定。
〔6〕东皋:见《送友人归山歌》其二注〔8〕。此指辋川。

春中田园作[1]

屋上春鸠鸣[2],村边杏花白。持斧伐远扬[3],荷锄觇泉脉[4]。归燕识故巢,旧人看新历[5]。临觞忽不御,惆怅远行客[6]。

〔1〕疑作于辋川。春中:谓春季之中,即春二月。"作"字下宋蜀本有"二首"二字,其第二首即《淇上即事田园》。此诗写春日田园的生机勃勃景象和一年农事活动的开始以及作者的心情,用笔简淡、自然,而蕴含的感情却十分丰富,值得仔细玩味。
〔2〕鸠:鸟名,斑鸠、雉鸠等的统称。

〔3〕"持斧"句:《诗·豳风·七月》:"蚕月条桑(修剪桑枝),取彼斧斨,以伐远扬(长得太远而扬起的枝条)。"

〔4〕荷锄:扛着锄头。觇(chān 掺):察看。泉脉:伏流于地下的泉水。谢朓《赋平民田》:"察壤见泉脉,觇星视农正。"

〔5〕看新历:为知节气,以便耕种。

〔6〕觞(shāng 伤):喝酒用的器物。御:进用。远行:《文苑英华》作"思远"。此二句谓,对着酒杯忽又不饮,我为远行客而惆怅。此处作者触景生情,由春燕的回归故巢,联想到那些远行在外的人尚未得还故乡。

春园即事〔1〕

宿雨乘轻屐〔2〕,春寒著弊袍〔3〕。开畦分白水〔4〕,间柳发红桃〔5〕。草际成棋局〔6〕,林端举桔槔〔7〕。还持鹿皮几,日暮隐蓬蒿〔8〕。

〔1〕居辋川时作。即事:谓眼前之事物。

〔2〕宿雨:昨夜之雨。乘轻屐:指雨后路滑,在园中走动,须登木屐。

〔3〕袍:夹层中著以棉絮的长衣。

〔4〕"开畦"句:谓雨后开畦排水。

〔5〕"间柳"句:谓与柳树相间开着红色的桃花。

〔6〕棋局:棋盘。

〔7〕桔槔:见《辋川闲居》注〔5〕。

〔8〕鹿皮几:裹以鹿皮的小桌(用以靠身)。此二句谓,日暮携带鹿皮小桌在长满蓬蒿的隐僻处静坐。

山居即事[1]

寂寞掩柴扉,苍茫对落晖[2]。鹤巢松树遍,人访荜门稀[3]。嫩竹含新粉[4],红莲落故衣[5]。渡头灯火起,处处采菱归。

　　[1]居辋川时作。这首诗写秋日山村景象,观察入微,刻绘工细,形象真切生动,景物明丽如画。张谦宜评曰:"寂寞中景色鲜活。"(《纟兄斋诗谈》卷五)
　　[2]"苍茫"句:庾信《拟咏怀二十七首》其十七:"日晚荒城上,苍茫馀落晖。"苍茫,旷远无边貌。
　　[3]荜(bì 弊)门:用荆条或竹子编成的门。指简陋的住处。
　　[4]"嫩竹"句:新生竹的表皮上有一层白色粉末,故云。嫩,宋蜀本、《全唐诗》等作"绿"。
　　[5]落故衣:指莲花凋谢时花瓣脱落。庾信《入彭城馆》:"槐庭垂绿穗,莲浦落红衣。"

山居秋暝[1]

空山新雨后,天气晚来秋。明月松间照,清泉石上流。竹喧归浣女[2],莲动下渔舟[3]。随意春芳歇,王孙自可留[4]。

　　[1]居辋川时作。暝:天黑。这首诗不仅写出秋日傍晚雨后山村的

幽美景色,而且流露了诗人自己领受这种佳景的愉快和对自然的爱恋之情。作者善于从视、听两个方面来状物,因而使诗中的形象更逼真,更富有生气。全诗不事工巧,天然入妙,高步瀛评曰:"随意挥写,得大自在。"(《唐宋诗举要》卷四)

〔2〕"竹喧"句:谓傍晚浣纱的姑娘回家,竹林里传出她们的喧笑声。

〔3〕"莲动"句:谓渔舟顺流而下,水上的莲叶摇动。

〔4〕"随意"二句:《楚辞·招隐士》:"王孙游兮不归,春草生兮萋萋。……王孙兮归来,山中兮不可以久留。"为招致隐士之词。这里作者反用其意,言任他春天的花草消歇,秋景仍然很美,王孙公子自可留居山中。

田园乐七首〔1〕

出入千门万户,经过北里南邻〔2〕。蹀躞鸣珂有底,崆峒散发何人〔3〕!

〔1〕居辋川时作。诗题,《诗林广记》作《辋川六言》。诗题下宋蜀本有"六言走笔立成"六字。

〔2〕千门万户:《史记·孝武本纪》:"于是作建章宫,度为千门万户。"后世因称皇宫之门户为千门万户。北里南邻:谓王侯贵族所居之地,语本左思《咏史八首》其四:"济济京城内,赫赫王侯居。……南邻击钟磬,北里吹笙竽。"此二句写达官贵人的生活。

〔3〕蹀躞(dié xiè 蝶屑):马行貌。鸣珂:见《寓言二首》其二注〔4〕。蹀躞鸣珂:谓贵人出行之状。底:何。崆峒:亦作空同,山名,相传古仙人

广成子居于此。葛洪《神仙传》卷一:"广成子者,古之仙人也。居崆峒之山石室之中,黄帝闻而造焉。"散发:披散头发,狂放不羁之态。此二句谓,贵人"蹀躞鸣珂"算不了什么,崆峒山上还有"散发"的仙人呢。指贵人不能与仙人相比。

再见封侯万户,立谈赐璧一双[1]。讵胜耦耕南亩[2],何如高卧东窗[3]!

〔1〕"再见"二句:扬雄《解嘲》:"或七十说而不遇,或立谈而封侯。"按,立谈而封侯,指虞卿说赵孝成王事。《史记·平原君虞卿列传》:"虞卿者,游说之士也。……说赵孝成王,一见赐黄金百镒、白璧一双,再见为赵上卿,故号为虞卿。"二句即用其事,谓顷刻间立致富贵。
〔2〕讵(jù 巨):岂。耦(ǒu 偶)耕南亩:谓躬耕自给。《论语·微子》:"长沮、桀溺耦而耕(两人并耕),孔子过之,使子路问津焉。"
〔3〕何如:哪似,哪比得上。高卧东窗:指隐者的闲适生活。暗用陶渊明《与子俨等疏》"尝言五六月中北窗下卧,遇凉风暂至,自谓是羲皇上人"意。

采菱渡头风急[1],策杖村西日斜[2]。杏树坛边渔父[3],桃花源里人家[4]。

〔1〕这是一首赞美隐者高雅、闲逸生活的诗。
〔2〕策杖:扶杖。
〔3〕"杏树"句:《庄子·渔父》:"孔子游乎缁帷之林(司马彪注:

"黑林名也。"),休坐乎杏坛之上(司马彪注:"泽中高处也。"),弟子读书,孔子弦歌,鼓琴奏曲未半,有渔父者下船而来……左手据膝,右手持颐以听。"今山东曲阜孔庙大成殿前有杏坛,乃后人所修。句谓此地有能听琴的高雅渔父。

〔4〕桃花源:见《桃源行》注释。

萋萋芳草春绿^[1],落落长松夏寒^[2]。牛羊自归村巷,童稚不识衣冠^[3]。

〔1〕这首诗表现田园景色的幽美和生活的淳朴。萋(qī 七)萋:草盛貌。

〔2〕落落:《文选》孙绰《游天台山赋》:"藉萋萋之纤草,荫落落之长松。"吕延济注:"落落,松高貌。"

〔3〕衣冠:士大夫的穿戴。

山下孤烟远村^[1],天边独树高原。一瓢颜回陋巷^[2],五柳先生对门^[3]。

〔1〕明董其昌评此诗云:"'山下孤烟远村,天边独树高原',非右丞工于画道,不能得此语。"(《画禅室随笔》卷二)

〔2〕"一瓢"句:颜回,字子渊,亦称颜渊,春秋鲁人,孔子的弟子。家贫而好学,孔子屡称其贤。《论语·雍也》:"子曰:'贤哉,回也!一箪食(用一个竹器吃饭),一瓢饮(用一个瓢喝水),在陋巷,人不堪其忧,回也不改其乐。贤哉,回也!'"此句谓,这里有像颜回那样安贫乐

道的贤人。

〔3〕 五柳先生:见《辋川闲居赠裴秀才迪》注〔5〕。这句说,对门就住着像陶渊明那样的高士。

桃红复含宿雨[1],柳绿更带春烟[2]。花落家僮未扫,莺啼山客犹眠。

〔1〕 此首亦载《皇甫冉集》,题作《闲居》,《全唐诗》重见王维及皇甫冉集中。按,此首王维集诸本皆收录,《万首唐人绝句》以为王作,历来选本、诗话亦多作维诗,且内容、格调又与《田园乐》诸篇相合,故著作权当属王维。这诗不仅刻画了令人陶醉的春日山庄美景,诗人的自我形象也很鲜明。宋胡仔说:"每哦此句,令人坐想辋川春日之胜,此老傲睨闲适于其间也。"(《苕溪渔隐丛话》后集卷九)清潘德舆说:"此六言之式也。必如此自在谐协方妙,若稍有安排,只是减字七言绝耳,不如无作也。"(《养一斋诗话》卷五)宿雨:昨夜之雨。

〔2〕 春:《全唐诗》作"朝"。

酌酒会临泉水[1],抱琴好倚长松。南园露葵朝折[2],东谷黄粱夜舂[3]。

〔1〕 酌酒:斟酒。会:适。
〔2〕 露葵:见《积雨辋川庄作》注〔7〕。
〔3〕 谷:宋蜀本、静嘉堂本作"舍"。黄粱:小米的一种。

泛前陂[1]

秋空自明迥[2],况复远人间[3]。畅以沙际鹤[4],兼之云外山[5]。澄波澹将夕[6],清月皓方闲[7]。此夜任孤棹[8],夷犹殊未还[9]。

[1] 据诗中所写景物及"况复远人间"之语,此篇似当作于辋川。前陂(bēi 杯):疑指欹湖。陂,池塘。此诗写泛舟所见景色与诗人的闲逸情致。杨慎《升庵诗话》卷三评"畅以"二句"虽用助语辞,而无头巾气","宋人黄陈辈效之……乃是丑妇生疮,雪上加霜也"。
[2] 迥:高远。
[3] 间:《文苑英华》作"寰"。
[4] 畅:舒畅;宋蜀本作"扬"。以:因。
[5] 兼之:加上。外:有"边畔"义,参见王锳《诗词曲语辞例释》。
[6] 澹:水摇荡。
[7] 皓(hào 浩):洁白,明亮。闲:闲静。
[8] 任孤棹(zhào 赵):谓任凭孤舟在水中飘荡。
[9] 夷犹:犹豫,徘徊。殊:犹。

酬虞部苏员外过蓝田别业不见留之作[1]

贫居依谷口[2],乔木带荒村[3]。石路枉回驾[4],山家谁候门[5]？渔舟胶冻浦，猎犬绕寒原。惟有白云外，疏钟间夜猿[6]。

〔1〕虞部：工部四司之一，置员外郎一人，从六品上。员外：即员外郎。蓝田别业：即王维辋川别业。不见留：指苏访维不遇，未尝在辋川停留。
〔2〕谷口：指辋谷南口，辋川庄临近辋谷南口。
〔3〕乔木：高木。带：绕。
〔4〕枉回驾：谓屈尊见访，不遇而返。
〔5〕"山家"句：意谓自己不在，家中无人候门待客。
〔6〕胶：粘著。浦：水边。猎犬绕：赵注本等作"猎火烧"。夜猿：指夜间的猿啼声。以上四句写冬日荒村薄暮的凄清景象，借以表现作者归来后见苏已去的怅惘心情。

蓝田山石门精舍[1]

落日山水好，漾舟信归风[2]。玩奇不觉远[3]，因以缘源穷[4]。遥爱云木秀[5]，初疑路不同[6]。安知清流转，偶与前山通[7]。舍舟理轻策[8]，果然惬所适[9]。老僧四五人，逍遥荫松柏[10]。朝梵林未曙[11]，夜禅山更寂[12]。道心及牧童[13]，世事问樵客[14]。暝宿长林下[15]，焚香卧瑶席[16]。涧芳袭人衣，山月映石壁。再寻畏迷误，明发更登历。笑谢桃源人，花红复来觌[17]。

〔1〕此诗系作者居辋川时往游蓝田山之作。殷璠在《河岳英灵集》中评王维诗,曾称引本篇之"落日"二句及"涧芳"二句,据此,知本诗当作于天宝十二载(753)前。蓝田山:又名玉山,在陕西蓝田县东南。《长安志》卷一六:"蓝田山,在(蓝田)县东南三十里。……灞水之源,出蓝田谷西。"石门精舍:蓝田山佛寺名。诗题,《文苑英华》作《蓝田山石门精舍二首》,且分前八句为第一首。这首诗写傍晚泛舟寻幽、偶然到达石门精舍的经过和所见到的景色,叙事详赡,绘景细致,有谢(灵运)诗之风,清黄培芳评曰:"撷康乐之英。"(《唐贤三昧集笺注》卷上)

〔2〕漾舟:泛舟。见《文选》谢惠连《西陵遇风献康乐》李周翰注。信:听任。归风:回风,旋风。见《文选》木华《海赋》李周翰注。

〔3〕玩:《全唐诗》作"探"。

〔4〕因以:因而。缘:寻。《文选》谢朓《敬亭山诗》:"缘源殊未极,归径窅如迷。"刘良注:"缘,寻也。"《唐诗纪事》作"寻"。按,辋水北流入灞水,自辋水乘舟入灞,复溯灞水而上,寻其源头,即可抵蓝田山。

〔5〕云木:参天古木。

〔6〕疑:《文苑英华》作"言"。路不同:指沿水而行,不能到达那生长着"云木"的地方(即石门精舍)。

〔7〕"安知"二句:意谓哪知水流曲折,却意外地与前山(指生长着"云木"之地)相通。

〔8〕舍舟:上岸。理:治,加工制作。策:杖。

〔9〕惬(qiè怯)所适:对所到之地感到满意。适,往。

〔10〕荫松柏:谓有松柏遮盖其上。《楚辞·九歌·山鬼》:"山中人兮芳杜若,饮石泉兮荫松柏。"

〔11〕朝梵:和尚早晨诵经。

〔12〕夜禅:夜晚坐禅。

〔13〕道心:即菩提心。菩提乃梵文之音译,意译为"觉"、"智"等,

指对佛教"真理"的觉悟。旧译借用《老》、《庄》术语,称之为"道"。"道心"犹言觉知佛教"真理"之心。此句谓,和尚的道心影响到了牧童。

〔14〕"世事"句:谓佛寺与世隔绝,欲知世事,只有向樵夫打听。

〔15〕暝:夜晚。

〔16〕瑶席:形容席子光润如玉。

〔17〕明发:黎明。登历:登临游历之意。谢:告辞。桃源:见《桃源行》注释。觌(dí狄):相见。以上四句用陶渊明《桃花源记》中所写的武陵渔人偶入桃源、离去后又欲前往即迷失道路的故事,说怕再来时迷路,黎明又四处察看一番;行前含笑与这世外桃源里的人们辞别,约定明年桃花开时再来相见。

山中〔1〕

荆溪白石出〔2〕,天寒红叶稀。山路元无雨〔3〕,空翠湿人衣〔4〕。

〔1〕此诗不载于王维集诸古本,最早见于明奇字斋本《外编》;《全唐诗》收作《阙题二首》之第一首。宋苏轼《书摩诘蓝田烟雨图》(见《东坡题跋》卷五)云:"诗曰:'蓝溪(亦名蓝水,源出蓝田县东蓝田谷,西北流入灞水)白石出,玉山红叶稀。山路元无雨,空翠湿人衣。'此摩诘之诗也。或曰:非也,好事者以补摩诘之遗。"《唐音癸签》卷三三曰:"坡公尝戏为摩诘之诗,以摹写摩诘之画,编《诗纪》者,认为真摩诘诗,采入集中。世人无识,那可与分辨?"下即引《书摩诘蓝田烟雨图》之文,且曰:"此活语被人作死语看,摩诘增一首好诗,失却一幅好画矣。"按,宋释惠洪《冷斋夜话》卷四录此首,谓之曰"王维摩诘《山中》诗",今姑从其说,

断此诗为王维所作。又荆溪在蓝田,此诗当即作于维居辋川期间。这首诗写山中深秋景色,后二句用想象、夸张之笔,描绘出难以摹状的景物,能引发人们的艺术联想。

〔2〕荆溪:即长水,又名荆谷水,源出蓝田县西北,西北流,经长安县东南入灞水。《水经注·渭水》:"长水出自杜县白鹿原,西北流,谓之荆溪,又西北左合狗枷川,北入霸(灞)水。"《长安志》卷一六蓝田县:"荆谷水自白鹿原(在蓝田县西五里,西北入万年县界)东流入万年县唐邨界。"此二字《冷斋夜话》作"溪清"(《诗人玉屑》卷一〇引《冷斋夜话》则作"荆溪")。白石出:谓水浅溪中白石露出水面。

〔3〕元:原。

〔4〕"空翠"句:形容高山上的岚气苍翠欲滴。谢灵运《过白岸亭》:"空翠难强名,渔钓易为曲。"杜甫《大历三年春白帝城放船出瞿唐峡》:"石苔凌几杖,空翠扑肌肤。"

赠刘蓝田[1]

篱中犬迎吠[2],出屋候柴扉[3]。岁晏输井税[4],山村人夜归。晚田始家食[5],馀布成我衣[6]。讵肯无公事,烦君问是非[7]。

〔1〕此诗《唐百家诗选》卷一作卢象诗,《全唐诗》重见王维集及卷八八二卢象诗补遗。按,王维集诸本俱载此诗,《河岳英灵集》、《唐文粹》亦皆录作王维诗,当是。寻绎诗意,此诗应是维居辋川时所作;据《河岳英灵集》录此诗,当作于天宝十二载(753)前。刘蓝田:刘姓蓝田县令,名未详。这是一首反映农民疾苦的诗。

〔2〕中:《河岳英灵集》、《唐文粹》等作"间"。

〔3〕候柴扉:在柴门前等候。所等候的对象,即下二句所写岁末到蓝田县衙交纳田税夜间归来的山村人。柴,《河岳英灵集》、《唐文粹》等作"荆"。

〔4〕晏:晚。井税:田税。

〔5〕始:方,才。家食:家中的粮食。《易林·无妄》之《讼》:"不耕而获,家食不给。"此句谓,晚熟之田的收获,才成为家中的粮食。

〔6〕馀布:指纳调(唐时每丁每年需缴纳一定数量的布或绫、绢等物,称为"调")后剩下的布。

〔7〕讵(jù巨)肯:岂能。这两句是山村人向诗人的诉说之辞,意谓并不求无公家之事(指向官府纳税之事),烦君过问一下其中的是非。二句卢象诗作"对此能无忆,劳君问是非"。

山中送别[1]

山中相送罢,日暮掩柴扉。春草明年绿,王孙归不归[2]?

〔1〕疑居辋川时作。诗题,赵注本等作《送别》。这首送别诗写得明白如话而馀味悠长。诗人刚送走友人,即掩门独思:明年春草又绿的时候,友人会不会回来?未写离别情态,而别时的依依不舍与别后的无尽思念,已见于言外。

〔2〕"春草"二句:语本《楚辞·招隐士》,参见《山居秋暝》注〔4〕。

别辋川别业[1]

依迟动车马[2],惆怅出松萝[3]。忍别青山去,其如绿水何[4]！

〔1〕明顾可久评此诗曰："青山绿水谁是可别去者？浅语情深。"（《唐王右丞诗集注说》）此诗王缙有同咏,载《全唐诗》卷一二九。
〔2〕依迟:依依不舍的样子。
〔3〕松萝:地衣类植物,常寄生松树上。"出松萝"犹言离开山林。
〔4〕忍:忍心,狠心。如:奈。二句意谓,即使忍心离别青山而去,同绿水也难分难舍。

辋川别业[1]

不到东山向一年[2]，归来才及种春田[3]。雨中草色绿堪染,水上桃花红欲燃[4]。优娄比丘经论学[5],伛偻丈人乡里贤[6],披衣倒屣且相见,相欢语笑衡门前[7]。

〔1〕这首诗描写作者离开辋川"向一年"后又回到辋川的愉快心情。"雨中"二句状辋川佳景,非常注意表动态字的锤炼,下一"染"字、一"燃"字,就使艺术形象更活跃生动,更富有画意。
〔2〕东山:见《送綦毋潜落第还乡》注〔3〕。此借指辋川别业。向:将近。
〔3〕才及:刚刚赶上。
〔4〕欲燃:梁元帝《宫殿名诗》："林间花欲然（同燃）,竹径露初圆。"
〔5〕优娄比丘:指佛教僧人。优娄,优楼频螺伽叶之略称,本是有五

百弟子的外道(指佛教之外的宗教哲学派别)论师,后与其二弟及弟子共同皈依佛门。参见《四分律》卷三二。比丘,梵文的音译,指出家后受过具足戒(出家人受持此戒,即取得正式僧尼资格)的男僧。经论:佛教典籍分经、律、论三部分,谓之三藏。经为佛所自说,论是经义的解释,律则记佛教戒规。此句谓,僧人中通经论的学者。

〔6〕伛偻(yǔ lǚ宇旅)丈人:《庄子·达生》:"仲尼适楚,出于林中。见伛偻(驼背)者承蜩(用长竿粘蝉),犹掇(以手拾物)之也。仲尼曰:'子巧乎!有道邪?'曰:'我有道也。……吾执臂也,若槁木之枝。虽天地之大,万物之多,而唯蝉翼之知。……'孔子顾谓弟子曰:'"用志不分,乃凝于神(精神乃专一集中)。"其伛偻丈人之谓乎!'"丈人,老人的通称。此句谓,像伛偻丈人那样的乡里贤者。

〔7〕倒屣(xǐ徙):古人家居,脱屣(鞋)席地而坐。客人来,急于出迎,将鞋子倒穿。《三国志·魏书·王粲传》:"(蔡邕)闻粲在门,倒屣迎之。"后以"倒屣"形容热情迎客。衡门:见《偶然作》其二注〔3〕。此写归来后与通经论的高僧、隐居乡里的贤者谈笑往来的快乐。

早秋山中作[1]

无才不敢累明时[2],思向东溪守故篱[3]。岂厌尚平婚嫁早[4],却嫌陶令去官迟[5]。草间蛩响临秋急[6],山里蝉声薄暮悲[7]。寂寞柴门人不到,空林独与白云期[8]。

〔1〕疑居辋川时作。诗中表现了作者对长安官场生活感到厌倦、思欲退隐山林的心情。"草间"一联纯用大自然的音响,渲染出早秋山中薄暮的萧瑟气氛和诗人的寂寞心情,使人读后如临其境,如闻其声。

〔2〕累:牵累,妨碍。明时:政治清明的时代。

〔3〕东溪:嵩山东峰太室山有东溪,见《水经注·颍水》。此处盖泛指隐居地的溪流(例如辋水)。故篱:犹言故园、故居。

〔4〕尚平:即尚长,又作向长,字子平,诗文中多称作"尚平"或"向平"。《后汉书·逸民列传》:"向长,字子平,河内朝歌人也。……隐居不仕……建武中,男女嫁娶既毕,敕断家事勿相关,'当如我死也'。于是遂肆意与同好北海禽庆俱游五岳名山,竟不知所终。"此句意谓,不嫌恶尚平早办完子女婚嫁之事,出游名山大川。

〔5〕"却嫌"句:义熙元年(405)八月,陶渊明为彭泽令,"岁终,会郡遣督邮至县,吏请曰:'应束带见之。'渊明叹曰:'我岂能为五斗米折腰向乡里小儿!'即日解绶去职"。(萧统《陶渊明传》)

〔6〕蛩(qióng穷):蟋蟀。

〔7〕薄暮:傍晚。薄,近。

〔8〕期:约会。此句谓,空林无人,独与白云为伴。

酬诸公见过时官出在辋川庄[1]

嗟余未丧[2],哀此孤生[3]。屏居蓝田[4],薄地躬耕。岁晏输税,以奉粢盛[5]。晨往东皋[6],草露未晞[7]。暮看烟火,负担来归[8]。我闻有客,足扫荆扉[9]。箪食伊何[10]?副瓜抓枣[11]。仰厕群贤[12],皤然一老[13]。愧无莞簟[14],班荆席稿[15]。泛泛登陂[16],折彼荷花。静观素鲔[17],俯映白沙[18]。山鸟群飞,日隐轻霞。登车上马,倏忽雨散[19]。雀噪荒村,鸡鸣空馆。还复幽独[20],重欷累叹〔21〕。

〔1〕天宝九载(750)三月,王维母崔氏卒,此诗即作于天宝九、十载作者在辋川守丧期间。说详拙作《王维年谱》。见过:过访自己。官出:指离职。唐时官员守三年之丧(实际为两周年)需去职。辋川庄:见《积雨辋川庄作》注〔1〕。这是王维集中惟一的四言诗,明谭元春评曰:"右丞以自己性情留之,味长而气永,使人益厌刘琨、陆机诸人之拙。"(《唐诗归》卷八)

〔2〕嗟:叹词。未丧:谓母、妻皆丧,独己尚在。

〔3〕孤生:孤独的生活。

〔4〕屏(bǐng饼)居:隐居。蓝田:唐县名,今属陕西。赵殿成谓指蓝田山(玉山),非是。辋川庄不在蓝田山。

〔5〕奉:给与,供给。粢盛(zī chéng资成):指盛在祭器内供祭祀用的谷物。《孟子·滕文公下》:"诸侯耕助(即耕藉),以供粢盛。"粢,谷类总称。此二句谓,年底缴纳租税,用来供朝廷充作祭品。按,唐代官吏的职分田等,需纳地租,参见《唐会要》卷九二。

〔6〕东皋:参见《送友人归山歌》其二注〔8〕。

〔7〕晞(xī希):干。

〔8〕负担:背负肩挑。

〔9〕足:犹言"充分地"。荆扉:柴门。指简陋的住处。

〔10〕箪(dān单):古时盛食物的一种竹器。伊:助词,无义。这句说,箪中盛的食物是什么?

〔11〕副(pì僻)瓜:剖开的瓜。挝(guā瓜)枣:打下的枣。挝,击。

〔12〕仰:向上,有表示恭敬之意。厕:置身其中,混杂在里面。群贤:指来访的客人。

〔13〕皤(pó婆)然:头发斑白貌。作者自谓。

〔14〕莞簟(guān diàn 官店):蒲席与竹席。古时以蒲席铺垫于竹席下,以求安适。《诗·小雅·斯干》:"下莞上簟,乃安斯寝。"郑笺:"莞,小蒲之席也。竹苇曰簟。"

〔15〕班荆:铺荆条于地而坐。《左传》襄公二十六年:"班荆相与食。"席稿:铺稿于地而坐。稿,禾杆,又指用禾秆编的垫子。

〔16〕泛泛:舟浮貌。登陂(bēi 杯):上池塘。陂,疑指欹湖。

〔17〕静:赵注本等作"净"。素:白色。鮪(wěi 伪):古书上指鲟。

〔18〕白沙:指水底的白沙。

〔19〕倏(shū 抒)忽:指极短的时间。雨散:喻离散。谢朓《和刘中书》:"山川隔旧赏,朋僚多雨散。"

〔20〕幽独:幽寂孤独。

〔21〕重欷(xī 西):多次抽咽。累叹:连续叹息。

酬张少府[1]

晚年惟好静,万事不关心。自顾无长策[2],空知返旧林[3]。松风吹解带[4],山月照弹琴。君问穷通理[5],渔歌入浦深[6]。

〔1〕晚年居辋川时作。少府:县尉别称。这首诗表现隐居生活的闲逸自在。"松风"一联,情景相生,自然入妙;收束"从解带弹琴宕出远神"(沈德潜《说诗晬语》卷上),富有馀味。

〔2〕自顾:自念,自视。长策:良策。

〔3〕空:只。

〔4〕解带:古人上朝或见客时需束带,在家无事时则可解带。句谓

169

松风吹拂着解下的衣带。

〔5〕君：宋蜀本作"若"。穷通：穷困与显达，得意与失意。

〔6〕"渔歌"句：谓我驾船唱着渔歌进入渔浦深处。这句话写出了过穷困的隐居生活的乐趣，是对"穷通理"的形象回答。

题辋川图[1]

老来懒赋诗，惟有老相随。宿世谬词客[2]，前身应画师。不能舍馀习，偶被世人知[3]。名字本习离，此心还不知[4]。

〔1〕此诗王维集各本皆作《偶然作》其六。按，唐朱景玄《唐朝名画录》曰："(维)复画《辋川图》，山谷郁盛，云飞水动，意出尘外，怪生笔端，尝自题诗云：'当世谬词客，前身应画师。'其自负也如此。"唐张彦远《历代名画记》卷一〇《王维》："清源寺壁上画辋川，笔力雄壮，常自制诗曰：'当世谬词客，前身应画师。不能舍馀习，偶被时人知。'诚哉是言也。"宋郭若虚《图画见闻志》卷五亦云："尝于清源寺壁画《辋川图》，岩岫盘郁，云飞水动，自制诗曰：'当世谬词客……'"据以上记载，此诗当作《题辋川图》，不应曰《偶然作》；《万首唐人绝句》即采"宿世"四句作一绝，题为《题辋川图》。又，《辋川图》既画于清源寺(即辋川庄，见《积雨辋川庄作》注[1])壁，则此首题图之诗，亦当作于维晚年(据首二句可知)居辋川时。《辋川图》有明刻石本传世，现藏于蓝田县文管所。

〔2〕宿世：佛教指过去的一世，即前生；《唐诗纪事》作"当代"。谬词客：妄为诗人。即本来不配当诗人却当了诗人。

〔3〕世：《万首唐人绝句》、《唐诗纪事》俱作"时"。此二句意谓，自己不能舍弃前生遗留之习，继续写诗作画，遂意外地为世人所知。

〔4〕习离:赵注本等作"皆是"。心:宋蜀本、静嘉堂本等作"知"。又此诗韵字用二"知"字,赵殿成说:"叠用二'知'字,疑误。"此二句意谓,自己的名字与本身的习性(好写诗作画)相离,而自己的心里却不明白。指自己既用佛教居士维摩诘之名作为名字(王维字摩诘),本不应去追求诗人、画家的浮名。

崔濮阳兄季重前山兴 山西去,亦对维门〔1〕

秋色有佳兴,况君池上闲〔2〕。悠悠西林下〔3〕,自识门前山。千里横黛色〔4〕,数峰出云间。嵯峨对秦国〔5〕,合沓藏荆关〔6〕。残雨斜日照,夕岚飞鸟还〔7〕。故人今尚尔,叹息此颓颜〔8〕。

〔1〕崔濮阳季重:苏源明《小洞庭洇源亭宴四郡太守诗》序曰:"天宝十二载七月辛丑,东平太守扶风苏源明,觞濮阳太守清河崔公季重、鲁郡太守陇西李公兰……于洇源亭。"知季重天宝十二载(753)为濮阳太守。濮(pú蒲)阳,即唐濮州,天宝元年改为濮阳郡,治所在今山东鄄城北。高步瀛《唐宋诗举要》卷一说:"观原注,似此时季重已罢濮阳守而居蓝田矣。"按,高说是。既然季重门前之山"亦对维门",则是时维之居所自然也当在山间;而天宝末维在山间的居所,无疑就是位于蓝田的辋川别业。综上所述,本诗应是天宝十三载或十四载秋维居辋川时所作。前山:即诗中之"门前山"。兴:兴致,情趣。这首诗写友人山居的景色和归隐的生活,"千里"四句以大笔绘出寥远阔大的景象,具有浓厚的画意。

〔2〕闲:安闲,闲散。

〔3〕悠悠:闲适自得貌。

〔4〕黛色:指青黑的山色。据此句,知季重的"门前山",当属秦岭山脉。

〔5〕嵯(cuó矬)峨:山高峻貌。秦国:指秦都咸阳一带。

〔6〕合沓:指山峰重叠。《文选》王褒《洞箫赋》李善注:"合沓,重沓也。"荆关:柴门。谢庄《山夜忧》:"回舲拓绳户,收棹掩荆关。"此指隐者的住所。

〔7〕岚:山间雾气。飞鸟还:夕鸟归巢。

〔8〕"故人"句:《古诗十九首·客从远方来》:"相去万馀里,故人心尚尔。"此变用其意。以上二句意谓,故人(指季重)如今丝毫未变(指仍未老),只为自己这衰老的容颜而叹息。

秋夜独坐[1]

独坐悲双鬓[2],空堂欲二更。雨中山果落,灯下草虫鸣。白发终难变[3],黄金不可成[4]。欲知除老病[5],惟有学无生[6]。

〔1〕疑天宝末年居辋川时所作。这首诗写诗人秋夜独坐的感触。"雨中"一联,善用音响描写来刻画秋夜的静寂,烘托诗人的寂寞悲凉心情;其用语虽极平淡,蕴含的意味却很丰富。潘德舆《养一斋诗话》卷三说:"一唱三叹,由于千锤百炼。今人都以平澹为易易,知其未吃甘苦来也。右丞'雨中山果落,灯下草虫鸣',其难有十倍于'草枯鹰眼疾,雪尽马蹄轻'者。到此境界,乃自领之,略早一步,则成口头语而非诗矣。"

〔2〕悲双鬓:为双鬓变白而悲伤。

〔3〕"白发"句:《列仙传》卷下载,稷丘君朱璜入浮阳山八十馀年,"白发尽黑"。句反用此典。

〔4〕"黄金"句:语本江淹《从建平王游纪南城》:"丹沙信难学,黄金不可成。"按,世传丹砂(又作丹沙,即硃砂)可化为黄金。《史记·孝武本纪》:"致物而丹砂可化为黄金,黄金成,以为饮食器则益寿,益寿而海中蓬莱仙者可见,见之以封禅则不死。"《抱朴子内篇·黄白》:"《铜柱经》曰:丹沙可为金,河车可作银。"此即古之方士、道士所谓烧炼丹药化为金银之术,又称黄白之术。此句意谓,神仙黄白之术不能有所成,长生无望。

〔5〕欲:犹"已",不是一般的"将要"意。参见王锳《诗词曲语辞例释》。老病:佛教称生、老、病、死为四苦。《释迦谱》卷二:"以畏老病生死之苦,故于五欲不敢爱著。"

〔6〕无生:见《登辨觉寺》注〔8〕。

菩提寺禁裴迪来相看说逆贼等凝碧池上作音乐供奉人等举声便一时泪下私成口号诵示裴迪[1]

万户伤心生野烟[2],百官何日再朝天[3]?秋槐叶落空宫里[4],凝碧池头奏管弦。

〔1〕作于至德元载(756)八月。是年六月,安禄山军攻陷长安,玄宗奔蜀,王维扈从不及,为贼所获,解送至洛阳,拘于菩提寺,此诗即作于寺中。参见拙作《王维年谱》。菩提寺禁:即指作者被安禄山军拘于菩

提寺中。赵殿成注谓菩提寺在长安平康坊南门之东。按,凝碧池既在洛阳,菩提寺也当在洛阳,《旧唐书·王维传》即谓"(禄山)遣人迎(维)置洛阳,拘于普施寺(疑为菩提寺之误)"。宋吴曾《能改斋漫录》卷一一"李西台诗"云:"'龙门双阙涌云烟……'李西台诗也,题于菩提寺。菩提寺在龙门镇。"知菩提寺在洛阳城南龙门。裴迪来相看:疑迪天宝年间未尝居官(维天宝时赠迪之诗多称迪为"秀才"),故不在被搜捕、拘禁之列(安禄山军入长安后,搜捕的对象为百官、宦者、宫女等,见《通鉴》至德元载六月),得以至菩提寺看维。说逆贼……一时泪下:《通鉴》至德元载八月:"禄山宴其群臣于凝碧池,盛奏众乐;梨园弟子往往歔欷泣下,贼皆露刃睨之。乐工雷海青不胜悲愤,掷乐器于地,西向恸哭。禄山怒,缚于试马殿前,支解之。"赵殿成注谓凝碧池在长安西内苑。按,《通鉴》至德元载六月:"安禄山……遣孙孝哲将兵入长安。"《考异》曰:"遍检诸书,禄山自反后未尝至长安。"赵注误。《唐六典》卷七谓洛阳禁苑中有"芳树、金谷二亭,凝碧之池"。《唐两京城坊考》卷五亦曰:"(洛阳神都)苑内……最东者凝碧池,东西五里,南北三里。"供奉人,在宫中侍奉天子的人。唐时上自文词经学之士,下至卜医技术之流,凡有一材一艺者,皆可供奉内廷。此处指乐工。举声,发声。口号:表示随口吟成,与"口占"相近。这首诗感伤两京陷落,抒发思念朝廷之情,写得沉痛、婉曲、深长。《旧唐书·王维传》载:"贼平,陷贼官以三等定罪,维以凝碧诗闻于行在,肃宗嘉之,会缙(王维弟)请削己刑部侍郎以赎兄罪,特宥之。"

〔2〕生野烟:指战乱爆发。

〔3〕再:宋蜀本等作"更"。朝天:谒见天子。

〔4〕叶:《旧唐书·王维传》作"花"。此句写旧宫凄凉。

口号又示裴迪[1]

安得舍尘网[2],拂衣辞世喧[3],悠然策藜杖[4],归向桃花源[5]?

〔1〕此诗系继上诗而作,故称"又示"。诗中表现作者渴望获得自由、还归田园的心情。

〔2〕安得:怎样才能。尘网:尘世的罗网。人居世间有种种约束,故云。此处隐指自己被囚禁的境遇。尘,《全唐诗》作"罗"。

〔3〕拂衣:参见《不遇咏》注〔10〕。世喧:人世的喧扰。

〔4〕悠然:闲适貌。策藜杖:扶藜杖。藜,一年生草本植物,茎坚老者可为杖。

〔5〕桃花源:见《桃源行》注释。此句谓已欲避乱隐居田园。

和贾舍人早朝大明宫之作[1]

绛帻鸡人送晓筹[2],尚衣方进翠云裘[3]。九天阊阖开宫殿[4],万国衣冠拜冕旒[5]。日色才临仙掌动[6],香烟欲傍衮龙浮[7]。朝罢须裁五色诏,佩声归向凤池头[8]。

〔1〕作于乾元元年(758)春末,时作者官中书舍人。参见拙作《王维年谱》。贾舍人:贾至。字幼邻(一作幼几),河南洛阳人。自天宝末

至乾元元年春官中书舍人,寻出为汝州刺史。参见两《唐书》本传。舍人,指中书舍人。唐中书省置中书舍人六人,正五品上,掌起草诏书。大明宫:见《奉和圣制从蓬莱向兴庆阁道中留春雨中春望之作应制》注〔1〕。贾至原赋今存,题作《早朝大明宫呈两省僚友》。又,岑参、杜甫亦有同和之作。这首诗写早朝气象,具有宏丽、典重的特色。

〔2〕绛帻(zé 则):红色头巾。赵殿成注引《汉官仪》:"宫中舆台并不得畜鸡,夜漏未明三刻鸡鸣,卫士候于朱雀门外,著绛帻(象鸡冠),专传鸡唱。"鸡人:《周礼·春官·鸡人》:"鸡人,掌共(供)鸡牲,辨其物(毛色);大祭祀,夜呼旦以嘂(《说文》:"嘂,高声也,一曰大呼也。")百官。"郑注:"夜,夜漏未尽鸡鸣时也,呼旦以警起百官使夙兴。"绛帻鸡人,此处借指宫中夜间报更的人。送晓筹:即报晓之意。筹,指更筹、更签,古时报更用的牌。《陈书·世祖纪》:"每鸡人伺漏,传更签于殿中,乃敕送者,必投签于阶石之上,令铿然有声。"

〔3〕尚衣:唐殿中省有尚衣局,掌天子之服冕。参见《旧唐书·职官志》。翠云裘:用翠羽编织成的云纹之裘。《古文苑》卷二宋玉《讽赋》"披翠云之裘"宋章樵注:"辑翠羽为裘。"此处指天子之衣。

〔4〕九天:喻皇宫,言其高远。天,《文苑英华》作"重"。阊阖(chāng hé 昌合):此指宫门。

〔5〕万国:万方。衣冠:谓百官。冕旒(liú 流):古时天子及贵官的礼帽。有冕版覆于帽顶,称为延;垂于延前后的玉串,谓之旒。冕旒之制唐时犹存,《旧唐书·舆服志》载,天子衮冕垂白珠十二旒,一品官衮冕垂青珠九旒。此处指天子。

〔6〕色:《瀛奎律髓》作"影"。仙掌:承露盘上的仙人手掌。汉武帝于建章宫作承露盘,立铜仙人舒掌擎盘以承甘露。班固《西都赋》:"抗仙掌以承露,擢双立之金茎。"此处也可能指灯架或烛台作仙人舒掌擎盘之状。谢朓《杂诗三首·灯》:"抽茎类仙掌,衔光似烛龙。"动:谓晓日照

于仙掌,其光闪动;也可能指晓日初出,殿中尚黑,银烛闪动(贾至原赋有"银烛朝天"之语)。

〔7〕香烟:指朝会时殿中设炉燃香。参见《新唐书·仪卫志》。欲:犹"已"。傍:依附,指附着于身。衮(gǔn 滚):天子礼服,上画龙,又称龙衮、卷龙衣。《礼记·礼器》:"天子龙衮。"浮:指衮上所绣之龙如浮游于烟雾之中。

〔8〕裁:制作。五色诏:用五色纸书写的诏书。《邺中记》:"石虎诏书,以五色纸著凤雏口中。"佩:玉佩。唐五品以上官员的饰物有佩。凤池:即凤凰池,指中书省。本义为禁苑中的池沼。魏晋以后,设中书省于禁苑,因其专掌机要,接近天子,故称为凤凰池。晋荀勖久在中书省掌机事,后迁尚书令,有贺之者,勖曰:"夺我凤凰池,诸君贺我邪!"见《晋书·荀勖传》。此二句与贾至原赋的末二句("共沐恩波凤池里,朝朝染翰侍君王")相应。是时王维与贾至同任中书舍人,故有"须裁五色诏"、"归向凤池头"之语。

晚春严少尹与诸公见过[1]

松菊荒三径,图书共五车[2]。烹葵邀上客[3],看竹到贫家[4]。鹊乳先春草[5],莺啼过落花[6]。自怜黄发暮,一倍惜年华[7]。

〔1〕作于乾元元年(758)三月。严少尹:即严武。至德二载(757)九月唐军收复长安后,武拜京兆少尹;乾元元年六月,贬巴州刺史。见两《唐书·严武传》、《通鉴》乾元元年六月。少尹,唐京兆、河南、太原等府,各置尹(正长官)一员,从三品;少尹(副长官)二员,从四品下。见

过:过访自己。这首诗写暮春客人来访的感触,纪昀评曰:"句句清新而气韵天成,不见刻画之迹。五六句赋中有比,末句从此过脉,浑化无迹。"(《瀛奎律髓汇评》卷一〇)

〔2〕"松菊"句:语本陶渊明《归去来兮辞》:"三径就荒,松菊犹存。"三径,见《黎拾遗昕裴秀才迪见过秋夜对雨之作》注〔7〕。五车:言书之多,以五车载之。《庄子·天下》:"惠施多方,其书五车。"此二句谓自己的家园荒芜,惟有松菊与图书。

〔3〕"烹葵"句:《古文苑》卷二宋玉《讽赋》:"上客远来……乃炊雕胡之饭,烹露葵之羹以食之。"葵,见《积雨辋川庄作》注〔7〕。上客,尊贵的客人。

〔4〕看竹:见《春日与裴迪过新昌里访吕逸人不遇》注〔5〕。

〔5〕鹊:喜鹊。乳:《说文》:"人及鸟生子曰乳。"

〔6〕"莺啼"句:谓春残花落,莺犹啼不已。

〔7〕黄发:年老之征。《诗·鲁颂·閟宫》:"黄发台背。"郑笺:"皆寿征也。"盖人老发白,白久而黄,故云。此二句触景生情,言鹊先春而动,莺春残犹啼,似皆有惜春之意;自怜已到暮年,更宜加倍珍惜时光。

同崔傅答贤弟[1]

洛阳才子姑苏客,桂苑殊非故乡陌[2]。九江枫树几回青[3],一片扬州五湖白[4]。扬州时有下江兵[5],兰陵镇前吹笛声[6]。夜火人归富春郭[7],秋风鹤唳石头城[8]。周郎陆弟为俦侣,对舞《前溪》歌《白纻》。曲几书留小史家,草堂棋赌山阴墅[9]。衣冠若话外台臣,先数夫君席上珍[10]。更闻台阁求三语,遥想风流第一人[11]。

〔1〕据诗中述及永王李璘东巡事,此诗疑当作于乾元元年(758)春作者被赦复官之后,具体时间无从确知,姑系于此。同:犹"和"。崔傅:无考。这首诗赞美崔傅兄弟在兵乱中的表现,多用典实,情致委折,词旨雅丽,句调婉畅。

〔2〕洛阳才子:潘岳《西征赋》:"终童山东之英妙,贾生洛阳之才子。"汉贾谊洛阳人,年少才高,故云。姑苏:苏州(今属江苏)之别称。因州西南有姑苏山而得名。桂苑:赵殿成注谓即三国吴之桂林苑。《文选》左思《吴都赋》:"数军实乎桂林之苑。"故址在今南京东北落星山之阳。又,《文选》谢庄《月赋》:"乃清兰路,肃桂苑。"李善注:"桂苑,有桂之苑。"按,《说文》曰:"桂,江南木。"此处桂苑疑用《月赋》之意,指姑苏的"有桂之苑"。此二句谓,崔傅与"贤弟"为洛阳才子,在苏州作客,该地同他们的故乡有别。

〔3〕九江:见《汉江临眺》注〔2〕。枫树几回青:指崔傅兄弟已在苏州住了几年。按,苏州与九江汉时俱属扬州,又《楚辞·招魂》曰:"湛湛江水兮上有枫,目极千里兮伤春心。"所以此处不说"苏州枫树"而说"九江枫树"。

〔4〕扬州:唐扬州辖境在今江苏扬州、泰州、江都、高邮、宝应一带;五湖在苏州附近,不在唐扬州辖区之内。因此这里的扬州,当指汉扬州。今安徽淮河以南与江苏长江以南地区,江西、浙江、福建三省及湖北英山、黄梅、广济,河南固始、商城,汉时俱为扬州辖地。五湖:见《送丘为落第归江东》注〔3〕。此句写苏州一带景色。

〔5〕下江兵:《汉书·王莽传》:"是时南郡张霸、江夏羊牧、王匡等起云杜绿林,号曰下江兵。"颜师古注:"晋灼曰:本起江夏云杜县,后分西上入南郡……故号下江兵也。"按,南郡治所在今湖北江陵,长江自江

179

陵以下属下游,古谓之下江。唐安史之乱前,江淮地区不曾有争战,下江兵当指永王李璘引兵东巡事。《通鉴》至德元载(756)十二月载:玄宗命璘领四道节度都使,镇江陵。"甲辰,永王璘擅引兵东巡,沿江而下,军容甚盛……吴郡(苏州)太守兼江南东路采访使李希言平牒璘,诘其擅引兵东下之意。璘怒,分兵遣其将浑惟明袭希言于吴郡,季广琛袭广陵(扬州)长史、淮南采访使李成式于广陵。……希言遣其将元景曜及丹杨(治今江苏镇江)太守阎敬之将兵拒之,李成式亦遣其将李承庆拒之。璘击斩敬之以徇,景曜、承庆皆降于璘,江淮大震。"又《通鉴考异》谓,璘击斩敬之后,占领丹杨郡城;后兵败,自丹杨奔晋陵(今江苏常州)以趋鄱阳。永王璘引兵东巡与本诗所称下江兵事涉及的地域颇相合。

〔6〕兰陵镇:东晋、南朝置兰陵县,在今江苏常州西北。笛:管乐器名,古时军中之乐多用之。

〔7〕富春:古县名,秦置。晋太元中改名富阳,即今浙江富阳。此句谓兵事起,有人连夜逃往富春。

〔8〕秋风鹤唳(lì例):《晋书·谢玄传》:"(苻坚)馀众弃甲宵遁,闻风声鹤唳(鸣),皆以为王师已至。"按,肥水之战发生在秋冬之际,又作者此处为求与上句"夜火"偶对,因改"风声"为"秋风",并非指下江兵事起于秋日。石头城:古城名,三国吴孙权筑,故址在今南京市清凉山。此句谓兵事起,石城之人皆惊慌疑惧。

〔9〕周郎:周瑜。《三国志·吴书·周瑜传》:"瑜时年二十四,吴中皆呼为周郎。"此喻指崔傅,赞其有周瑜的才干。陆弟:晋陆机之弟陆云。云少与兄机齐名,时人号为"二陆"。事见《晋书》本传。此喻指"贤弟",说他有陆云的文才。俦(chóu筹)侣:同辈,伴侣。《前溪》:舞曲名,属乐府《吴声歌曲》。参见《晋书·乐志下》、《乐府诗集》卷四五。《白纻》:吴之舞曲,属乐府《舞曲歌辞》。参见《宋书·乐志》、《乐府诗集》卷五五。"曲几"句:用王羲之事。《晋书·王羲之传》:"(羲之)尝诣(往)门

生家,见棐几(用榧木做的几)滑净,因书之,真草相半。后为其父误刮去之,门生惊懊者累日。"小史,官府小吏。"草堂"句:用谢安指挥晋军在肥水击溃前秦苻坚大军之事。《晋书·谢安传》:"(苻)坚后率众,号百万,次于淮肥,京师震恐。加安征讨大都督。(谢)玄入问计,安夷然无惧色,答曰:'已别有旨。'既而寂然。……安遂命驾出山墅,亲朋毕集,方与玄围棋赌别墅。"山阴,山北。以上四句意谓,兵事起,二人依旧歌舞、写字、下棋,态度极其镇定从容。

〔10〕外台:指州刺史。《后汉书·谢夷吾传》载,夷吾曾任荆州刺史,司徒第五伦令班固为文荐之曰:"爰牧荆州,威行邦国。……寻功简能,为外台之表。"夫君:对友人的敬称。谢朓《酬德赋》:"闻夫君之东守,地隐蓄而怀仙。"席上珍:《礼记·儒行》:"儒有席上之珍以待聘。"喻具有美善的才德,如席上之有珍(宝玉)。二句意谓,搢绅大夫若谈到州郡长官,当先推崔傅为美善的人选。

〔11〕台阁:《后汉书·仲长统传》:"虽置三公,事归台阁。"李贤注:"台阁谓尚书也。"按,东汉置尚书台,为皇帝的机要秘书处,权甚重,故云。此处借指中央的最高官署(中书、门下、尚书三省)。三语:《世说新语·文学》:"阮宣子(阮修)有令闻,太尉王夷甫(王衍)见而问曰:'老庄与圣教同异?'对曰:'将无同(大约差不多罢)。'太尉善其言,辟之为掾(官府属员),世谓三语掾。"按,《太平御览》卷二〇九《卫玠别传》记此事作阮瞻与王衍,而《晋书·阮瞻传》则作阮瞻与王戎。第一人:《南史·谢晦传》:"时谢混风华,为江左第一。"二句意谓,更知三省征求掾属,首推"贤弟"为文采风流的人选。

春夜竹亭赠钱少府归蓝田[1]

夜静群动息[2],时闻隔林犬。却忆山中时[3],人家涧西远〔4〕。羡君明发去〔5〕,采蕨轻轩冕〔6〕。

〔1〕约作于乾元二年(759)春,参见拙作《王维年谱》。钱少府:即诗人钱起,字仲文,吴兴人。天宝九载登进士第,释褐秘书省校书郎。自乾元初至宝应二年(763)官蓝田县尉。参见傅璇琮《唐代诗人丛考·钱起考》。少府,即县尉。钱起有答诗《酬王维春夜竹亭赠别》,载《全唐诗》卷二三六。这是一首送别诗。作者因钱起归蓝田而忆及自己隐居蓝田辋川的情景。顾可久评此诗曰:"幽景远情,想象不尽,脱洗尘垢矣。"(《唐王右丞诗集注说》)

〔2〕群动:各种动物。陶渊明《饮酒》其七:"日入群动息。"

〔3〕"却忆"句:作者曾隐于蓝田县辋川山谷,故云。

〔4〕涧:两山间的流水。此指辋水。王维辋川庄在蓝田县辋谷南端东侧、辋水东岸。参见《辋川集·孟城坳》注〔1〕。

〔5〕明发:黎明。

〔6〕采蕨(jué决):指隐居。蕨,多年生草本植物,野生。嫩叶可食,地下茎可制淀粉。轻轩冕:谢朓《休沐重还丹阳道中诗》:"志狭轻轩冕,恩甚恋闺闱。"轩冕,古制,大夫以上乘轩服冕,故以轩冕指官位爵禄,又用为贵显者的代称。当时钱起正任蓝田县尉,为什么又说他轻视官位爵禄情愿过隐居生活?这大概是蓝田多山水胜景,钱起在蓝溪(水名,在蓝田境)又有别业,可以过亦官亦隐的生活的缘故。

左掖梨花〔1〕

闲洒阶边草〔2〕,轻随箔外风〔3〕。黄莺弄不足〔4〕,衔入未央宫〔5〕。

〔1〕作于乾元二年(759)春。此诗丘为、皇甫冉有同咏,冉诗题作《和王给事维禁省梨花咏》。按,冉天宝十五载(756)登第后即官无锡尉(参见《唐代诗人丛考·皇甫冉皇甫曾考》),所以此诗不大可能作于天宝末王维任给事中期间,而应作于乾元二年春维再次任给事中时。左掖:即门下省(给事为左掖属官)。唐大明宫宣政殿(朝会行仪之处)前有东西两廊,各有门,东门曰日华,西门曰月华。日华门外为门下省,月华门外为中书省。门下省地处殿左,称左省、左掖(两旁为掖)、东省;中书省地处殿右,称右省、右掖、西省。这是一首咏物诗,王夫之评曰:"'黄莺弄不足,衔入未央宫',断不可移咏梅、桃、李、杏,而超然玄远,如九转还丹,仙胎自孕矣。"(《薑斋诗话》卷二)

〔2〕洒:指梨花散落。

〔3〕箔(bó 勃):帘。

〔4〕弄:玩弄,玩耍。

〔5〕未央宫:汉长安宫殿名,故址在今西安西北汉长安故城西南角。此处借指唐皇宫。

送杨长史赴果州[1]

褒斜不容幰[2],之子去何之[3]?鸟道一千里[4],猿啼十二时[5]。官桥祭酒客,山木女郎祠[6]。别后同明月[7],君应听子规[8]。

〔1〕杨长史:《瀛奎律髓》"长史"下多一"济"字。陈贻焮《王维诗选》曰:"《旧唐书·吐蕃传》载:'永泰二年(766)二月,命大理少卿兼御

史中丞杨济,修好于吐蕃。'或即此人。"长史,见《送岐州源长史归》注〔1〕。果州:唐州名,天宝元年改为南充郡,乾元元年(758)复为果州,治所在今四川南充北。按,唐大理少卿从四品上,御史中丞正四品下;果州唐时为中州,置长史一人,正六品上。依唐代官员迁除常例,济任果州长史,应先于其为大理少卿。疑此诗即作于乾元元年南充郡又改为果州之后、上元二年(761)维卒之前,具体时间难以考,姑系于此。这首诗写送友人入蜀,颔联仅用十个字,就表现出蜀道上的荒落之景与行者的凄楚之情;末联"说两地别情,凄楚已极,却只以景语出之,寓意俱在言外"(黄生《增订唐诗摘钞》卷一)。

〔2〕褒斜(yé 爷):陕西秦岭之山谷。北口曰斜,在眉县西南三十里,南口曰褒,在旧褒城县北十里,两谷相连,长一百七十里,中有栈道以通之,自汉以后即为往来于秦岭南北的重要通道。不容幰(xiǎn 险):指道路狭窄。幰,车前帷幔,亦指有帷幔的车。庾肩吾《长安有狭斜行》:"长安有曲陌,曲陌不容幰。"

〔3〕之子:此子,指杨长史。何之:何往。

〔4〕鸟道:形容道路险绝难行,惟有飞鸟能过。

〔5〕啼:《全唐诗》等作"声"。十二时:古分一日夜为十二时,以十二地支纪之,称子时、丑时等。

〔6〕官桥:官道上的桥梁。祭酒客:祖道登程的旅客。祭酒,酹酒祭神。此指作祖道之祭(出行时祭路神)。李贺《出城别张又新酬李汉》:"今将下东道,祭酒而别秦。"即此义。女郎祠:《水经注》卷二七《沔水》载:五丈溪"南注汉水,南有女郎山(按,在旧褒城县境),山上有女郎冢……山上直路下出,不生草木,世人谓之女郎道,下有女郎庙及捣衣石,言张鲁女也。有小水北流入汉,谓之女郎水"。又《唐音癸签》卷二一云:"蜀道艰险,行必有祷祈。女郎,其丛祠之神;客,即祷神之行客也。合两句读之,生无限远宦跋涉之感。有辨女郎为何许人者,都是说梦。"

〔7〕"别后"句:意本谢庄《月赋》:"美人迈兮音尘绝,隔千里兮共明月。"

〔8〕子规:鸟名,又称杜鹃、布谷,多出蜀中,传说为古蜀帝杜宇之魂所化。其鸣声凄厉,能动旅人归思,故亦名思归、催归。此言君至蜀中,应听听子规之啼,从而惹动归思。《唐诗别裁》卷九曰:"子规叫'不如归去',盖望其归也。"

冬晚对雪忆胡居士家[1]

寒更传晓箭[2],清镜览衰颜。隔牖风惊竹[3],开门雪满山。洒空深巷静,积素广庭闲。借问袁安舍,翛然尚闭关[4]。

〔1〕据"衰颜"之语,此诗或作于晚年,具体时间不详,姑系此。居士:在家奉佛之人。此篇《文苑英华》作王邵诗,题作《冬晚对雪忆胡处士》,《全唐诗》重见王维与王劭集中。按,司空曙《过胡居士睹王右丞遗文》曰:"旧日相知尽,深居独一身。闭门空有雪,看竹永无人。每许前山隐,曾怜陋巷贫。题诗今尚在,暂为拂流尘。""闭门"二句,实承本诗"隔牖"二句及"借问"二句之意而来;"曾怜"句,则指王维曾赒济过胡居士(维有《胡居士卧病遗米因赠》诗,即述其事),而曙所睹王右丞遗文,盖即本诗,故本诗无疑应为王维所作。本诗写雪夜怀念友人,中二联咏雪景,极生动传神,得到了历代诗评家的一致称赞。本诗咏雪,是从寒冬深夜窗外风吹竹喧的音响写起的,有先声夺人之妙。潘德舆《养一斋诗话》卷二说:"咏雪之妙,全在上句'隔牖'五字,不言雪而全是雪声之神,不至'开门'句矣。"接下二句转而从正面写雪,又有"不削而合,不绘而工"(《唐诗别裁》卷九)之长。

〔2〕寒更:指寒夜的更鼓声。传晓箭:即报晓之意。箭,古计时器漏壶上标示时刻的浮箭。

〔3〕牖(yǒu友):窗户。

〔4〕"借问"二句:《后汉书·袁安传》注引《汝南先贤传》:"时大雪,积地丈馀,洛阳令自出案行(巡视),见人家皆除雪出,有乞食者。至袁安门,无有行路,谓安已死,令人除雪入户,见安僵卧,问何以不出,安曰:'大雪,人皆饿,不宜干人。'令(县令)以为贤,举为孝廉也。"翛(xiāo消)然:形容自然超脱。闭关:闭门。此以袁安喻胡居士,指其贤而贫困。二句写对胡的思念、关心。

未编年诗

扶南曲歌词五首[1]

翠羽流苏帐[2],春眠曙不开。羞从面色起,娇逐语声来[3]。早向昭阳殿[4],君王中使催[5]。

〔1〕扶南曲:《旧唐书·音乐志》曰:"炀帝平林邑国,获扶南(古国名,在今柬埔寨)工人及其匏琴,陋不可用,但以天竺乐转写其声,而不齿(列)乐部。"又曰:"《扶南乐》,舞二人,朝霞行缠,赤皮靴。"此系依其声而填词者,《乐府诗集》列入《新乐府辞》。此诗五首皆写宫女生活,具有婉曲、纤丽的特点。张谦宜《𥵤斋诗谈》卷五说:"却是律诗格,但截去二句耳。摩诘晓音律,此曲必是按谱填成,想亦是柔慢靡丽之声。"

〔2〕翠羽:指用翠色鸟羽饰帐。流苏:用五彩羽毛或丝线制成的穗子,多用作车马、帷帐等的垂饰。

〔3〕逐:随。

〔4〕昭阳殿:汉殿名,在长安未央宫中。《三辅黄图》毕沅校本卷三:"武帝时,后宫八区,有昭阳、飞翔……等殿。……成帝赵皇后(飞燕)居昭阳殿,有女弟俱为婕妤,贵倾后宫。"此处借指唐后宫。

〔5〕中使:皇宫中派出的使者,多由宦官充任。

堂上青弦动[1],堂前绮席陈[2]。齐歌《卢女曲》,双舞洛阳人〔3〕。倾国徒相看,宁知心所亲〔4〕?

〔1〕青弦:琴瑟类乐器上的青色丝弦。

〔2〕绮席:华美的坐席。

〔3〕《卢女曲》:乐府曲名,属杂曲歌辞。《乐府诗集》卷七三《卢女曲》:"《乐府解题》曰:'卢女者,魏武帝时宫人也,故将军阴升之姊。七岁入汉宫,善鼓琴。至明帝崩后出,嫁为尹更生妻。'"崔豹《古今注》卷中:"《雉朝飞》者,犊木子所作也。……魏武帝时有卢女者,故将军阴并之子……善为新声,能传此曲。"洛阳人:古时谓洛阳多丽人佳妓。谢朓《夜听妓二首》其一:"要(须)取(选择)洛阳人,共命江南管。情多舞态迟,意倾歌弄缓。"沈约《洛阳道》:"洛阳大道中,佳丽实无比。"此二句写宫女在宫中歌舞。

〔4〕倾国:指美女。《汉书·外戚传》载李延年歌曰:"北方有佳人,绝世而独立。一顾倾人城,再顾倾人国。宁不知倾城与倾国,佳人难再得。"徒:只。此二句意谓,宫女皆有倾国之貌,君王只是相看,岂知其心所亲者为谁?

香气传空满,妆华影箔通〔1〕。歌闻天仗外〔2〕,舞出御楼中〔3〕。日暮归何处?花间长乐宫〔4〕。

〔1〕妆华:指宫女身上妆饰品的光华。影箔(bó 勃)通:透于帘外之意。影,同"景",光,照。箔,帘。

〔2〕天仗:皇帝的仪仗。外:犹言"内中",与下句之"中"字互文。

〔3〕出:发生。

〔4〕长乐宫:见《韦侍郎山居》注〔8〕。

宫女还金屋[1],将眠复畏明。入春轻衣好,半夜薄妆成[2]。拂曙朝前殿[3],玉墀多佩声[4]。

〔1〕金屋:喻屋之华美。《太平御览》卷八八引《汉武故事》载:武帝数岁,长公主嫖抱置膝上,问曰:"儿欲得妇不?"武帝曰:"欲得妇。"指其女问曰:"阿娇好不?"对曰:"好!若得阿娇作妇,当作金屋贮之也。"

〔2〕薄妆:即薄装。沈约《丽人赋》:"来脱薄装,去留馀腻。"二句谓入春不宜着厚重之衣,薄而轻的服装半夜已穿戴好。

〔3〕前殿:皇宫中最前面的殿,古时多以它为正殿。《史记·秦始皇本纪》:"先作前殿阿房(地名),东西五百步,南北五十丈。"岑参《送颜平原》序:"上亲赋诗,觞群公,宴于蓬莱(大明宫)前殿(即含元殿,为大明宫正殿,居诸殿之前)。"

〔4〕玉墀(chí 持):铺砌玉石的台阶。佩:玉佩。

朝日照绮窗[1],佳人坐临镜。散黛恨犹轻[2],插钗嫌未正。同心勿遽游[3],幸待春妆竟[4]。

〔1〕绮窗:有雕画花纹的窗户。《文选》左思《蜀都赋》吕向注:"绮窗,雕画若绮也。"此句语本梁武帝《子夜歌》:"朝日照绮窗,光风动纨罗。"

〔2〕散黛:布黛(古代女子画眉用的青黑色颜料)于眉。亦指粉末状之黛,黛粉。梁简文帝《美人晨妆》:"散黛随眉广,燕脂逐脸生。"

〔3〕同心:指心相契合的同伴。遽游:仓猝出游。

〔4〕幸:希望。此诗写春日宫女精心梳妆打扮,准备和同伴出游。

早春行[1]

紫梅发初遍[2],黄鸟歌犹涩[3]。谁家折杨女,弄春如不及[4]。爱水看妆坐[5],羞人映花立[6]。香畏风吹散,衣愁露沾湿。玉闺青门里[7],日落香车入。游衍益相思[8],含啼向彩帷[9]。忆君长入梦,归晚更生疑[10]。不及红檐燕,双栖绿草时[11]。

〔1〕这首诗细致入微地把一个深谙独居之苦的贵族少妇的曲折、复杂的感情表现了出来。明钟惺评此诗说:"右丞禅寂人,往往妙于情语。"又说:"情艳诗,到极深细、极委曲处,非幽静人原不能理会,此右丞所以妙于情诗者也。"(《唐诗归》卷八)

〔2〕紫梅:《西京杂记》卷一载,"初修上林苑,群臣远方各献名果异树",其中有紫花梅、紫蒂梅。发:开放。

〔3〕黄鸟:黄莺。此句谓黄莺刚开始歌唱,声音还不流利。

〔4〕弄春:玩赏春景。如不及:形容迫不及待。

〔5〕"爱水"句:意谓因爱水而坐在水边,对着水照看自己的容貌、妆扮。庾肩吾《咏美人看画诗》:"看妆畏水动,敛袖避风吹。"

〔6〕映:遮蔽,被遮蔽。谢灵运《江妃赋》:"出月隐山,落日映屿。"句谓因羞于见人而立于花中,为花所遮蔽。

〔7〕玉闺:女子居室的美称。青门:参见《韦侍郎山居》注〔8〕。

〔8〕游衍:游乐。此句谓少妇外出游乐,本为驱除别离之苦,谁知更加勾引起对丈夫的思念。

〔9〕綵:彩色丝织物。

〔10〕"忆君"二句:意谓少妇思念丈夫,经常在梦中见到丈夫;归来已晚,梦魂颠倒,更疑心见到了丈夫。

〔11〕"不及"二句:写少妇醒过来后不见丈夫,猛然感到自己还不如檐前那双栖的燕子呢。

渭川田家〔1〕

斜光照墟落〔2〕,穷巷牛羊归〔3〕。野老念牧童,倚杖候荆扉〔4〕。雉雊麦苗秀〔5〕,蚕眠桑叶稀〔6〕。田夫荷锄至〔7〕,相见语依依。即此羡闲逸,怅然歌《式微》〔8〕。

〔1〕渭川:渭水。今陕西渭河。川,《文苑英华》作"水"。这首诗以朴素而富有实体感的语言,高明的白描技巧,勾勒出了一幅真实、生动的农村日暮的生活图画,其中包含着作者对田家淳朴人情美的赞美。

〔2〕斜光:斜阳。光,《文苑英华》、《全唐诗》作"阳"。墟落:村落。

〔3〕穷巷:陋巷。

〔4〕荆扉:柴门。

〔5〕雊(gòu 够):雄雉(野鸡)鸣。又泛指雉鸣。秀:谷类抽穗开花。此句意本《文选》潘岳《射雉赋》:"麦渐渐(含秀貌)以擢芒,雉鷕鷕而朝雊。"

〔6〕蚕眠:蚕蜕皮前不食不动谓之眠,凡四眠即吐丝作茧。

〔7〕荷锄:扛着锄头。至:赵注本等作"立"。

191

〔8〕歌：宋蜀本、《全唐诗》等作"吟"。《式微》：《诗·邶风》篇名。这是一首服役者思归的怨诗，其首二句曰："式微（谓天将暮）式微，胡不归？"旧说以为黎侯失国而寓居于卫，其臣因作此诗劝其归国。《式微序》曰："《式微》，黎侯寓于卫，其臣劝以归也。"此处盖用其思归之意，表示自己想弃官归隐田园。

过李揖宅[1]

闲门秋草色[2]，终日无车马。客来深巷中[3]，犬吠寒林下。散发时未簪[4]，道书行尚把[5]。与我同心人，乐道安贫者[6]。一罢宜城酌，还归洛阳社[7]。

〔1〕过（guō 锅）：过访。李揖：天宝十五载（756）六月以前为延安（治今陕西延安东北）太守。颜真卿《颜允臧神道碑铭》："潼关陷（安禄山陷潼关，事在天宝十五载六月），太守李揖计未有所出，君劝投灵武。"按，时允臧为延昌令，延昌属延安郡，则"太守"当指延安太守。后官户部侍郎、谏议大夫。《通鉴》至德元载（756）十月："房琯上疏，请自将兵复两京，上许之……琯请自选参佐，以……户部侍郎李揖为行军司马，给事中刘秩为参谋。……琯悉以戎务委李揖、刘秩，二人皆书生，不闲军旅。"至德二载五月："（房琯）不以职事为意，日与庶子刘秩、谏议大夫李揖高谈释、老。"事亦载《旧唐书·房琯传》。又《新唐书·宰相世系表》：赵郡李经，司农少卿；生瑜、旿、揖等。未言揖之历官，不知二李揖是否为一人。揖，《全唐诗》作"楫"，《郎官石柱题名》"司勋员外郎"下列李楫名，在崔圆之后。这是探访知交之作，写得真率自然，素朴淡雅。

〔2〕闲：安静。

〔3〕客:作者自指。

〔4〕散发:谓头发不束整。写主人隐居生活之闲散。簪(zān 咱阴平):发簪,古时用它把冠别在头发上。此处作动词用,指插簪子。张协《咏史》:"抽簪解朝衣,散发归海隅。"

〔5〕行尚把:指主人出迎时手里还拿着道家之书。

〔6〕乐道安贫:乐守道义,自甘于贫穷。《后汉书·韦彪传》:"(彪)安贫乐道,恬于进趣。"

〔7〕宜城:指宜城酒。《周礼·天官·酒正》郑注:"泛者,成而滓浮,泛泛然如今宜成(即宜城,在今湖北宜城南)醪矣。"曹植《酒赋》:"其味有宜成醪醴,苍梧缥清。"《太平寰宇记》卷一四五谓襄州宜城县出美酒,"俗号宜城美酒为竹叶杯"。洛阳社:吴均《入兰台赠王治书僧孺诗》:"予为陇西使,寓居洛阳社。"洛阳社即指白社,参见《辋川闲居》注〔2〕。此二句意谓,一旦在李揖宅饮毕美酒,就还归自己的隐居处。

送别〔1〕

下马饮君酒〔2〕,问君何所之〔3〕?君言不得意,归卧南山陲〔4〕。但去莫复问,白云无尽时〔5〕。

〔1〕这首送别诗写得平平淡淡,如话家常,但词淡意浓,语浅情深,有馀味不尽之妙。友人自言欲归卧南山,诗人不仅不加劝阻,反而说"但去莫复问",在这种支持归隐的坚决态度中,隐含着诗人对现实政治的不满与感慨。"白云无尽",正足以自乐,结句是对友人的一种安慰和体贴。

〔2〕饮(yìn 印)君酒:拿酒请君饮。

〔3〕之:往。

〔4〕南山陲:终南山边。

〔5〕"但去"句:意谓你只管前去,别的什么都不要再问了。锺惺评此二句曰:"感慨寄托,尽此十字,蕴藉不觉。深味之,知右丞非一意清寂,无心用世之人。"(《唐诗归》卷八)

新晴野望[1]

新晴原野旷,极目无氛垢[2]。郭门临渡头,村树连溪口。白水明田外[3],碧峰出山后[4]。农月无闲人[5],倾家事南亩[6]。

〔1〕野:赵注本等作"晚"。此诗写雨后新晴纵目远望所看到的景色。诗人以其生花妙笔,绘出了一幅宁静幽美、洋溢着生意的乡村风光图,从中可以感受到诗人热爱自然、眷恋乡村的情怀。纯乎写景,无一语言情,却又充满感情,这就是王诗写景艺术的高超之处。

〔2〕极目:尽目力所及,远望。氛垢:尘埃。

〔3〕"白水"句:谓田野上,河流在新阳下闪着亮光。外,有"上"意,见《诗词曲语辞例释》。

〔4〕"碧峰"句:写山峦重叠起伏,近山之后有远峰。

〔5〕农月:农忙的月份。

〔6〕"倾家"句:谓农民们全家出动到田间耕作。南亩,泛指农田。《诗·豳风·七月》:"同我妇子,馌彼南亩。"

羽林骑闺人[1]

秋月临高城,城中管弦思[2]。离人堂上愁,稚子阶前戏[3]。出门复映户[4],望望青丝骑[5]。行人过欲尽,狂夫终不至[6]。左右寂无言,相看共垂泪。

〔1〕羽林骑(jì 计):见《少年行四首》其二注〔1〕。骑,骑兵。这是一首闺怨诗。诗中描写羽林骑闺人久待其夫不至的悲怨和诗人对她的同情。

〔2〕思:悲。

〔3〕此二句谓,离人(指羽林骑闺人)听到乐声后,在堂上发愁,而幼子则不懂事,仍在阶前游戏。

〔4〕出门:指闺人出门。复映户:指月光又照在门上。

〔5〕青丝骑:装饰华美的坐骑。梁刘孝绰《淇上人戏荡子妇示行事》:"如何嫁荡子,春夜守空床。不见青丝骑,徒劳红粉妆。"此指闺人丈夫的坐骑。

〔6〕狂夫:古时妇女自称其夫的谦词。此处含有埋怨其夫放荡的意思。

夷门歌[1]

七雄雄雌犹未分[2],攻城杀将何纷纷。秦兵益围邯郸急,魏王不救平原君[3]。公子为嬴停驷马,执辔逾恭意逾下[4]。亥为屠肆鼓刀人[5],嬴乃夷门抱关者[6]。非但慷慨献奇谋,意气兼将身命酬[7]。向风刎颈送公子,七十老翁何所求[8]!

[1] 夷门:战国魏都大梁城的东门,故址在今河南开封城内东北隅。《史记·魏公子列传》赞曰:"夷门者,城之东门也。"按,魏公子(信陵君)的门客侯嬴,"为大梁夷门监者(看守城门的役吏)",此诗即咏其事,故名为"夷门歌"。诗中叙侯嬴之事,只寥寥数句,即悉尽曲折,表现出高度的艺术概括能力;又诗中不仅通过叙事表现了侯嬴的侠义精神,而且叙述的语言多饱含感情,如诗末四句,即熔叙事、议论、抒情于一炉,具有很强的艺术感染力。

[2] 七雄:战国七雄,即秦、楚、齐、韩、赵、魏、燕七国。雄雌:喻胜负。东方朔《答客难》:"并为十二国,未有雌雄。"

[3] "秦兵"二句:《魏公子列传》载:"魏安釐王二十年(前257),秦昭王已破赵长平军,又进兵围邯郸(赵都,今河北邯郸西南)。公子(信陵君)姊为赵惠文王弟平原君夫人,数遗魏王及公子书,请救于魏。魏王使将军晋鄙将十万众救赵。……留军壁邺(扎营于邺),名为救赵,实持两端以观望。"平原君不断遣使者至魏求救,魏王畏秦,终不出兵。

[4] "公子"二句:《魏公子列传》:"魏有隐士曰侯嬴,年七十,家贫,为大梁夷门监者。公子闻之,往请,欲厚遗之,不肯受……于是公子乃置酒,大会宾客。坐定,公子从车骑(带着随从的车骑),虚左(空着车左边的尊位),自迎夷门侯生。侯生摄(整理)敝衣冠,直上载公子上坐,不让,欲以观公子。公子执辔(缰绳)愈恭。侯生又谓公子曰:'臣有客在市屠中,愿枉车骑过之。'公子引车入市,侯生下见其客朱亥,俾倪(睥睨,顾盼自得),故久立与客语,微察公子。公子颜色愈和。当是时……

市人皆观公子执辔,从骑皆窃骂侯生,侯生视公子色终不变,乃谢客就车。"驷马,四匹马驾的车。下,谦逊。

〔5〕鼓刀:谓宰杀牲畜。鼓,敲击。屠牲必敲击其刀,故云。《魏公子列传》:"朱亥笑曰:'臣乃市井鼓刀屠者,而公子亲数存(慰问)之。'"

〔6〕抱关者:抱门闩者,即负责启闭城门的人。《魏公子列传》:"侯生因谓公子曰:'……嬴乃夷门抱关者也,而公子亲枉车骑……'"

〔7〕"非但"二句:《魏公子列传》载:公子欲救赵,侯生为之划策曰:"嬴闻晋鄙之兵符,常在王(魏王)卧内,而如姬最幸,出入王卧内,力能窃之……公子诚一开口请如姬,如姬必许诺,则得虎符,夺晋鄙军,北救赵而西却秦……"公子从其计,如姬果窃得兵符与公子。侯生又谓公子曰:"臣客屠者朱亥可与俱。此人力士,晋鄙听,大善;不听,可使击之。"公子行前,侯生曰:"臣宜从,老不能,请数公子行日,以至晋鄙军之日,北乡(向)自刭以送公子。"公子至晋鄙军,"侯生果北乡自刭"。意气,情谊,恩义。酬,指报答公子。

〔8〕"七十"句:《晋书·段灼传》载:灼上疏为邓艾申辩说:"……艾功名已成,亦当书之竹帛,传祚后世。七十老公,复何所求哉!"此处借用其语。

送崔五太守〔1〕

长安厩吏来到门〔2〕,朱文露网动行轩〔3〕。黄花县西九折坂〔4〕,玉树宫南五丈原〔5〕。襃斜谷中不容幰〔6〕,惟有白云当露冕〔7〕。子午山里杜鹃啼〔8〕,嘉陵水头行客饭〔9〕。剑门忽断蜀川开〔10〕,万井双流满眼来〔11〕。雾中远树刀州出[12]，天际澄江巴字回[13]。使君年几三十馀[14]，少年白皙专城居[15]。欲持画省郎官笔[16]，回与临邛父老书[17]。

〔1〕崔五：未详。或谓指崔涣。涣天宝末自尚书司门员外郎出为巴西（绵州）太守，见两《唐书·崔涣传》。按，据《全唐文》卷七八四穆员《崔涣墓志铭》，涣生于公元七〇七年，至天宝末年已四十馀，与本诗"使君年几三十馀"句不合。此诗为送人入蜀任太守而作，清方东树评曰："'黄花县西'以下，叙一路所经由之地，学其对仗警拔。"（《昭昧詹言》卷一二）

〔2〕"长安"句：《汉书·朱买臣传》："上拜买臣会稽太守……长安厩吏（驿站掌管马匹的小吏）乘驷马车来迎，买臣即乘传（驿车）去。"此句即用其事，指崔五出为郡守。

〔3〕朱文：指画红色花纹于车上作为装饰。《后汉书·张皓王龚传》李贤注："朱文，画车为文也。"露网：车上饰物，疑指透光的车帘。李嘉祐《酬皇甫十六侍御曾见寄》："江头鸟避青旄节，城里人迎露网车。"行轩：出行的车。

〔4〕黄花县：唐县名，属凤州，治所在今陕西凤县东北。九折坂：四川荥经县西邛崃山有九折坂。其坂险峻回曲，须九折乃得上，故名。汉王阳为益州刺史，行部（巡视其辖区）至九折坂，叹曰："奉先人遗体，奈何数乘此险！"后遂以病去职。事见《汉书·王尊传》。按，九折坂不在黄花县西，此处不过取"九折"之意，指山路险峻回曲而已。

〔5〕玉树宫：指甘泉宫，始筑于秦，汉武帝又增广之，故址在今陕西淳化县西北甘泉山。《三辅黄图》卷二："甘泉谷北岸有槐树，今谓玉树，根干盘峙，三二百年木也……耆老相传，咸以谓此树，即扬雄《甘泉赋》所谓'玉树青葱'也。"五丈原：在今陕西眉县西南斜谷口西侧。公元二三四年诸葛亮伐魏，曾驻军于此。

〔6〕"褒斜"句:见《送杨长史赴果州》注〔2〕。

〔7〕当:通"挡",遮蔽,拦阻。露冕:后汉郭贺拜荆州刺史,有殊政,明帝特赐以三公之服,敕行部"去襜(车帷)露冕",以彰有德。见陈寿《益都耆旧传》、《后汉书·蔡茂传》附。按,冕,指三公所戴礼冠衮冕;露冕,谓使其冕显露于外,为百姓所见。其后诗文中多用为刺史外出的褒辞。刘长卿《和樊使君登润州城楼》:"山城迢递敞高楼,露冕吹饶居上头。"

〔8〕子午山:即子午谷,亦称子午道,是古时自关中至汉中的通道之一。《汉书·王莽传》颜师古注:"子,北方也。午,南方也。言通南北道相当,故谓之子午耳。今京城直南山有谷通梁汉道者,名子午谷。"此道初辟于西汉元始五年,自杜陵(今西安市东南)穿越秦岭至今安康县;南朝梁时另辟新路,略向西移,南口改在今宁陕县。杜鹃啼:杜鹃之鸣,初夏最甚,其声凄厉,能动旅客归思。

〔9〕嘉陵水:即嘉陵江。源出陕西凤县嘉陵谷,至四川重庆入长江。饭:吃饭。

〔10〕剑门:指大剑山、小剑山,在今四川剑阁县北。二山之间,峭壁中断,两崖对峙,下有隘路如门,自古为川陕间主要通道和军事戍守要地,唐时于此置剑门关。蜀川:地名,即指益州(辖地大部分在今四川境内)。《通典》卷一七一:"穆帝时平蜀汉,复梁、益之地。"注:"梁州则汉川,益则蜀川是。"句指南行一过剑门,蜀川即豁然开朗。

〔11〕双流:左思《蜀都赋》:"带二江之双流。"《史记·河渠书》载秦蜀郡太守李冰"穿二江成都之中",正义曰:"二江者,郫江、流江也。"按,李冰兴修都江堰时,在今四川灌县西北,分岷江为二支,北支称郫江,南支曰流江,分流经成都城北与城南,而后合而南流。

〔12〕刀州:益州的代称。《晋书·王濬传》:"濬夜梦悬三刀于卧屋梁上,须臾又益一刀……主簿李毅再拜贺曰:'三刀为州字,又益一者,明

府(郡守之称,指王濬)其临益州乎?'……果迁濬为益州刺史。"

〔13〕巴字回:谓水流曲折。《太平寰宇记》卷一三六引《三巴记》,谓阆(嘉陵江流经阆中,亦称阆水)、白(即今嘉陵江支流白水江)二水,南流曲折如巴字(巴字篆体像蛇形),又称巴江。

〔14〕使君:郡守之称。几:几乎,差一点。《全唐诗》作"纪"。

〔15〕"少年"句:语本汉乐府《陌上桑》:"三十侍中郎,四十专城居。为人洁白晳,鬑鬑颇有须。"晳(xī希),洁白。专城居,指任郡守一类官。《文选》张铣注:"专,擅也,谓擅一城也。谓守宰之属。"

〔16〕画省:即尚书省。《通典》卷二二:"(后汉尚书郎)奏事明光殿省,省中皆以胡粉(铅粉)涂壁,画古贤、烈女。"后遂称尚书省为画省。郎官笔:后汉尚书郎掌起草文书,每月赐给赤管大笔一双。见应劭《汉官仪》卷上(孙星衍辑本)、《通典》卷二二。唐画省郎官指尚书省诸司郎中、员外郎。

〔17〕"回与"句:《汉书·司马相如传》载:司马相如,蜀郡成都人,娶临邛(今四川邛崃)富人卓王孙之寡女文君为妻。后武帝命相如出使蜀地,以通西南夷。"相如使时,蜀长老多言通西南夷之不为用,大臣亦以为然;相如欲谏,业已建之,不敢(颜师古注:"本由相如立此事,故不敢更谏也。"),乃著书,藉(假借)蜀父老为辞,而己诘难之,以风(讽)天子,且因宣其使指(旨),令百姓皆知天子意。"此句即用其事,谓欲持郎官之笔,著文向蜀中父老宣谕天子的旨意。又,此句也可能实指崔出为临邛(即邛州)太守。

寒食城东即事[1]

清溪一道穿桃李,演漾绿蒲涵白芷[2]。溪上人家凡几家,落花半落东流水〔3〕。蹴鞠屡过飞鸟上〔4〕,秋千竞出垂杨里〔5〕。少年分日作遨游,不用清明兼上巳〔6〕。

〔1〕即事:眼前的事物之意。这首诗描写寒食节城东郊游所见美景和少年们纵情游乐的热烈情形。宋吴开《优古堂诗话》:"晁无咎评乐章欧阳永叔《浣溪纱》云:'堤上游人逐画船,拍堤春水四垂天,绿杨楼外出秋千。'要皆绝妙,然只一'出'字,自是后人道不到处。'予按唐王摩诘《寒食城东即事》诗云……欧公用'出'字盖本此。"

〔2〕演漾:流动起伏貌。涵:沉浸。白芷(zhǐ 址):多年生草本植物,多生于低湿之地,其根入药。

〔3〕半:宋蜀本、静嘉堂本等作"共"。

〔4〕蹴鞠(cù jū 醋掬):同蹴鞠,又作蹋鞠、打球,古踢球之戏。《史记·卫将军骠骑列传》:"骠骑尚穿域蹋鞠。"索隐:"鞠戏,以皮为之,中实以毛,蹴蹋为戏也。"《唐音癸签》卷一四:"唐变古蹴鞠戏为蹴球,其法植两修竹,高数丈,络网于上为门,以度球,球工分左右朋,以角胜负。"古时有于寒食蹴鞠的习俗。《太平御览》卷三〇引刘向《别录》:"寒食蹋鞠,黄帝所造,本兵势也,或云起于战国。案鞠与球同,古人蹋蹴以为戏。"

〔5〕秋千:古时有在寒食荡秋千的习俗。《荆楚岁时记》:"(寒食)造饧大麦粥……打球、秋千、施钩之戏。"《御览》卷三〇引《古今艺术图》云:"寒食秋千,本北方山戎之戏,以习轻趫者也。"

〔6〕分日:指春分之日。分,节候名,谓春分或秋分。《左传》昭公十七年:"日过分(春分)而未至(夏至)。"春分正当春季九十日之半,此日昼夜长短平均。清明:《淮南子·天文》:"春分后十五日,斗指乙为清明。"唐时有于清明日游春的习俗。杜甫《清明》:"着处繁华矜是日,长沙千人万人出。……此都好游湘西寺,诸将亦自军中出。"上巳:三月三

日上巳节。古代习俗,都在这天到水边祭祀洗濯,以除灾求福。参见《后汉书·礼仪志》。后来上巳实际上成为到水边宴饮、游春的一个节日。这两句说,少年们春分就开始在外面游玩了,用不着等到清明和上巳。

过香积寺[1]

不知香积寺,数里入云峰。古木无人径,深山何处钟。泉声咽危石[2],日色冷青松[3]。薄暮空潭曲[4],安禅制毒龙[5]。

〔1〕香积寺:故址在今陕西西安市长安区。《长安志》卷一二:"开利寺,在(长安)县南三十里皇甫村,唐香积寺也。永隆二年建,皇朝太平兴国三年改。"按,宋时香积寺已毁,又在今日贾里村之西的香积寺村另建新寺,初名开利,后又名香积,不知者每误以为此即唐之香积寺。说详近人郑洪春《香积寺考》(载《人文杂志》一九八〇年第六期)。此篇《文苑英华》作王昌龄诗。按,王维集诸本皆录此诗,而王昌龄集无此诗,《全唐诗》收此诗亦作王维,当是。清赵殿成评此诗曰:"此篇起句极超忽,谓初不知山中有寺也,迨深入云峰,于古木森丛人踪罕到之区,忽闻钟声,而始知之。四句一气盘旋,灭尽针线之迹,非自盛唐高手,未易多觏。'泉声'二句,深山恒境,每每如此。下一'咽'字,则幽静之状恍然;著一'冷'字,则深僻之景若见,昔人所谓诗眼是矣。"(《王右丞集笺注》)末二句掺入禅语,反映了作者离尘绝世的思想情绪。

〔2〕"泉声"句:谓泉水在危石间穿行,发出呜咽之声。孔稚珪《北山移文》:"风云凄其带愤,石泉咽而下怆。"

〔3〕"日色"句:意谓松林幽深,照射到那里的落日馀辉也现出凄冷

的色调。

〔4〕空潭:空寂的水潭。曲:隐僻之处。

〔5〕安禅:佛家语,犹言入于禅定。江总《明庆寺》:"金河知证果,石室乃安禅。"毒龙:喻妄念烦恼。佛教认为妄念烦恼能危害人的身心,使不得解脱,故喻以毒龙。《禅秘要法经》卷中:"今我身内,自有四大毒龙无数毒蛇……集在我心,如此身心,极为不净,是弊恶聚,三界种子(产生世俗世界各种现象的精神因素),萌芽不断。""安禅"可使心绪宁静专注,灭除妄念烦恼,故曰"制毒龙"。

送梓州李使君〔1〕

万壑树参天〔2〕,千山响杜鹃〔3〕。山中一半雨〔4〕,树杪百重泉〔5〕。汉女输橦布〔6〕,巴人讼芋田〔7〕。文翁翻教授,敢不倚先贤〔8〕?

〔1〕梓州:唐州名,治所在今四川三台。《旧唐书·地理志》:"梓州……天宝元年,改为梓潼郡。乾元元年,复为梓州。"使君:州郡长官之称。这是一首送人入蜀为官的诗,前四句描写蜀地景物,画面鲜明,具有立体感。其佳处尚不止此,又在于画中有声。那响彻千山的杜鹃啼鸣,声震层峦的崖巅飞瀑,不但突现了巴蜀山川的雄奇,也使全诗的景物形象更生动逼真、活灵活现。王维曾入蜀,他把自己的生活体验,谱写进了这送别的乐章之中。

〔2〕参天:高入云霄。

〔3〕杜鹃:见《送杨长史赴果州》注〔8〕。

〔4〕半:明十卷本、《全唐诗》等作"夜"。钱谦益说:"盖送行之诗,

203

言其风土,深山冥晦,晴雨相半,故曰'一半雨'。"(《牧斋初学集》卷八三《跋王右丞集》)

〔5〕杪(miǎo 秒):树枝的细梢。

〔6〕汉女:左思《蜀都赋》:"巴姬弹弦,汉女击节。"汉,公元二二一年,刘备在蜀称帝,国号汉。橦(tóng 同)布:《文选》左思《蜀都赋》:"布有橦华,面有桄榔。"刘渊林注:"橦华者,树名橦,其花柔毳(柔毛)可绩为布也,出永昌。"按,橦即木棉树,其种子的表皮长有白色纤维,可织成布。句谓蜀地妇女以橦布输官(唐行租庸调法,百姓每年需向官府缴纳一定数量的布匹或丝织物)。

〔7〕巴:古国名,战国时为秦所灭,于其地置巴郡,辖境在今四川旺苍、西充、永川、綦江以东地区。芋田:蜀地多植芋,《史记·货殖列传》:"吾闻岷山之下沃野,下有蹲鸱(大芋,其形类蹲鸱),至死不饥。"晋郭义恭《广志》:"蜀汉既繁芋,民以为资。"句谓蜀人常为芋田之事打官司。

〔8〕文翁:西汉人,景帝末为蜀郡太守,仁爱好教化,见蜀地僻陋,有蛮夷之风,"文翁欲诱进之,乃选郡县小吏开敏有材者……亲自饬厉,遣诣京师,受业博士……又修起学官于成都市中……由是大化,蜀地学于京师者,比齐鲁焉"。翻教授,反而进行教育之意。敢不:各本均作"不敢",赵殿成注:"当是敢不之讹。"今从其说校改。倚:依傍。先贤:指文翁。二句意谓,李到任后,必定追随文翁,教化蜀民。《唐诗别裁》卷九云:"结意言时之所急在征戍,而文公治蜀,翻在教授,准之当今,恐不敢倚先贤也。"亦可备一说。

观猎[1]

风劲角弓鸣[2],将军猎渭城[3]。草枯鹰眼疾[4],雪尽马蹄轻[5]。忽过新丰市[6],还归细柳营[7]。回看射雕处,千里暮云平[8]。

〔1〕《乐府诗集》、《万首唐人绝句》采此诗首四句作一绝,俱题为《戎浑》,《全唐诗》且将其录入卷五一一张祜集中。按,《乐府诗集》载《戎浑》诗未署作者姓名,《全唐诗》录入张祜集当系误收。唐范摅《云溪友议》卷中《钱塘论》曰:"白公云:'张三(张祜)作猎诗(指《观徐州李司空猎》,载《全唐诗》卷五一〇),以较王右丞,予则未敢优劣也。'王维诗曰:'风劲角弓鸣……'"明以《观猎》为王维之诗。唐姚合《极玄集》、韦庄《又玄集》亦俱以此诗为王维所作。唐代歌人每截取当时文人之诗而播之曲调,《戎浑》诗即属这一情况。这首诗通过日常的狩猎活动,展现了将军意气风发的精神面貌。全篇笔势健举,形象飞动,洋溢着一种豪迈之情,清施补华《岘佣说诗》评曰:"起处须有崚嶒之势,收处须有完固之力,则中二联愈形警策。如摩诘'风劲角弓鸣,将军猎渭城',倒戟而入,笔势轩昂。'草枯'一联,正写猎字,愈有精神。'忽过'二句,写猎后光景,题分已定。收处作回顾之笔,兜裹全篇,恰与起笔倒入者相照应,最为整密可法。"

〔2〕角弓:饰以兽角的弓。

〔3〕渭城:见《送元二使安西》注〔2〕。

〔4〕鹰:猎鹰。疾:犹言锐利。

〔5〕"雪尽"句:写将军策马追逐猎物的矫健轻捷。

〔6〕新丰市:见《少年行四首》其一注〔2〕。

〔7〕细柳营:在今陕西咸阳市西南渭河北岸。《史记·绛侯周勃世家》:"以河内守(周)亚夫为将军,军细柳以备胡。"正义:"《括地志》云:细柳仓在雍州咸阳县西南二十里。"此处借指军营。

〔8〕射雕:《史记·李将军列传》:"中贵人将骑数十纵,见匈奴三

人,与战,三人还射,伤中贵人,杀其骑且尽……(李)广曰:'是必射雕者也。'"又《北齐书·斛律光传》载,光尝从世宗于洹桥校猎,射落一大雕,邢子高见而叹曰:"此射雕手也。"按,雕一名鹫,极善飞,射艺不精者罕能中之。平:指云不飞动,平静。此二句写归营时勒马回望射猎之处,只见暮云无际。

春日上方即事[1]

好读高僧传,时看辟谷方[2]。鸠形将刻杖[3],龟壳用支床[4]。柳色春山映,梨花夕鸟藏[5]。北窗桃李下,闲坐但焚香。

〔1〕上方:谓佛寺。即事:谓眼前之事物。赵殿成注:"《乐府诗集》采此诗后四句入近代曲辞,题作《长命女》,谓张说作;《万首唐人绝句》亦采此四句收入五言绝句,命题正同,而仍作公诗。"按,《乐府诗集》卷八〇近代曲辞有《长命女》诗,其词曰:"云送关西雨,风传渭北秋。孤灯然客梦,寒杵捣乡愁。"又有《一片子》诗,其词曰:"柳色青山映,梨花雪鸟藏。绿窗桃李下,闲坐叹春芳。"二诗载于张说《破阵乐二首》之后,均未署作者姓名,《长命女》系截取岑参《宿关西客舍寄东山严许二山人》诗前四句而成,《一片子》则截取本诗后四句而成,情况正与《戎浑》诗同(参见上诗注〔1〕)。赵氏谓《乐府诗集》以《长命女》(应为《一片子》)为张说所作,实误。这是一首表现春日僧院生活情趣的诗,腹联写景,明秀淡雅。

〔2〕高僧传:泛指高僧的传记。今存唐开元、天宝以前人撰述的高僧传,有南朝梁慧皎《高僧传》、唐道宣《续高僧传》等。辟谷:屏除谷食,

是道家的一种修炼方法。辟谷时,须服药物,并兼做导引(道家的养生之术)。二句写寺中僧人的爱好。

〔3〕"鸠形"句:汉时"年始七十者,授之以玉杖,铺之糜粥;八十九十礼有加,赐玉杖长尺,端以鸠鸟为饰。鸠者,不噎之鸟也,欲老人不噎"。见《后汉书·礼仪志》。将,犹"以"。句指寺僧已甚老。

〔4〕"龟壳"句:褚少孙补《史记·龟策列传》云:"南方老人用龟支床足,行二十馀岁,老人死,移床,龟尚生不死。龟能行气导引。"此句即用其事,以见老僧生活中的古朴之趣。

〔5〕梨花:宋蜀本、《瀛奎律髓》作"花明"。夕鸟:傍晚归巢的鸟。

早朝〔1〕

柳暗百花明,春深五凤城〔2〕。城乌睥睨晓〔3〕,宫井辘轳声〔4〕。方朔金门侍〔5〕,班姬玉辇迎〔6〕。仍闻遣方士,东海访蓬瀛〔7〕。

〔1〕这首诗写春日早朝景象,首联工丽,末联"明以秦皇、汉武讥其君矣"(胡震亨《唐音癸签》卷一一)。

〔2〕五凤城:犹凤城,谓京城。杜甫《夜》:"步檐倚仗看斗牛,银汉遥应接凤城。"赵次公注:"秦穆公女吹箫,凤降其城,因号丹凤城。其后,言京城曰凤城。"又古有五凤之说,《拾遗记》卷一:"(少昊)时有五凤,随方之色(随五方之色),集于帝庭,因曰凤鸟氏。"故又称"凤城"为"五凤城"。

〔3〕睥睨(pì nì 僻匿):城上短墙。通"埤堄"。句指黎明时城乌栖于睥睨。

〔4〕辘轳:井上汲水之具。声:动词,发声。

〔5〕方朔:东方朔。字曼倩,西汉有名的文学侍从之臣,以诙谐滑稽为武帝所爱幸。朔于武帝即位之初入长安,帝"令待诏公车",后"使待诏金马门,稍得亲近"。见《汉书·东方朔传》。金门:即金马门。见《燕支行》注〔5〕。

〔6〕班姬:即班婕妤,参见《班婕妤三首》其一注〔1〕。玉辇:帝王的乘舆。《文选》潘岳《藉田赋》:"天子乃御玉辇,荫华盖。"李善注:"玉辇,大辇也。"句谓宫中妃嫔以玉辇迎请天子临朝。

〔7〕"仍闻"二句:《史记·秦始皇本纪》载:"齐人徐市等上书言海中有三神山,名曰蓬莱、方丈、瀛洲,仙人居之,请得斋戒,与童男女求之。于是遣徐市发童男女数千人,入海求仙人。"《封禅书》曰:"自威、宣、燕昭,使人入海求蓬莱、方丈、瀛洲。此三神山者,其传在勃海(即渤海)中……诸仙人及不死之药皆在焉。"又曰:"(汉武帝)遣方士入海,求蓬莱、安期生(仙人名)之属。"东海,此处指渤海。蓬瀛,蓬莱、瀛洲。二句指玄宗好仙道之术。《旧唐书·礼仪志四》:"玄宗御极多年,尚长生轻举之术。于大同殿立真仙之像,每中夜夙兴,焚香顶礼。天下名山,令道士、中官合炼醮祭,相继于路。投龙奠玉,造精舍,采药饵,真诀仙踪,滋于岁月。"

送方尊师归嵩山[1]

仙官欲住九龙潭[2],旌节朱幡倚石龛[3]。山压天中半天上[4],洞穿江底出江南[5]。瀑布杉松常带雨,夕阳彩翠忽成岚[6]。借问迎来双白鹤,已曾衡岳送苏耽[7]?

〔1〕尊师:对道士的敬称。嵩山:中岳,在今河南登封县北。这是一首送道士归山的诗。中二联写景,境奇语奇,方东树《昭昧詹言》卷一六说:"中四分写嵩山远、近、大、小景,奇警入妙。收亦奇气喷溢,笔势宏放,响入云霄。"

〔2〕仙官:谓神仙有职位者。《太平广记》卷三引《汉武内传》:"阿母必能致汝于玄都之虚……位以仙官。"此指方尊师。住:赵注本等作"往"。九龙潭:在嵩山。《嘉庆一统志》卷二○五:"九龙潭,在登封县太室山东岩之半。……山巅诸水,咸会于此,盖一大峡也。峡作九垒,每垒结为一潭,递相灌输,深不可测。"

〔3〕旄节:以竹为节,上缀以牦牛尾。幡:长幅直挂的旗。"旄节朱幡"指方尊师的仪仗。石龛:供奉神佛的小石室。按,嵩山有太室、少室二山,皆因其上各有石室而得名,此处"石龛"即指嵩山石室。

〔4〕山压天中:谓中岳嵩山居天下之中。压,镇。半天上:形容嵩山之高。

〔5〕洞:指九龙潭。江:长江。此句形容九龙潭的深邃奇诡,神秘莫测。

〔6〕岚:雾气。此句意谓,在夕阳的辉映下,山头一片明绿之色,但忽又被雾气笼罩。

〔7〕"借问"二句:苏耽,古仙人。《水经注》卷三九《耒水》:"《桂阳列仙传》云:'(苏)耽,郴县(今属湖南)人,少孤,养母至孝。……即面辞母曰:受性应仙,当违供养。……'"《太平广记》卷一三引《洞仙传》记苏耽事迹,与《桂阳列仙传》同。又《神仙传》卷九云:"苏仙公者,桂阳(郡名,治所在郴县)人也。……先生洒扫门庭,修饰墙宇。友人曰:有何邀迎? 答曰:仙侣当降。俄顷之间,乃见天西北隅紫云氤氲,有数十白鹤飞翔其中,翩翩然降于苏氏之门,皆化为少年……先生敛容逢迎,乃跪白母曰:某受命当仙,被召有期,仪卫已至,当违色养,即便拜辞。……遂升云

汉而去。"按，据诸书所载事迹，苏耽、苏仙公当为一人。衡岳，南岳衡山，在湖南衡山县西北；郴县距衡山不远，此处盖以衡岳借指苏耽所居之地。此二句意谓，请问尊师迎来的双白鹤（疑是时空中恰有双白鹤飞过），可是曾在衡岳送苏耽升天而去的么？隐指尊师即将得道成仙。

送杨少府贬郴州[1]

明到衡山与洞庭[2]，若为秋月听猿声[3]？愁看北渚三湘近[4]，恶说南风五两轻[5]。青草瘴时过夏口，白头浪里出滠城[6]。长沙不久留才子，贾谊何须吊屈平[7]！

〔1〕少府：县尉别称。郴（chēn抻）州：唐州名，治所在今湖南郴县。这是一首送人迁谪的诗，首联先写"贬"，道出友人远谪郴州的愁苦不堪之情，字里行间也流露了诗人对朋友的理解、关心和同情。第四句谓"不能北归，反恶南风，语妙意曲"（沈德潜《唐诗别裁》卷一三）。末联宽慰友人，"亲切入妙，又切地切贬"（方东树《昭昧詹言》卷一六）。

〔2〕明：谓明日。

〔3〕若为：犹言怎堪。此句谓君远谪郴州，怎受得住在秋月之下听夜猿悲啼？

〔4〕北渚（zhǔ煮）：《楚辞·九歌·湘君》："晁（朝）骋骛兮江皋，夕弭节兮北渚。"《湘夫人》："帝子降兮北渚，目眇眇兮愁予。"湘君、湘夫人为湘水之男神与女神，"北渚"盖指湘水之渚（小洲）。此同。三湘：见《汉江临眺》注〔2〕。近：指贬所地近湘水（北渚三湘）；静嘉堂本等作"客"，《全唐诗》等作"远"。

〔5〕五两：见《送宇文太守赴宣城》注〔6〕。五两轻：谓风大。南风

大,则北上之船航行甚速,然杨谪居郴州,不得北归,故恶说之。

〔6〕青草瘴:《广州记》曰:"地多瘴气,夏为青草瘴;秋为黄茅瘴。"又,《番禺杂编》曰:"岭外二三月为青草瘴,四五月黄梅瘴,六七月新水瘴,八九月黄茅瘴。"其说不同。夏口:古城名,故址在今湖北武汉黄鹄山上。溢城:古城名,唐初改为浔阳,在今江西九江。此二句意谓,料想明春瘴气起、江水涨之时,君即可过夏口,经溢城而归。按,杨由郴州还长安,可自湘水北行抵长江,然后沿江东下,再循汴河北归,故有"过夏口"、"出溢城"之语。

〔7〕"长沙"二句:贾谊,汉洛阳人,年少才高,受到文帝赏识,议授以公卿之位,周勃、灌婴等大臣忌毁之,"于是天子后亦疏之,不用其议,以谊为长沙王太傅。谊既以谪去,意不自得,及渡湘水,为赋以吊屈原。屈原,楚贤臣也,被谗放逐……谊追伤之,因以自谕(譬)"(《汉书·贾谊传》)。屈平,《史记·屈贾列传》:"屈原者,名平。"此二句以贾谊谪长沙喻杨贬郴州,意谓杨有才德,当不会久留于郴,无须过于自伤。

沈十四拾遗新竹生读经处同诸公之作[1]

闲居日清静,修竹自檀栾[2]。嫩节留馀箨[3],新丛出旧栏。细枝风响乱,疏影月光寒。乐府裁龙笛[4],渔家伐钓竿。何如道门里,青翠拂仙坛[5]?

〔1〕沈十四拾遗:未详。拾遗,谏官名。同:和。这是一首咏竹诗,"细枝"二句对新生竹在风中、月下的情态,作了细致、精确的描绘,具有

强烈的可感性。

〔2〕檀栾:见《辋川集·斤竹岭》注〔2〕。

〔3〕箨(tuò 唾):笋壳。

〔4〕乐府:掌音乐的官署。龙笛:虞世南《琵琶赋》:"凤箫辍吹,龙笛韬吟。"《元史·礼乐志》谓龙笛"七孔,横吹之,管首制龙头"。按,古诗文中每以龙吟形容笛声,"龙笛"之称,或起于此。后汉马融《长笛赋》:"龙鸣水中不见已,截竹吹之声相似。"李白《金陵听韩侍御吹笛》:"风吹绕钟山,万壑皆龙吟。"又唐梁洽有《笛声似龙吟赋》。

〔5〕"青翠"句:语本阴铿《侍宴赋得竹》:"夹池一丛竹,青翠不惊寒。……湘川染别泪,衡岭拂仙坛。"又《太平御览》卷九六二引南朝宋刘缉之《永嘉记》曰:"阳屿仙山有平石,方十馀丈,名仙坛,有一筋竹(竹的一种)垂坛旁,风来则扫拂坛上。"以上二句意谓,读经处的竹,比起道门里"青翠拂仙坛"的竹,又怎样呢?

田家〔1〕

旧谷行将尽,良苗未可希〔2〕。老年方爱粥,卒岁且无衣〔3〕。雀乳青苔井〔4〕,鸡鸣白板扉〔5〕。柴车驾羸牸〔6〕,草屦牧豪豨〔7〕。夕雨红榴拆〔8〕,新秋绿芋肥。饷田桑下憩〔9〕,旁舍草中归〔10〕。住处名愚谷,何烦问是非〔11〕!

〔1〕这首诗描写农家的生活情景与疾苦,顾可久评曰:"不务雕琢,而一出自然。"(《唐王右丞诗集注说》)

〔2〕希:希望。句指良苗尚未能提供谷食,即青黄不接。

〔3〕"卒岁"句:语本《诗·豳风·七月》:"无衣无褐,何以卒岁!"卒岁,终岁,犹言"度过这一年"。且,尚。

〔4〕雀乳:晋傅玄《杂诗三首》其三:"鹊巢丘城侧,雀乳空井中。"《说文》:"人及鸟生子曰乳。"

〔5〕白板:不施彩饰的木板。扉:门。

〔6〕柴车:简陋无饰的车子。羸(léi雷):瘦弱。牸(zì字):母牛。

〔7〕草屩(jué决):草鞋。豪狶(xī希):壮猪。

〔8〕夕:赵注本等作"多"。榴:石榴。拆:裂开。

〔9〕饷田:往田里送饭。愒(qì泣):休息。

〔10〕旁(bàng傍):通"傍",依。

〔11〕愚谷:即愚公谷。《说苑·政理》载:齐桓公出猎,走入一山谷中,问谷为何名,一老公对曰:"为愚公之谷。"桓公问命名之由,老公答曰:"臣故畜牸牛,生子而大,卖之而买驹,少年曰:'牛不能生马。'遂持驹去。傍邻闻之,以臣为愚,故名此谷为愚公之谷。"其地在今山东淄博东。后人多以"愚公谷"泛指隐士的山野之居。庾信《小园赋》:"余有数亩敝庐,寂寞人外……名为野人之家,是谓愚公之谷。"《南史·隐逸传》序:"藏景穷岩,蔽名愚谷。"此二句意谓,田家避世隐居,何烦问人世之是非!

皇甫岳云溪杂题五首[1]

鸟鸣涧[2]

人闲桂花落,夜静春山空。月出惊山鸟,时鸣春涧中[3]。

[1] 皇甫岳:《新唐书·宰相世系表》有皇甫岳,父曰恂,弟名愚,《表》中俱未言曾任何职。王昌龄《至南陵答皇甫岳》云:"与君同病复漂沦,昨夜宣城别故人。明主恩深非岁久,长江还共五溪滨。"诗为天宝年间昌龄谪龙标(五溪在龙标附近)尉赴任途中所作。南陵属宣州(治宣城),是时皇甫岳当即在宣州一带为官。云溪:皇甫岳别业的名称和所在地,疑在长安附近。王维《皇甫岳写真赞》:"且未婚嫁,犹寄簪缨。烧丹药就,辟谷将成。云溪之下,法本无生。"

[2] 这首诗描写春涧月夜的静美境界,不着意刻画却"迥出常格之外"(沈德潜《唐诗别裁》卷一九)。

[3] "月出"二句:以空谷鸟鸣反衬出春山的幽静。

莲花坞[1]

日日采莲去,洲长多暮归。弄篙莫溅水[2],畏湿红莲衣[3]。

[1] 坞:四面高中间低的地方。指莲湖的水面低而四周高。这首诗

写采莲人的生活,富有情趣。

〔2〕篙(gāo 高):撑船的器具,多用竹竿做成。

〔3〕红莲衣:指红莲的花瓣。

鸬鹚堰[1]

乍向红莲没,复出清浦扬[2]。独立何褵褷[3],衔鱼古查上[4]。

〔1〕鸬鹚(lú cí 卢词):水鸟名,俗称鱼鹰,羽毛黑色,渔人多驯养之以助捕鱼。堰(yàn 雁):挡水的低坝。

〔2〕浦:宋蜀本、《全唐诗》等作"蒲"。扬:飞。

〔3〕褵褷(lí shī 离施):形容羽毛沾湿之状。

〔4〕古:故,年代久远。查:同"楂",水中浮木,木筏。

上平田

朝耕上平田,暮耕上平田[1]。借问问津者,宁知沮溺贤[2]?

〔1〕"朝耕"二句:写云溪主人日日躬耕的生活。

〔2〕"借问"二句:问津者,喻求仕者。宁,岂。沮(jǔ 矩)溺:长沮、桀溺。《论语·微子》:"长沮、桀溺耦而耕(二人并耕),孔子过之,使子路问津(渡口)焉。"长沮、桀溺是避世的隐者,此处以沮溺喻皇甫岳,谓世人不知其贤。

萍池[1]

春池深且广,会待轻舟回[2]。靡靡绿萍合[3],垂杨扫复开[4]。

〔1〕这首诗借写动态来表现静境,以春池中绿萍几不可见的微细浮动,刻画出了环境的幽静。刘辰翁评曰:"每每静意,得之偶然。"(元刊刘须溪校本《王右丞诗集》)
〔2〕会:应,当。句谓欲过萍池,应待轻舟返回。
〔3〕靡靡(mǐ 弭):迟缓貌。句谓轻舟过后,慢慢地绿萍又合拢了。
〔4〕"垂杨"句:谓春风吹拂垂杨,其枝条又将水面的浮萍扫开。

红牡丹[1]

绿艳闲且静[2],红衣浅复深[3]。花心愁欲断,春色岂知心[4]?

〔1〕此诗借咏牡丹寓伤春之意。
〔2〕绿艳:指牡丹的枝叶。
〔3〕红衣:指牡丹的花瓣。
〔4〕"花心"二句:谓牡丹之心,悲愁欲绝,而春色却不知牡丹之心。按,牡丹春末开花,其时春色将尽,牡丹之愁即由此而生;然春天的脚步并不因牡丹之愁而稍稍停留,所以说"春色岂知心"。

杂诗三首[1]

家住孟津河[2]，门对孟津口。常有江南船，寄书家中否[3]？

〔1〕这三首诗写游子思妇相思之情，意思互有关联。三首皆用口语，洗尽雕饰；看似信手拈来，实则经过艺术的提炼，表达了丰富的情意，"有悠扬不尽之致"（赵殿成《王右丞集笺注》）。

〔2〕孟津河：指孟津地方的黄河。孟津，古黄河津渡名，在今河南孟津县东北、孟县西南。

〔3〕"常有"二句：谓常有江南来的船，不知客寓江南的丈夫是否捎信回家？丈夫客寓他乡，妻子最为牵挂的是他是否捎来平安的音信。这问话中，不仅表现了妻子对丈夫的关心，也流露了她盼望丈夫来信的急切心情。

君自故乡来，应知故乡事。来日绮窗前，寒梅著花未[1]？

〔1〕来日：来之时。绮窗：雕画花纹的窗户。著花：生花，开花。这首从远在江南的丈夫方面着笔，说他向刚从故乡来的人打听故乡的消息，可见他也同样在思念故乡和家人。江南春早，寒梅早已著花，"来日"二句之问，颇切合客居于江南的丈夫的口气。

已见寒梅发，复闻啼鸟声。愁心视春草，畏向阶前生[1]。

〔1〕视:比照。阶前:赵注本等作"玉阶"。此首写春天已到,而丈夫仍迟迟不归。女主人公害怕春草生向阶前,因为这样,她将随时都能真切地感受到春天的到来,其思念丈夫的"愁心",也将因此而愈加不可抑止。

崔兴宗写真咏[1]

画君年少时,如今君已老。今时新识人,知君旧时好[2]。

〔1〕崔兴宗:见《送崔九兴宗游蜀》注〔1〕。写真:画像。此诗借咏画像慨叹人生易老,青春值得留恋。

〔2〕"今时"二句:意谓如今新结识的友人通过这幅画像,就知道你年轻时的风姿胜于今日。

书事[1]

轻阴阁小雨[2],深院昼慵开[3]。坐看苍苔色[4],欲上人衣来。

〔1〕此诗不载于王维集诸宋元古本。《诗人玉屑》卷六引《天厨禁脔》曰:"王维《书事》云:'轻阴阁小雨……'舒王云:'若耶溪上踏莓苔……'两诗皆含不尽之意,子由谓之不带声色。"奇字斋本等即据之补

入王集。此诗写雨后天阴深院的景色与情趣,末二句辅以夸张、渲染之笔,能动人遐思。

〔2〕阁:停辍。句谓小雨已停,天色微阴。

〔3〕慵(yōng拥):懒。

〔4〕坐:犹"且",参见张相《诗词曲语辞汇释》。

寄河上段十六^[1]

与君相见即相亲^[2],闻道君家在孟津^[3]。为见行舟试借问^[4],客中时有洛阳人^[5]。

〔1〕河上:黄河边。本篇《唐百家诗选》作卢象诗,《万首唐人绝句》作王维诗,《全唐诗》重见卢象及王维集中。按,王维集诸本俱载此诗,今姑作王维诗选入。此诗写思友的深情。末二句话说得委婉,很有回味的馀地。

〔2〕见:《全唐诗》卢象集作"识"。

〔3〕在:《全唐诗》卢集作"住"。孟津:见《杂诗三首》其一注〔2〕。

〔4〕为:若。

〔5〕"客中"句:洛阳地近孟津,所以要向洛阳来的船客探问段十六的近况。

送沈子福归江东^[1]

杨柳渡头行客稀,罟师荡桨向临圻^[2]。惟有相思似春色,江南江北送君归。

〔1〕沈子福:未详;明十卷本、《全唐诗》等作"沈子"。归:《万首唐人绝句》、《唐诗品汇》作"之"。江东:见《送丘为落第归江东》注〔1〕。这首送别诗以无处不到的春光喻送别者的深情,非但自然、贴切,而且耐人寻味。清马位《秋窗随笔》说:"最爱王摩诘'惟有相思似春色,江南江北送君归'之句,一往情深。"

〔2〕罟(gǔ 古)师:渔人。此处指船夫。罟,网。临圻(qí 其):临近曲岸之地。《文选》谢灵运《富春渚》:"溯流触警急,临圻阻参错。"李善注:"《埤苍》曰:碕,曲岸头也。碕与圻同。"此处即指江东地区。又高步瀛《唐宋诗举要》曰:"此诗临圻当是地名,故云向。"